문호
스트레이독스

탐정사 설립 비화

입사 시험을 둘러싼 논의는 계속해서 열기를 더해 갔다.

사내 탐정사의 신입을 선발하기 위해 일치단결하여 열띤 논의를——

《중략》모두가 더욱 공정하고 더욱 건전하게

해결○○...요

토끼에게 시...

벌였는데요,시...

덮개 빼내기

그렇게 된 이유는 그냥 각자의 개성이 너무 뚜렷해서

를 강요

「적당한」 안을 전혀 내지 못했기 때문이었다.

자(어느 탐정사의 일상)

○○를 ××해 드린다

고기만두 맛있어요

「제1회 입사 시험 채택 회의다!」

목차

문호 스트레이독스

Bungo Stray Dogs

탐정사 설립 비화

03

아사기리 카프카 지음
하루카와 산고 일러스트
문기업 옮김

표지 · 본문 일러스트
하루카와 산고

어느 탐정사의 일상

"구니키다 씨, 무장 탐정사는 왜 만들어졌을까요?"

찻집에 앉은 다니자키 준이치로가 고개를 갸웃했다.

정면에 앉은 장신의 남자는 미간에 주름을 더욱 깊게 새기며 진지한 목소리로 대답했다.

"그런 것도 모르는 건가."

"네…… 죄송합니다."

때는 밤.

찻집의 안쪽 깊은 곳. 좁은 테이블을 앞에 두고 서로 마주보며 앉아 있는 남자 두 사람. 두 사람 사이에는 참깨 경단 2인분과 *호지차가 놓여 있었다. 그리고 두 남자는 모두 진지한 표정이었다.

모르는 사람이 보면 무심코 두 번 바라볼 것 같은 묘한 광경이었지만——두 남자는 무장 탐정사의 조사원으로, 지금은 밤늦게 회의를 하는 중이었다.

남자 두 사람이 머물고 있는 찻집의 이름은 '우즈마키'. 무장 탐장사가 입주해 있는 빌딩 1층에 위치한 조금 고풍스러

---

* 호지차(ほうじ茶): 녹차의 찻잎을 볶아서 달인 차.

운 카페였다.

"탐정사에서 일하고 있는데도, 생각해 보니 그런 것도 모르고 있었네요. 탐정사가 설립된 이유요. 구니키다 씨는 알고 계신가요?"

"물론 안다."

다니자키 정면에 있는 남자——구니키다 돗포는 고개를 끄덕였다.

그러자 다니자키는 환하게 미소 지었다. "역시나."

"어렴풋하게지만 말이지."

"어렴풋이요?"

"그래. 간접적으로 들은 이야기다만——탐정사가 설립된 것은 십 몇 년 전. 사장님이 설립했다. 그 무렵에 있었던 어떤 만남이 회사를 설립하는 계기가 되었다고 들었다."

다니자키는 '그렇구나' 하고 말을 하며 고개를 끄덕였다.

"정말로…… 어렴풋하게네요."

"그래서 미리 말한 거다. 나도 더 이상 자세하게는 몰라. 새삼 물어볼 기회도 없었으니까. 사장님에게 직접 물어보면 어떤가?"

다니자키는 조금 당황했다.

"제, 제가요? 무슨 말씀을. 전 아직 말단이잖아요."

"말단이고 뭐고 그게 무슨 상관이지? 물어보면 굳이 숨길 사람은 아냐."

"하지만 차마 직접 묻기는……. 게다가 화났을 때 사장님의 눈은 철판도 꿰뚫어 버리는 게 아닐까 싶을 만큼 날카롭 잖아요. 여자아이라면 그 눈빛을 보고 울음을 터뜨릴걸요?"

"그야 그렇겠지." 구니키다는 고개를 끄덕였다. "사장님은 무술을 갈고닦아 여러 무예에 능한 분으로, 탐정사 설립 때 부터 지금까지 수많은 악을 제거하고, 무수히 많은 음모를 깨뜨려 오셨지. 연륜이 달라. 어린 여자애 한둘쯤은 노려만 봐도 두 눈에서 피를 뿜으며 즉사하고도 남을 거다."

즉사. 구니키다는 말을 고치며 한 번 더 말했다.

무슨 저주 같네요. 다니자키는 그렇게 말했다.

"다름 아닌 사장님 아니냐. 그런데 왜 그런 걸 묻지? 탐정 사가 설립된 이유 같은 것을……. 아니, 사원으로서 신경이 쓰이는 거야 알겠지만, 왜 지금 그걸 묻나?"

다니자키는 그게 말이죠, 라고 말하면서 호지차를 한 모금 마셨다. 아직 뜨거운지 다니자키는 '앗 뜨거워.' 라고 말하며 혀를 내밀었다. 그리고 말했다.

"다자이 씨가 물어서요."

"다자이가?"

순간 구니키다가 얼굴을 잔뜩 찌푸렸다.

"네, 그러니까……."

"자, 잠깐. 마음을 좀 가라앉히고 싶다." 구니키다는 손을 들고 다니자키를 제지했다. "요즘, 그 녀석의 이름만 들어도 스트레스가 쌓여 아랫배가 아프다. 게다가 녀석이 근처에 접 근했다는 느낌만 들어도 시야가 번쩍번쩍하며 깜빡이지. 그야말로 천연 접근 경보다. 잠시 마음을 가라앉힐 시간을 줬으면 한다."

"크, 큰일이네요……. 그 마음은 잘 알겠지만……." 다니자키가 안타까워 어쩔 줄을 모르겠다는 듯한 표정을 지었다.

"다자이를, 그 썩을 덜렁이를 제어할 수 있는 사람은 탐정사 안에서 나밖에 없으니 말이다. 아니, 엄밀하게 말해선 아무도 없지만……. 나는 사장님에게 직접 녀석의 관리 감독을 해 달라는 부탁을 받았다. 그건 즉, 사장님에게 신뢰를 받고 있다는 증거다. 때문에 쉽게 녀석의 말고삐를 놓을 수는——."

구니키다는 문득 중간에 말을 끊었다. 그리고 천장을 올려다보더니, 눈을 비비면서 의아하다는 듯이 말했다.

"음……? 뭐지? 갑자기 조명이 상태가 영……."

다나자키는 구니키다를 따라 조명을 올려다보았다. 하지만 형광등은 조금 전과 전혀 달라진 것이 없었다.

"그건 내 신호야~♪"

찻집 입구에서 엉뚱한 노랫소리가 들렸다.

"으아아아아!"

구나키다의 의자가 덜컥거리며 시끄러운 소리를 냈다.

입구에 서 있던 사람은 장신의 청년이었다.

황토색 코트, 검고 텁수룩한 머리카락. 가늘고 마른 몸이 입구를 뒤덮고 있었다. 그리고 청년은 오른손에 종이봉투를 들고 있었다.

다자이 오사무. 두 사람과 마찬가지로 무장 탐정사의 사원이다.

"이거 참. 언제 들어도 구니키다의 비명은 아주 멋지군. 그 반응. 두 눈에 수명이 줄어드는 모습이 고스란히 보이는 것 같아. 아, 아주머니, 여기 홍차 부탁해요."

가게 안쪽에서 중년의 여성 점원이 고개를 내밀더니, '어머, 다자이 씨, 오늘도 멋진걸.' 하고 말을 걸었다. 다자이는 아주머니도 아주 아름다우시다고 말하며 손을 하늘하늘 흔들더니, 구니키다의 옆자리에 앉았다.

안 그래도 좁은 자리가 더 좁아졌다.

"다자이…… 넌 대체 뭘 하러 온 거냐."

구니키다가 부상을 당했으면서도 천적을 위협하는 듯한 낮은 목소리로 물었다.

"응? 그야 물론 구니키다의 수명을 살짝 줄여 주려고 왔지."

그 말이 끝나기도 전에 구니키다는 다자이의 목을 조르며 휙휙 이리저리 흔들었다.

"이 자식이! 대체 얼마나 나를 고생시켜야! 속이! 내가! 얼마나!"

"우헤하하하하하." 다자이는 이리저리 흔들리면서도 웃었다.

"저——이제 그만 진정하세요, 두 분 다. 가게 안이니까요."

다니자키가 안절부절못하며 가게를 둘러보았다. 하지만 이곳은 탐정사가 입주한 빌딩의 1층에 있는 찻집이다. 다자이의 기괴한 모습도, 구니키다의 분노한 외침도 점주를 비롯한 손님들에게는 별로 특이한 광경이 아니었다. 오히려 손님도 점원도, 마치 초등학생의 형제 싸움을 보는 듯, 따뜻한 눈으로 다니자키 일행의 모습을 자리에 앉아 지켜보았다.

다니자키는 그런 손님들의 따뜻한 시선을 보고 아하하, 하고 애교 섞인 웃음을 지었다. 그렇게 웃을 수밖에 없었다.

구니키다는 아직도 다자이를 마구 흔들었고, 다자이는 아직도 그 흔들림을 즐기는 모습이었다.

"너는 너무 자유로워 탈이다! 오늘도 이런 시간이 되어서야 얼굴을 들이밀고…… 오늘은 일을 땡땡이치고 대체 뭘 한 거지?! 어차피 어딘가에서 남에게 민폐나 끼쳤겠지! 나중에 사과하고 뒤처리를 하러 다니는 사람이 누구라고 생각하는 거냐?!"

"누구긴……. 그야 물론 당연히."

"말하지 마!"

구니키다가 잡고 있던 다자이의 목을 비틀었다. 그러자 우득, 하는 가벼운 소리가 들렸다.

그리고 다자이는 행복한 표정을 지었다.

"저어, 사실은요." 다니자키가 그런 두 사람 사이에 끼어들었다. "구니키다 씨에게 방금 이야기했던 게, 마침 그 이야기였어요. 다자이 씨가 '무장 탐정사가 생긴 이유를 아나?'라고 물어보셨거든요."

"뭐라?!" 구니키다가 의심스럽다는 표정으로 다자이를 쳐다보았다.

"그래 맞아." 다자이가 비틀린 목을 우득우득 소리를 내며 다시 조절한 다음 대답했다. "마침 오늘 점심때 다니자키랑 만나서 말이야."

"어디서 말이냐."

"선술집."

구니키다는 천천히 시간을 들여 신경독이 점차 온몸에 도는 환자 같은 표정을 지었다.

"다자이가 일을 땡땡이치고 선술집에 있었던 거야…… 그래, 어차피 예상 가능한 범위이니 일단은 그렇다 치지. 물론 나중에 따끔하게 혼을 내줄 생각이지만 말이다. 그런데 다니자키, 너는 왜 그곳에 있었지? 설마 너도 땡땡이를 친 건가? 열여덟 살짜리가 일을 땡땡이치고 대낮부터 음주를 했다고? 음주가 미성년자에게 어떤 악영향을 주는지는 다양한 통계학설이 있지만, 테스토스테론이라고 불리는 뇌의 호르몬 분비에 알코올이 영향을 준다는 것은 확실하게 증명된 사실이다. 아니, 굳이 통계를 들먹이지 않아도, 그 나이 때부터 술만 마시고 그러면 몇 년 못 가 이곳에 있는 미역 두뇌처럼 된다!"

구니키다는 힘차게 옆에 있는 다자이를 가리켰다.

"안녕하세요, 미역 두뇌입니다." 다자이가 꾸벅 고개를 숙였다.

"그, 그런 게 아니에요!" 다니자키가 당황해 손을 저었다.
"저는 일 때문에 간 거예요. 호출이 있어서 선술집에 뛰어들어 갔더니 그곳에 다자이 씨가——."

"그래, 맞네. 그때는 참 고마웠어."

"뭐라……? 다니자키, 그럼 너는 일 때문에 갔던 건가? 다자이가 있었던 선술집에……? 우연……이라고는 생각하기 어렵군. 그럼 다자이가 불러서 간 건가? 외상값이라도 갚으라고 했나 보지? 아니면 다자이가 이상한 짓을 벌여 소동이——."

거기까지 말을 한 구니키다가 창백한 얼굴로 허리를 흐늘하게 앞으로 굽혔다.

"서, 설마——그런 건가? 이 녀석이 또 무슨 일을 저지른 건가?!"

"죄송합니다, 구니키다 씨." 다니자키가 면목이 없다는 듯이 시선을 아래로 내렸다.

"왜 그래? 그렇게 노려볼 건 없잖아. 별것 아냐." 하지만 다자이는 생글거리며 웃었다. "술집 사람들과 사이좋게 한잔하고, 이야기를 하고, 이야기를 듣고 그리고 돌아왔을 뿐이야. 정말로. ……물론 도중에 살짝 폭탄 같은 게 끼어 있었지만."

"……."

구니키다는 상반신을 비틀거리기만 할 뿐, 잠시 아무 말이 없었다.

"……구니키다 씨?" 불안해진 다니자키가 구니키다에게 말을 걸었다.

"순간…… 기절했다." 구니키다가 중얼거리는 목소리로 그렇게 말을 한 뒤 고개를 들었다. "폭탄……이라고? 이봐, 다니자키. 그런 일이 있었으면 회의를 시작하기 전에 말을 해야지. 누가 보낸 폭탄이지? 시 경찰은 출동했나? 군경(軍警)의 폭탄 처리 부대는? 폭탄은 그 이후에 어떻게 됐는지 말해 봐라."

"여기에 있어." 다자이가 묵직한 종이봉투를 테이블 위에 올려 두었다.

"으아악!"

구니키다가 깜짝 놀라 의자를 끌며 뒤로 물러섰다.

"괜찮아. 아주 정교한 가짜니까." 다자이가 어깨를 으쓱하며 말했다. "간략하게 말하자면 어제 단골 선술집에 이 폭탄이 배달됐어. 내 앞으로. 보낸 사람은 익명이더군. 그런데 열어 보니 폭탄이 들어 있지 뭔가. 게다가 봉투를 열었을 때 기폭 제어 장치가 떨어져 나가서 조금이라도 움직이면 폭탄이 폭발할지도 모르는 상황이었어. 그래서 시 경찰과 탐정사에게 연락을 했지."

"그래서 제가 달려간 거예요."

"너는…… 매번 어떻게 하면 그렇게 높은 확률로 귀찮은 일을 끌어들이는 거냐?" 구니키다가 독버섯을 먹은 것처럼 괴로운 표정을 지었다.

"뭐 어떤가. 가짜인데." 딱 그 타이밍에 점원이 다자이가 주문한 홍차를 들고 나타났다. 다자이는 웃으면서 받아 들더니, 각설탕을 몇 개인가 넣고 홍차를 한 모금 입에 넣었다.

그리고 말했다. "결국 이 폭탄은 타이머가 설치되어 있을 뿐, 폭약이 내장되어 있지 않은 모조품이라는 것을 알았지. 그냥 단순한 괴롭힘이었어. 범인과도 만나 이야기를 했고 하니, 이제 아무 걱정할 필요가 없네."

"범인을 잡은 건가?"

"응. 폭탄을 열어 보니 안에 '나만을 봐 줘'라고 적힌 쪽지가 들어 있었거든. 나를 너무 사랑한 여성의 조금 과격한 대시였던 거지. 짚이는 사람이 몇 명인가 있어서 순서대로 확인을 한 끝에 범인을 확인. 따끔하게 혼을 내서 그만 포기하게 만들었어. 술을 한잔 할 때마다 폭탄이 도착해서야 제대로 술도 못 마시니까 말이야."

구니키다는 피곤하다는 듯한 표정으로 다자이를 바라본 뒤, "……그런가."라고 딱 한마디만 했다. 왜 이런 녀석이 인기가 많은 것인지 이해를 할 수 없는 듯했다.

"그런데 말이죠, 그때 일단 출동한 시 경찰의 순사가 이렇게 말을 하더라고요. '무장 탐정사가 항상 마을을 지켜 주어서 저희도 안심하고 일을 할 수가 있는 겁니다'……라고요. 근데 그건 좀 이상하지 않나요?"

"호오." 구니키다는 한쪽 눈썹을 위로 올렸다. "좋은 이야기가 아닌가. 그건 그렇고, 상대를 가리지 않고 애매하게 잘 대해주니 폭탄 협박이나 받는 거다, 이 바람둥이야! 그때는 상대가 그런 불평을 하며 한 방 발로 차도 할 말이 없었을 텐데 말이지." 구니키다가 그렇게 말하면서 다자이의 의자 다리를 툭툭 발로 찼다.

"분명히 좋은 일이긴 한데요." 다니자키는 쓴웃음을 지으면서 말했다. "좀 죄송스럽기도 하면서, 의문이 들었어요. 왜냐하면 시민이 안심하고 일을 할 수 있도록 도시를 지키는 사람이 시 경찰 아닌가요? 그런데 사장님은 그런 시 경찰에게까지 '지켜 줘서 고맙다'라는 말을 들을 정도의 일을 왜 시작하셨을까요?"

"그런 이야기를 점심때 했던 거야." 다자이가 웃으면서 말했다.

"그런 거였나." 구니키다가 팔짱을 끼었다. "확실히 탐정사의 일은 항상 위험이 따르지. 어중간한 각오로 시작할 수 있는 일이 아니야. 하지만 사장님은 잘 알고 있다시피 의(義)와 인(仁)으로 살아가시는 분. 이 나라의 그 어디를 찾아봐도 탐정사의 우두머리로서 그만큼 어울리는 사람은 없다. 나는 탐정사 설립도 하늘의 인도가 아닌가 한다만."

구니키다는 눈앞의 호지차를 들고 한 모금 마셨다.

그리고 다자이를 흘깃 노려보았다.

"……탐정사 하니." 구니키다는 가시 돋친 목소리로 말했다. "생각났다. 다자이, 이 자식. 그 애송이는 어쨌나?"

"애송이?"

"어제 주운 집 없는 애송이 말이다." 구니키다는 찻잔을 내려놓으면서 말했다. "그 애송이를 탐정사에 받아들이겠다고 말했었지? 진심인가? 제정신이 아니군. 이제 막 알게 된 애송이를, 그것도 구(區)의 유해 지정 맹수인 위험한 이능력자를 탐정사에 입사시키겠다니."

"우후후. 아니, 난 아주 멀쩡해. 제정신이지. 사실 오늘은 그 일 때문에 온 거야. 아아, 정말 기대되는군."

"네, 들었습니다." 다니자키가 환한 표정으로 말했다. "식인 호랑이 포박 의뢰를 받고 두 분이 시내를 열심히 뛰어다녀 보니, 떠돌아다니던 소년이 호랑이로 변신하는 이능력을 지니고 있었다……는 사건이었죠? 이거 참. 그런 기괴한 사건을 불과 하루만에 해결하고, 이능력자 소년을 무사히 보호까지 했으니──역시 탐정사 최고의 조사원 콤비예요."

"이거 너무 띄워 주니 쑥스러운걸."

"난 이딴 녀석과 콤비를 짠 적이 없다."

다자이와 구니키다가 동시에 말했다.

하지만 사실 이 두 사람은 탐정사에서 어렵고 힘든 일을 가장 잘 해결하는 2인조이자, 2년 전, 다자이가 입사한 이래로 고난이도의 사건을 해결한 건수에서 최고를 자랑하는 사람들이었다.

두 사람의 성격과 사이가 얼마나 나쁜지 모르는 외부 사람들은, 다자이와 구니키다를 호흡이 척척 맞는 명콤비로 인식하는 경우가 많았다.

모른다는 것은 무시무시한 것이다.

"아무튼." 구니키다는 다자이를 노려보면서 말했다. "나는 반대다. 꼭 들이고 싶다면 사장님과 담판을 지어라. 사장님

이 인정하신다면 나는 아무 말도 하지 않을 테니까."

"벌써 담판을 짓고 왔어." 다자이가 웃으며 말했다. "입사 시험의 내용을 생각해 봐라, 라고 말씀하시더군."

"그래요? 그럼 입사 시험을 치르는 것까지는 허가가 난 거네요?"

"그렇다니까. 하지만 문제는." 다자이는 엄지를 입에 대고 가만히 생각했다. "이번에 아쓰시에게 어떤 입사 시험을 치르게 할지는 아직 결정되지 않았어. 그걸 내 마음대로 결정할 수는 없으니까. 안 그런가, 선배?"

다자이는 마지막에 가서 구니키다를 보고 의미심장한 웃음을 지었다.

"물론이다." 구니키다는 불쾌한 표정을 지으며 팔짱을 끼었다. "시험은 우리 회사에 잘 맞는 인재인지, 그리고 어떤 영혼을 지녔는지 진실을 살피기 위한 중요한 통과 의례니까 말이지. 게다가 이번 신인은 유해 지정 맹수. 자칫하면 우리 탐정사가 불법으로 위험한 대상을 보호했다는 혐의를 뒤집어쓸지도 모른다. 사장님이 허가를 내렸다면 몰라도, 입사 시험을 치르는 이상 평소보다 더 세심하게 준비해야 해. 당연히 너 혼자서 마음대로 그걸 결정하게 할 수는 없다."

"그럼 결정이군." 다자이는 기쁘게 홍차를 들이켠 뒤, 자리에서 일어났다. "가지. 탐정사의 회의실로. 이미 모두 다 불러 놓았어."

"──뭘 위해서." 구니키다가 담담한 목소리로 물었다.

"이번 구니키다가 한 말을 실현시키기 위해서지."

다자이는 사람들의 이목을 끌듯이 검지를 세우더니, 생긋 웃으며 그렇게 말했다.

"사장님 명령이다. 탐정사의 새로운 별이 될 신입의 사원으로서의 적성을 시험해 보기 위해서는 모두의 지혜가 필요해."

다자이는 숨을 들이쉬더니, 이렇게 선언했다.

"제1회, 입사 시험 채택 회의다!"

　　　ᐟ ᐟ

무장 탐정사는 이능력자로 구성된 민간 무장 조사 조직이다.

탐정사에는 의뢰인의 문제를 해결하기 위한 조사 활동을 하는 조사원과 정보 수집·섭외·회계 등을 담당하는 사무원이 소속되어 있다. 구성 인원은 일정하지는 않지만, 사장님을 포함해 평소에는 십수 명 정도가 활동한다.

조사원은 거의 전원이 무언가 이능력을 사용할 줄 안다.

이능력자·다니자키 준이치로. 능력명──『가랑눈』.

이능력자·구니키다 돗포. 능력명──『돗포 시인』.

이능력자·다자이 오사무. 능력명──『인간실격』.

그 외의 조사원도 각자 지니고 있는 이능력을 사용해 조사 활동을 한다. 무장 탐정사는 시 경찰을 비롯한 공권력이 지배하는 낮의 세계와 암흑사회가 지배하는 밤의 세계의 경계를 책임지는 황혼의 이능력 집단이라 할 수 있었다.

그리고 그 무장 탐정사가 설립된 이유는 약 10여 년 전, 사장님이 어떤 이능력자 한 사람을 만난 것이 계기였다.

하지만 그 이야기는 나중에 다루어질 예정이고.

이번엔 새로운 탐정 사원에 대해서. 그의 입사를 허락할 것인지 말 것인지를 결정할 입사 시험에 대한 이야기다.

나카지마 아쓰시――입사 전날 밤.

　Ι Ι Ι Ι Ιᵗ'ᵗ'ᵗ'ᵗ'ᵗ'ᵗ'ᵗ'ᵗ'ᵗ'ᵗ'ᵗ'ᵗ' Ι Ι Ι Ι

무장 탐정사 사무실은 검붉은 벽돌로 건축된 빌딩의 4층에 위치했다.

탐정사에는 사무 공간, 응접실 겸 회의실, 사장실, 의무실, 수술실, 급탕실이 있다. 뒤쪽에는 나선 모양의 비상계단이 있지만, 대부분의 사람들을 오로지 구식 엘리베이터를 이용해 사무실을 드나들었다.

그 엘리베이터를 사용해 구니키다를 비롯한 세 명은 탐정사 안으로 들어갔다.

때는 밤. 사무원은 거의 대부분이 퇴근을 했기 때문에 남아 있는 사람은 드문드문 있을 뿐이었다. 하지만 사무원 두 세

명이 아직도 회사에 남아 밝게 빛나는 흰색 형광등 아래에서 편지를 쓰거나, 소설을 읽거나, 야식으로 라면을 먹고 있었다. 일이 끝나지 않아서 남았다기보다는, 남고 싶어서 남은 사람들이었다.

회사 창밖으로 보이는 해변에서는 상선의 기적 소리가 어느 정도의 간격을 두고 멍하니 들렸다.

구니키다를 비롯한 세 명은 그런 사무원들에게 가볍게 손을 들어 인사를 한 뒤, 사무실을 빠져나가 회의실로 들어갔다.

회의실에는 이미 먼저 와 있는 사람이 있었다.

"음? 남자 셋이 어두운 얼굴로 우르르 몰려오다니, 무슨 일이지? 해부 희망이라면 대환영이지만, 오늘은 영업 종료야."

가는 다리를 꼰 채, 신문을 들고 읽던 요사노 여사가 고개를 들었다.

이능력자・요사노 아키코. 능력명──『그대여 죽지 마오』.

요사노는 탐정사 전속 외과 의사였다. 세계적으로 봐도 매우 드문 치료 계열 이능력자로, 거친 업무가 많아서 다치는 일이 끊이지 않는 탐정사 사원의 치료를 전적으로 맡았다. 실력은 매우 좋다. 하지만 수술과 해체를 워낙에 좋아하여 타박상이나 살짝 긁힌 상처만 입어도 해체 수술을 하려고 하는 탓에, 적보다도 오히려 같은 편이 더 무서워하는 존재였다.

참고로 요사노의 주된 수술 도구는 손도끼였다.

"요사노 선생님." 앞에 서 있던 다니자키가 눈을 껌뻑이며 물었다. "회의실에서 뭐 하시는 건가요?"

"보는 대로 신문을 보고 있다만." 요사노는 손에 든 신문을 파삭거리며 말했다. "오늘은 워낙 바빠서 신문을 읽을 시간도 없었거든."

요사노는 신문 기사를 바라보면서 말했다. "오늘도 참 좋은 기사들뿐이야."

"요사노 씨가 신문을 좋아했었나요?" 다니자키는 신문을 들여다보면서 말했다. "좋은 기사라니, 뭔데요?"

"신문에서 가장 좋은 기사는 말이지, 사망 기사야." 요사노는 씨익 웃었다. "이 세상에서 가장 공평하게 그 사람을 판단해 주거든."

"맞는 말씀입니다." 입구에 서 있던 다자이가 생글거리는 얼굴로 말했다.

그런 대화를 나누면서 다니자키를 비롯한 세 사람은 회의실 안으로 들어갔다. 그리고 다니자키, 구니키다, 다자이 순으로 자리에 앉았다.

회의실의 시계가 째깍째깍 하고 실내에 울려 퍼졌다.

"그런데, 회의실에서 뭘 할 생각이지?" 요사노가 신문에서 눈을 떼며 물었다.

"우후후. 입사 시험 결정 회의입니다." 다자이가 싱글거리며 대답했다. "어제 그 호랑이 소년. 요사노 선생님도 그 자리에 계셨으니 아시죠? 그 소년의 입사 시험을 뭘로 할지, 모두의 의견을 수렴해 민주적으로 결정할 생각입니다."

"민주적이라." 요사노는 눈썹을 들어 올렸다. "다니자키 때랑 똑같은 시험을 하면 되는 거 아닌가? 안 되나?"

요사노는 다지자키를 바라보았다. 다니자키는 파랗게 질린 얼굴로 고개를 붕붕 흔들었다.

"그, 그때 그 일은──생각하기도 싫어요."

다니자키도 아직 신입이나 마찬가지로, 입사를 할 때에는 어떻게 보면 굉장히 가혹한 입사 시험을 치러 통과했다. 하지만 너무나도 가혹한 시험이었기 때문에, 다니자키는 무의식적으로 당시의 기억을 강력하게 봉인해 두었다. 생각을 하면 트라우마가 다시 떠오를 것 같았기 때문이다.

"제 얘기는 이제 그만하죠." 다니자키는 적극적으로 의견을 냈다. "이번 시험은 적당하게 약한 걸로 하는 게 어떨까요."

"호오, 이것 좀 봐, 이 기사." 요사노가 신문을 보면서 그렇게 말했다. "'무허가 참게 음식점에서 화재 발생, 사상자 다수'라는데? 사고 현장에 가면 맛있는 향기가 솔솔 피어오르겠어. 퇴근하면서 잠깐 들러 볼까."

요사노는 그렇게 말하면서 입맛을 다졌다.

"아, 아무리 그래도 그건 너무 인정 없는 행동이 아닌지……?" 다니자키는 난처한 표정을 지었다. "게다가 요사노 씨. 그 신문은 두 달 전 거예요. 지금 가 봐야 참게가 익는 향기로운 냄새는 맡을 수 없어요."

"응? 진짜네." 요사노는 신문의 날짜를 보고 얼굴을 찌그렸다. "대체 누구야? 이런 곳에 옛날 신문을 올려놓은 사람이. 참 나——모처럼 사상자가 많이 나온 사건이니 부검을 한다는 명목으로 죽은 녀석들부터 살아 있는 녀석들까지 마구 해체해 주려고 했는데."

요사노는 아쉽다는 듯이 옛날 신문을 집어 던졌다.

"저어, 죽은 사람이야 어쨌든 살아 있는 사람까지 손도끼로 해체해 버리는 건 좀⋯⋯." 항상 해체를 당하는 입장인 다니자키는 피해자 특유의 동정심을 담아 난처한 표정을 지으며 그렇게 말했다.

"구운 게. 그것은 현세의 보물." 다자이가 약간 핀트가 어긋난 소리를 했다.

"이봐, 다자이." 그때까지 아무 말이 없던 구니키다가 낮은 목소리로 말했다. "게 이야기는 그만해라. 그런 것보다 회의는 어떻게 된 거지? 조금 전에 '회의실에 모두를 불러 놓았다'고 하지 않았었나? 보아 하니, 요사노 선생님 이외에는 아무도 올 기색이 없다만."

"음~." 다자이는 시계를 보면서 고개를 갸웃했다. "일단 오라고는 해 뒀는데, 우리 조사원들은 다들 제멋대로라 말이야. 모두 집합하려면 시간이 좀 걸릴지도 모르겠어."

구니키다는 팔짱을 끼고 다자이를 바라보았다.

"다른 조사원들도 너처럼 제멋대로 나라의 황태자 같은 사람에게 그런 말을 듣고 싶진 않을 거다." 구니키다는 잔뜩 불만스러운 얼굴로 말했다. "회의라고 했는데, 구체적으로 어떻게 의사 진행을 할 건지 정해는 났나?"

"네네. 의사 진행 나라의 재상이신 구니키다 씨가 아무런 불평을 하지 못하도록, 계획을 다 세워 놨어."

다자이는 자리에서 일어나 회의실 구석에 놓아둔 비품인 화이트보드에 글을 쓰기 시작했다.

"첫째, 입사 시험에 대해 각자 아이디어를 내놓는다. 둘째, 내놓은 아이디어 중에서 가장 적절한 안을 결정한다. 셋째, 결정된 시험 내용을 바탕으로 담당자를 할당한다. ——어때? 계획적이지?"

다자이는 화이트보드를 탁탁 두드리면서 그렇게 말했다.

"계획적인 건 인정하지만, 그렇게 되면 그렇게 되는 대로 이번엔 불길한 예감이 드는군." 구니키다는 얼굴을 찡그렸다. "셋째의 '담당자 할당'이 특히 수상하다. 너의 계획이니, 틀림없이 자신에게는 역할이 돌아오지 않도록 사전에 계략을 짜 놓았겠지. 아닌가?"

"참, 무슨 소린지. 나처럼 성실한 인간이 그렇게 더러운 수를 쓸 리가 없잖아. 구니키다는 동료인 나를 못 믿겠다는 건가?"

다자이는 양팔을 펼치며 자신이 결백하다고 선언했다.

"못 믿는다."

"못 믿겠어요……."

"처음부터 기대도 하지 않았을 만큼 못 믿어."

다자이가 즐거운 듯 펄쩍 뛰었다. "다들 너무해!"

"다자이의 감시는 모두 다 같이 하도록 하지. 하여튼, 셋째인 마지막 담당 할당은 그렇다 치고, 가장 첫 번째인 아이디어를 내놓는 건 지금부터라도 시작할 수 있다고 생각한다만."

구니키다는 다시 계획안을 바라보았다.

다자이가 모은 조사원이라고 한다면, 나머지는 란포와 겐지 두 사람뿐이다. 다수결이 필요한 최종 결정은 그 두 사람이 꼭 있어야 하지만, 그 전 단계의 제안은 지금 모여 있는 멤버로도 논의 정도는 충분히 할 수 있다. 구니키다는 그런 취지의 말을 했다.

"뭐야, 의욕이 충만하네?" 다자이는 웃으면서 그렇게 말했다. "구니키다가 적극적이라면 이미 논의는 끝난 거나 마찬가지야. 어서 회의를 시작하지. 자, 그럼 아이디어가 있는 사람."

다자이는 자신의 자리에 앉은 채, 모두를 차례대로 돌아보았다.

회의실에 있는 사람들은 각자 서로의 얼굴을 돌아보기만 했다.

갑작스럽게 시작된 회의라 그런지, 모두 이런 분위기에 어떻게 대처하면 좋을지 몰라 했다. 콧노래를 부르며 적 이능력자를 베고 때리는 역전의 탐정사 조사원도 잘 못하는 것이 있다. 그것은 바로 분위기를 읽는 것이다. 각자 특출 난 이능력과 성격을 지닌 조사원이 모인 상황에서, 서로의 속마음을 살피는 일은 남미의 숨겨진 비경에서 보물을 찾는 것만큼이나 힘겨운 일이었다.

하지만 침묵은 금방 깨졌다.

"오, 다니자키. 누가 봐도 '저에게 물어봐 주세요'라고 하는 것처럼 표정이 아주 반짝이고 있는걸?"

더 이상 두고 보기가 껄끄러웠던 다자이가 다니자키에게 이야기를 해 보라고 재촉했기 때문이다.

"네에? 저, 저요?" 다니자키는 자신을 가리키며 허둥댔다.

"나에게는 보이네. 자네의 내면에서 샘솟는 빛나는 묘안이! 자아, 말해 보게. 자네가 남몰래 생각한 뛰어난 의견을. 모두가 자리에서 일어나 박수갈채를 보낼 수밖에 없는 아이디어를! 우리는 이미 감동을 할 준비가 되어 있으니까!"

"쓸데없이 부담 좀 주지 마세요!" 다니자키가 황당하다는 듯 소리쳤다. "그보다 왜 꼭 진귀한 시험일 필요가 있는 거죠? 그냥 쉽게, 지금 들어온 의뢰 중에서 난이도가 적당한 걸로 골라 해결하라고 하면 되는 거 아닌가요? 다자이 씨 때도 그랬다고 들었는데요."

"오오~ 좋은 아이디어군. 고맙네, 다니자키." 다자이는 화이트보드에 '의뢰 해결의 성공 여부'라고 검은색으로 적었다. "이 의견에 반론이 있는 사람은?"

"다자이, 이미 알고 있을 텐데?" 구니키다가 말했다. "평범한 신입이라면 그걸로도 충분하겠지. 하지만 이번 신입은 군경이 토벌 지시를 내린 유해 지정 맹수다. 즉, 지명 수배자야. 탐정사도 어느 정도는 신분을 은폐할 수 있지만, 그래도 혹시나 하는 일이 발생했을 때 책임을 지기 어려운 입사 전부터 거친 현장에 보낼 수는 없어. 사장님도 그런 말씀을 하셨을 텐데?"

"역시 사장님의 수제자." 다자이가 손을 뺨에 대고 말했다. "사장님도 거의 똑같은 말씀을 하시더군. 음~ 타당한 아이디어라고는 생각하지만, 조금 더 회사 밖의 주목을 끌지 않는 시험을 생각해 줬으면 하네. 다니자키, 정말 아쉬워."

"그런가요." 다니자키는 아쉽다는 듯이 그렇게 말했다. "그럼──밖으로 나가지 말고, 탐정사 안에서 일어난 문제를 해결하는 건 어떤가요?"

"문제라면?"

"음~…… 재단기에 종이가 걸려서 막힌다든가, 수도관의 청소라든가……."

"이건 청소부 채용 시험이 아니다만." 구니키다가 눈썹을 모으며 말했다. "하지만 '영혼의 진의를 시험'할 정도의 대사건이 회사 내에서 쉽게 일어날 리도 없고 말이지."

"음, 이건 보류네." 다자이가 그렇게 말을 한 뒤, 화이트보드에 '회사 내의 성가신 일 해결'이라고 써 놓고, 그 뒤에 '?'를 적었다.

"계속 비판만 나오고 영 결론이 나질 않네." 요사노가 턱을 괴고 그렇게 말하며 다자이를 손으로 가리켰다. "다자이, 말을 꺼낸 사람이니까 뭐라도 아이디어를 좀 내 봐. 생각해 둔

게 있긴 있을 거 아니야."

다자이는 몇 초간 말이 없었다.

"……우후후."

하지만 잠시 뒤, 그 말을 기다리고 있었다는 듯이 다자이가 미소를 지었다.

그리고 다자이는 천천히 종이봉투에서 종이 뭉치를 꺼내, 모두가 볼 수 있는 곳에 올려 두었다. 종이에는 예쁜 글씨인지 서투른 글씨지인지 모를 글자가 종이 가득 적혀 있었다.

"물론 생각해 둔 게 있지요! 자, 잘 보시길. 완전무결하고 임기응변의 묘를 살린 나의 입사 계획들을!"

호오. 일동은 감탄한 얼굴로 다자이를 바라보았다. 다만 대충 어떻게 될지 예측을 했던 구니키다만이 벌레를 씹은 듯한 표정을 지었다.

"일단 그 첫 번째. 이건 신체 능력, 내구력을 중시한 시험이지. 전철로 30분 거리에 요코하마 시립 동물원이 있는데, 그곳이 문을 닫으면 몰래 들어가 신입을 히말라야곰 우리에 던져 넣는 거다. 그리고 다음 날 아침에 데리러 갔을 때, 신입이 히말라야곰을 쓰러뜨렸거나 도망치는 데 성공했으면 채용."

"이봐."

구니키다가 낮은 목소리로 그렇게 말하며 다자이를 노려보았다.

"곰과 화해해서 잘 지내고 있었다면 보결 채용."

"이봐."

"단, 이 계획은 히말라야곰 입장에서는 일방적인 사고에 불과하고, 날벼락이나 마찬가지이니 다음 아이디어. ——이번엔 사고력과 문제 해결력을 중시한 계획이다. 돈의 망자가 환생한 것이 아닐까 할 만큼 구두쇠로, 거스름돈 액수를 5엔 틀렸을 뿐인데 2주간이나 설교를 계속한다는 6번지의 할아버지에게 온갖 이유를 붙여 1000엔을 빌리기."

"이봐."

"그대로 한 달간 계속 모른 척 돈을 갚지 않는다면 합격."

"그렇게 힘든 짓을?!"

"그리고——."

종이 뭉치를 넘기면서 계속 이야기하는 다자이를 구니키다가 제지했다.

"이봐이봐이봐!! 네가 생각한 계획은 전부 그 모양인가? 대체 입사 시험을 뭐라고 생각하는 거냐? 그런 것보다, 그 할아버지에게 한 달이나 도망칠 수 있을 리가 없잖나. 마음고생으로 대머리가 되거나 죽을 거다!"

"그럼 이번엔 구니키다 명의로 빌릴게." 다자이는 구니키다의 머리 꼭대기를 바라보면서 말했다.

"절대 그런 짓은 하지 마라!" 구니키다는 머리를 감싸면서 그렇게 소리쳤다. "……그런 것 말고! 어쨌든 너도 탐정사의 조사원이잖나! 조금 더 적절한 시험 내용을 제시해라! 의와 실력, 지혜와 도덕을 판정할 수 있는 적절한 시험을!"

"으응? 그럼 이런 건 어떨까? 설탕을 5분 만에 2킬로그램 먹을 수 있으면——."

"네가 제시하는 아이디어는 하나부터 열까지 참고가 안 되고 있다! 게다가 점점 엉뚱한 방향으로 흘러, 이제는 인간 한계 시험에 가까워졌잖나! 참 나. 다른 사람은 없는 건가. 이 녀석보다는 그나마 나은 아이디어를 가진 녀석은——."

구니키다가 머리를 긁적거리며 중얼거린 그때.

"오래 기다리셨습니다!"

문의 경첩 부근에서 끼익 하고 이상한 소리가 날 정도로 회의실의 문이 기세 좋게 열렸다.

모두가 문 쪽을 돌아보았다.

"하하, 집 앞의 밭을 경작하다가 늦었어요. 오늘은 이 정도의 사람 한 명 정도는 박살 낼 수 있을 정도의 커다란 무를 수확했거든요. 나중에 여러분에게도 나눠 드릴게요!"

힘차고 밝은 목소리로 그렇게 말한 사람은 밀짚모자를 쓴 소년이었다.

작은 몸집에 면직물로 만든 멜빵바지. 그리고 그곳 주머니에 꽂아 놓은 목장갑에는 신선한 흙이 묻어 있었다. 그에 더해 맨발.

그곳에는 탐정사의 최연소인 소년 조사원, 미야자와 겐지가 서 있었다.

"이야아, 겐지. 기다렸어!" 다자이가 웃으며 말했다. "조금 전에 말을 했으니 회의의 취지가 뭔지는 기억하고 있겠지?

지금 회의는 의견이 봇물처럼 나올 만큼 대성황이야! 꼭 겐지도 묘안 한둘쯤은 내줬으면 하네!"

소년 조사원 겐지는 "네, 힘내겠습니다!" 하고 힘차게 대답하며 회의실 안으로 들어왔다.

겐지는 맨발로 찰딱거리며 회의실을 가로질러, 화이트보드의 글자를 읽었다. 그리고 회의에 참가한 사람들을 돌아보며 "입사하기에 충분한 실력인지 확인할 수 있으면 되는 거죠?" 하고 말했다.

이어서 몇 초 정도 생각한 후, 다자이를 보고 손을 들었다. "저요!"

"말해 보게, 겐지." 다자이가 겐지를 지명했다.

"저와 팔씨름을 해서 이기면 된다고 생각합니다!"

참가자 전원이 진지한 얼굴로 입을 꾹 다물었다. 다자이까지 침묵했다.

그건 불가능하다.

겐지의 이능력──『비에도 지지 않고』는 힘들고 고생스러운 상황을 모두 물리적인 신체 강화에 활용할 수 있는 이능력이다. 즉, 괴력이다. 자동차 하나 정도는 아주 가볍게 날려 버릴 수 있다. 한번은 괴력에 자신이 있다는 스모 선수 세 사람과 스모를 한 적이 있다. 그런데 그 세 사람이 모두 포물선을 그리며 저 멀리 날아갔다. 어디에 떨어졌는지는 아직도 모른다.

그런 겐지와 팔씨름이라.

참가자 전원의 뇌리에 어깨와 팔이 비틀려 비명을 지르는 신입의 모습이 떠올랐다.

"아하하, 아무래도 그건 좀······." 아무 말이 없던 다니자키가 두려운 듯 그렇게 말을 하며 끼어들었다.

다니자키는 심각한 표정으로 참가자들을 돌아보았다.

그런데 옆에 있던 요사노가 "······그거 좋을지도 모르겠어."라고 중얼거리며 씨익 웃는 모습이 보이자, 다니자키는 재빨리 화제를 바꾸기로 했다.

"그, 그 외에는 없어?"

겐지는 특별히 신경 쓰는 모습도 없이 "그 외에 말이죠?" 하고 말하더니, 맨발을 찰딱거리고 울리며 생각에 잠겼다.

"역시 탐정은 하루하루 착실하게 생활해야 한다고 생각해요." 겐지는 퐁 하고 손을 울리면서 말했다. "곧장 본진에 쳐들어가 날뛴다고 되는 게 아니다──. 사장님은 분명 그렇게 말씀하시지 않을까요? 그래서 말인데요, 마침 딱 좋게도 저희 집 옆에 휴경지로 남아 있는 밭이 있거든요. 그곳을 매일 경작하게 해서, 가을에 얼마나 수확을 하는지 보는 것으로 입사 합격 여부를 결정하면 멋지지 않을까 해요!"

모든 사람이 아무 말 없이 다니자키를 바라보았다.

태클을 걸어라! 그렇게 말하는 시선이었다.

"······으······응." 어쩔 수 없이 다니자키는 이상한 목소리로 고개를 끄덕이며 말했다.

"앞쪽은 아마 다른 사람도 찬성이겠지만······ 가을이면 시간이 너무 많이 걸리는 게 아닐까……? 안 그런가요, 구니키다 씨?"

"그, 그래, 맞다." 갑자기 자신에게 말을 걸자 구니키다가 깜짝 놀라며 반사적으로 말했다.

"그렇군요~." 겐지가 순수한 목소리로 그렇게 중얼거리면서 아쉬운 듯 눈동자를 빙글빙글 움직였다. "그럼 저희 시골에서 시행되는 아주 일반적인 통과 의례는 어떨까요?"

겐지는 도호쿠(東北) 지방의 산속 숲을 빠져나가 골짜기를 건넌 곳에 있는 엄청난 벽지 시골 출신이다. 그리고 사장님이 불과 두 달 전, 스카우트를 해 오기 전까지는 밭과 소에 둘러싸여 소박한 삶을 살았다.

겐지가 흙에서 막 올라온 것같이 천진난만한 이유는 그 때문이었다.

"농업을 전체적으로 도와주는 청년회의 가입 자격은 몇 가지인가 있지만, 예를 들어 이런 것은 어떨까요?" 겐지는 검지를 하나 세우고 말했다.

"오늘 이후의 날씨를 맞추기."

"호오…… 그거 참 재미있네. 역시 농업인에게는 날씨가 중요하구나. 그럼 날씨 예보를 보지 않고 내일 날씨를 맞추면 합격인 건가?"

"아니요. 내일이 아니라 한 달 후까지 전부요."

"……응?"

"흙과 살아 있는 생물의 상태를 보면 예측할 수 있거든요.

저도 할 수 있어요. 맑음, 흐림, 맑음, 맑음이지만 아침과 해가 질 때 즈음에 소나기……."

그리고 겐지는 한 달간의 날씨를 외듯이 쭉 모두 말했다. 안타깝지만 모두 멍한 표정을 지을 뿐, 내용을 제대로 기억한 사람은 아무도 없었다.

"그…… 그건 대단하지만." 겨우 다니자키가 입을 열었다. "그 외엔 없을까?"

"그 외엔 소와 대화를 하면 합격. 개와 대화를 하면 합격."

"정말 굉장하구나, 겐지네 마을……." 다니자키가 황당하다는 듯이 중얼거렸다.

"그 다음엔 비를 내리게 하는 능력이 있으면 합격. 하루에 묘목을 큰 나무로 만들 수 있는 사람도 합격."

"그 마을, 엄청난 엘리트만 모여 있나 봐?!"

"공민관을 하룻밤 만에 만들면 합격."

"무슨 도요토미 히데요시도 아니고?!"

"재앙신을 쓰러뜨리면 합격."

"정말 그런 사람이 존재해?!"

"그리고……."

"자, 잠깐만." 다니자키는 곧장 겐지를 말렸다. "완전히 탐정사 입사 시험과는 상관이 없어진 것 같기도 하고, 게다가 더 이상 들으면 정말 엄청난 얘길 듣게 될 것 같으니, 미안하지만 그쯤 해 두자."

"음~ 그런가요?" 겐지는 아쉽다는 듯이 그렇게 말하면서 고개를 갸웃했다.

다니자키가 뒤를 돌아보니 다자이가 화이트보드에 '도요토미 히데요시' 라고 글을 적고 있었다.

ˌ ˌ ˌ ˌ ˌ¦ˈ¦ˈ¦ˈ¦ˈ¦ˈ¦ˈ¦ˈ¦ˈ¦ˈ¦ˈ¦ˈ¦ˈ¦ˈ ˈ ˈ ˈ ˈ

입사 시험을 둘러싼 논의는 계속해서 열기를 더해 갔다.

다자이가 제안한 아이디어는 구니키다가 부정하였고, 구니키다가 제안한 아이디어는 요사노가 제지했다. 또 요사노가 대안을 내면 다니자키가 "그건 좀."이라고 말을 꺼냈다.

모두가 더욱 공정하고 더욱 건전하게 탐정사의 신입을 선발하기 위해 일치단결하여 열띤 논의를──벌였는데, 그렇게 된 이유는 그냥 각자의 개성이 너무 뚜렷해서 '적당한' 안을 전혀 내지 못했기 때문이었다. "신입은 근성이 있어야 하니까." 요염하게 입술을 씨익 위로 올리면서 요사노가 말했다. "그럼 이렇게 하지. ──각자 왼손에 새끼손가락이 있지?"

그러자 모두가 자신의 새끼손가락을 바라보았다.

"이 왼손의 새끼손가락부터 말이야, 이렇게, 순서대로 손가락을 빼내는 거야……. 그리고 오른손의 새끼손가락까지 다 뺄 때까지 참으면 합격. 어때?"

"너무 잔인하잖아요!" 다니자키가 비명을 질렀다.

"그럼…… 여덟 개."

"놀라우리만치 의미가 없는 양보네요!"

"뭐 어때? 어차피 내 능력으로 완치될 텐데." 요사노는 삐친 듯이 그렇게 말했다. "몇 개씩 뽑는 게 안 된다면, 애송이의 하반신 급소를 철줄로 갉작갉작 갉는 건 어때? 어느 정도쯤에서 울음을 터뜨리는가로 합격 여부를 결정하는 거지."

남자들이 상상 속의 통증 때문에 자신의 고간을 누르며 껑충껑충 뛰었다.

"안 아픈 쪽으로 생각하죠?!"

"그럼 나와 일본주 마시기 대결에서 이기면 합격."

술 강요! 하고 다니자키가 외쳤다.

"근데, 구니키다는 왜 아까부터 계속 아무 말도 안 해?" 다자이가 말했다. "슬슬 진짜 의견을 내는 게 어때? 선배로서 무언가 혜성처럼 빛나는 의견을 내놓으려면 지금뿐이야."

"……너의 '일부러 올라가게 해 놓고 중간에 얼른 사다리를 치우는' 방식을 잘 알고 있는 내 입장에선, 방금 그 말로 격려를 받기는커녕 소름이 돋는다만." 구니키다는 다자이를 노려보며 말했다. "아무튼 좋다. 그럼 이런 것은 어떠냐. 다자이를 쓰러뜨리면 합격."

"아하." 다니자키가 감탄했다는 듯이 퐁 하고 손을 쳤다.

"……그 외에는." 다자이가 눈을 가늘게 뜨며 구니키다를 쳐다보았다.

"다자이가 죽는 소리를 하며 지금까지의 악행을 반성하게 만들면 합격."

"그런 것도 있군요." 다니자키가 응응 하고 고개를 끄덕였다.

"그 외에는."

"다자이를……! 이렇게, 나무판자 사이에든 뭐에든 중간에 끼우고 상하로 꽉꽉 압력을 가하면서, 고온의 증기를 맞게 하고, 가늘고 뾰족한 침으로 몸을 마구 찌르고, 가끔 전류를 흘리기도 하며 귓가에 대고 '너 때문이다, 너 때문이다' 하고 속삭이는 거다. 그다음에는 이렇게……!"

구니키다는 무시무시하게 열을 띤 동작으로 몸짓, 손짓을 다하면서 공중의 보이지 않는 무언가를 때리고, 비틀고, 흔들었다. 눈에 핏발이 선 모습으로.

다니자키를 비롯해, 회의실에 있던 참가자 모두가 조금 소름 끼친다는 표정을 지었다.

"어~…… 아무튼 미안." 다자이가 작은 목소리로 말했지만, 구니키다에게는 그 목소리가 들리지 않았다.

하지만 반성을 하진 않고 있죠? 다자이 씨. 다니자키가 그렇게 말했다.

응. 다자이는 태연한 얼굴로 말했다.

마침 그때, 누군가가가 회의실의 문을 노크했다.

"실례합니다." 방울 같은 소녀의 목소리. "여러분, 회의를 여시느라 수고가 많으세요. 단골손님이 선물을 주셨으니, 잠시 쉬시면서 좀 드셔 보시는 게 어떠신가요?"

문을 열고 들어온 사람은 젊은 여학생이었다.

여학생은 등까지 내려온 윤기 넘치는 길고 검은 머리카락이 특징으로, 학생복에서 뻗어 나온 가느다란 손으로는 음식이 올라가 있는 쟁반을 들고 있었다.

"나오미." 다니자키가 놀라 고개를 들었다. "먼저 돌아간 줄 알았어."

"오라버니와 같이 돌아가려고 기다리고 있었답니다." 여학생이 훈훈하게 미소 지었다. 눈가에 난 눈물점은 여학생을 나이보다 더 요염하게 보이도록 만들었다.

다니자키 나오미. 학교에 다니면서 탐정사에서 사무를 보는 다니자키의 친여동생이었다.

나오미는 익숙한 동작으로 회의실 책상 위에 사람 수만큼 녹차와 고기만두를 올려 두었다. 고기만두는 방금 데운 듯, 맛있는 냄새와 함께 수증기를 내뿜었다.

다니자키의 옆을 지날 때, 나오미는 다니자키에게 입김이 닿을 정도로 얼굴을 가까이 대고 살짝 속삭였다. "오라버니." 나오미의 입김에는 아주 작은 열이 담겨 있었다. "오늘도 멋지시네요."

나오미는 그렇게 말하며 오빠의 목덜미를 손끝으로 살짝 쓰다듬었다.

회의실의 모든 사람이 그 모습을 못 본 척했다.

이 남매. 피가 이어진 진짜 가족——이라고 한다. 다니자키도 친여동생이라고 하고, 나오미도 친오빠라고 공언했다.

하지만 이 두 사람은 얼굴이 전혀 닮지 않았다.

오빠 다니자키의 기가 약하고 성실해 보이는 눈매, 그리고 항상 자신 없어 보이는 미소를 짓는 입매와는 달리 여동생 나오미의 얼굴은 나이에 걸맞지 않게 매우 색기가 넘쳐 났다. 입술은 육감적이고, 긴 속눈썹은 깜빡일 때마다 소리가 날 듯했다. 눈동자는 크고 깊이를 알 수 없을 만큼 매우 깊어서, 순진한 소년이 무심코 눈을 들여다보면 그 순간 엄청난 망상에 사로잡혀 몸의 일부에 피가 잔뜩 모여도 이상할 게 없을 듯했다.

게다가 장소도, 사람들의 눈도 상관없이 오빠에게 육체적인 접촉을 시도했다.

대화를 하면서 귀를 만지고, 일을 하면서 허벅지를 쓰다듬고, 틈을 봐서 귀에 입김을 불어넣었다. 오빠 다니자키는 그럴 때마다 사람들의 시선을 의식하며 시선을 이리저리 굴리고 안절부절못하지만, 나오미는 그런 오빠의 태도를 즐기고 있는 것처럼 보이기까지 했다.

"어머, 오라버니. 이런 곳에 실보푸라기가…… 떼어 드릴게요."

그렇게 말하면서 나오미는 다니자키의 쇄골에 손톱을 부드럽게 올리고 쓰다듬었다. 물론 실보푸라기 같은 것은 없었다.

다니자키는 얼굴을 새빨갛게 물들이면서, 어쩌면 좋을지 모르겠다는 얼굴로 눈을 깜빡였다.

회의실의 모든 사람이 눈을 어디에 두면 좋을지 몰라 난처해했다.

'너희는 정말로 친남매인가? 그런 느낌으로 남매가 둘이 같이 살다니, 정말로 괜찮나?'——탐정사에는 그렇게 추궁할 수 있을 만큼 용기가 있는 사람이 없었다.

탐정사 사람들은 모두 '이 녀석들은 그렇고 그런 사이'라고 확신 중이긴 하지만, 막상 질문을 했을 때 순순히 '그럼요'라고 대답하면, 어떤 반응을 보여야 할지 감이 잡히지 않았다.

"저어, 오라버니. 약속한 거, 가방 안에 넣어 왔어요. 오늘 밤엔 그걸로——."

"응? 아, 으, 으응. 고마워."

그렇기 때문에 의미심장하게 속삭이는 나오미와 눈을 희번덕이면서 대답하는 다니자키에게 '무슨 이야기?' 하고 끼어들 용기가 있는 사람도 역시 없었다.

"고기만두 맛있어요!" 단지 겐지만이 말석에서 그렇게 말하며 맛있게 간식인 고기만두를 먹었다. 겐지만큼은 남의 사정보다 먹는 것에 더 관심이 많았다.

"그런데 나오미. 온 김에 뭐 하나 아이디어를 내주면 안 될까?" 다자이가 생글거리며 말했다. "지금 신입의 입사 시험에 대해서 다들 의견을 내놓고 있는 중이었거든."

"어머, 아주 멋지네요." 쟁반을 옆구리에 낀 나오미가 환하게 미소 지었다. "하지만 저 같은 사람이 좋은 생각을 떠올릴 수 있을지——."

"그냥 제안을 하는 거니까. 뭐든 환영이야." 다자이가 말했다. "나오미가 잘하는 분야에 대한 화제면 충분해."

"이 멍청." 구니키다가 표정만으로 다자이를 제지하려고 했다.

"그렇다면——."

나오미는 고개를 살짝 갸웃하고 생각하더니, 뺨을 붉히며 세 가지 정도를 제안했다.

아쉽지만, 이곳에서는 조금 쓰기가 어려운 내용이었다.

, , , , ,ᴵᵁᴵᵁᴵᵁᴵᵁᴵᵁᴵᵁᴵᵁᴵᵁᴵᵁ' ' ' '

회의실에 모인 사람들은 고기만두를 먹으면서 잠시 생각에 잠겼다.

이대로 가서는 결론이 나지 않는다. 본인들도 자신들이 회의나 합의에 적합한 성격이 아니라는 것쯤은 어렴풋이 느끼고 있었다. 슬슬 회의를 마무리 지을 필요가 있었다.

회의실의 화이트보드에는 검은 글자로 '의뢰 해결의 여부', '회사 내의 성가신 일 해결', '도요토미 히데요시', '여덟 개 빼내기', '술 강요', '다자이를 꽉꽉', '○○를 ××해 버린다', '고기만두 맛있어요'라고 적혀 있었다.

다니자키는 살짝 실망한 기색을 보였다.

반쯤은 알고 있는 사실이긴 했지만——도저히 종잡을 수 없는 탐정사 멤버의 의견을 하나로 모으기가 얼마나 어려운 일인가. 그 의견의 결론을 도출하는 것이 얼마나 허공을 잡는 것처럼 허무한 작업인가. 모래성을 쌓는 것이 지금보다는 건설적이라는 생각이 들었다.

다니자키는 힐끔 구니키다를 바라보았다. 구니키다도 역시 다니자키를 힐끔 바라보았다.

두 사람은 이미 이렇게 될 것을 예상했다.

이 회의를 열기 전에 구니키다와 다니자키가 찻집에 먼저 모여 회의를 했던 것도 사실 이렇게 될 것을 예상했기 때문이었다. 회의 대책 회의. 두 사람은 이렇듯, 논의가 이도저도 아니게 될 거란 사실을 이미 직감했다.

그 회의는 어떤 이유 때문에 다자이에게는 비밀이었다.

그때 대책을 논의한 대로, 구니키다가 입을 열었다.

"다자이, 슬슬 의견을 하나로 모으는 게 어떤가? 이건 세 가지 의제 중 첫 번째에 불과해. 슬슬 결론을 내지 않으면 날이 밝는다. 꼭 이 가운데에서 고를 필요는 없이, 기본 방침이라도 정하는 게 좋을 것 같다만?"

"으응? 다 같이 이렇게 알맹이 없는 논의를 해야 재미있는 건데. 아침까지 계속 하자."

"이봐. 즐겁든 기쁘든 간에, 해야 할 일을 해야 하지 않나." 구니키다는 잔뜩 눈썹을 모으며 말했다. "미성년자도 있으니, 이제 그만 논의를 진행시켜라. 그다음은 시험 제안을 하나로 결정하고, 역할을 분담하는 것뿐잖아?"

"하지만 아직 사람이 다 모이지 않았으니." 다자이가 머리를 긁었다. "란포 씨가 아직 안 왔잖아? 다 모이지 않으면 시험 내용은 결정하지 못해. 이 늦은 시간까지 대체 어디서 뭘 하는 걸까. 해결하기 어려운 사건 때문에 시간이 걸리는 건가?"

"어머." 나오미가 뺨에 손을 대고 말했다. "란포 씨라면 사무실에 계셨는데요."

"뭐?"

"조금 전에 지나올 때 봤어요. 막과자에 들어 있는 설탕 과자를 틀에 맞게 만들려고 낑낑대시던걸요."

란포 씨, 역시 동요하는 법이 없어. 다자이가 어쩐 일로 칭찬을 다했다.

에도가와 란포──무장 탐정사 최고의 두뇌를 자랑하는 탐정 중의 탐정이다. 나이는 스물여섯. 발군의 관찰력과 추리력을 지니고 있으면서도 성격은 천의무봉(天衣無縫), 천진난만. 그러면서도 종잡을 수가 없고 다른 사람에게 굽히고 들어가는 일이 없었다. 다른 사람이 무슨 말을 하든 듣지 않고, 해결하고 싶은 사건이 있을 때에만 기쁘게 외출을 하는데, 처음으로 만난 사람에게도 바보니 멍청이니 하며 악의 없이 말을 내던지고, 피해자이든 가해자이든 상관 않고 머리를 탁탁 때리는 그런 사람이다.

그리고 그에게 해결하지 못하는 사건이란 없다.

란포는 탐정사의 핵심 중의 핵심. 기둥이라고 할 수 있는 조사원이다.

"잠깐 제가 불러 올게요."

그렇게 말하며 나오미가 잔달음으로 회의실 밖으로 나갔다.

나오미의 등을 바라보면서 다자이는 "그럼 이제 좀 마음을 놓을 수 있겠어." 하고 말했다.

"란포 씨의 손에 걸리면 뭐든 단번에 결정되니까."

"그거야 그렇지만, 이게 란포 씨의 힘을 빌려야 할 정도의 일인가?" 구니키다가 불만스럽게 말했다. "그 사람의 두뇌는 사건을 해결할 때만 사용해야 한다. 이렇게 사소한 일에 지혜를 빌려 주느니, 수없이 많은 난해한 사건을 해결하는 게 더 나을 텐데."

이 일대에 란포의 이능력을 모르는 사람은 아무도 없다.

시 경찰을 비롯한 정부 조직의 요인들조차, 때로는 란포의 이능력에 기대기 위해 고개를 숙인다.

이능력자 · 에도가와 란포. 능력명 『초추리(超推理)』.

이능력이란 원래 물리 법칙을 비트는 초현실적인 현상이지만, 란포가 지닌 이능력은 다른 탐정 사원과 비교해도 매우 특별하다 할 수 있었다.

'진상을 간파하는 능력'.

모든 사건, 모든 이변의 진상을 단번에 꿰뚫어 보는 능력. 거의 사기나 마찬가지인 능력이다. 그런 이능력이 실제로 존재를 해서는, 수많은 수사 기관이 그야말로 '의미가 없는' 곳이 되어 버린다. 이 세상의 이치를 뒤집는 이능력인 것이다.

하지만 실제로 란포는 그 이능력으로 사건을 해결한다. 진상을 꿰뚫어 보지 못한 적은 한 번도 없다.

그렇기 때문에 아무도 란포를 거스를 수 없었다. 천진난만한 란포는 점점 더 우쭐해져서는 제멋대로 사건을 해결하여 관계자를 우왕좌왕하게 만들었다. 란포가 떠난 사건 현장은 사건이 해결되었는데도 불구하고 관계자 일동이 마음고생으로 지쳐 축 늘어지는 것이 일상다반사였다.

아무도 제어할 수 없는 오류 없는 천재——하지만 어쩐 일인지 란포도 사장님이 하는 말만큼은 순순히 따랐다. 혼나면 위축됐고, 칭찬을 받으면 기뻐했다. 왜 그렇게 란포가 순순히 따르는지 아무도 이유를 몰랐지만, '아무튼 사장님이니 그래도 이상할 건 없다'——라고 탐정 사원들은 생각했다.

그런 란포가 뚜벅뚜벅 발소리를 내면서 회의실 문을 통과해 들어왔다.

"여어, 너희! 여전히 쓸모없는 회의로 두뇌를 낭비하는구나!" 란포가 웃으면서 말했다. "참 안 되겠네. 어쩔 수 없네. 탐정사는 내가 없으면 전혀 쓸모가 없으니!"

"기다리고 있었습니다, 란포 씨." 다자이가 웃으면서 말했다. "조금 전에 말했던 입사 시험 회의입니다. 의견 하나, 어떠신가요?"

"시시하고 귀찮은 일에 머리를 쓰긴 싫은데." 란포가 말했다. "게다가 신입이 유능하든 무능하든, 나는 원숭이 털만큼도 흥미가 없어. 이 세상에는 두 종류의 사람밖에 없거든. 내가 사건을 해결해 주면 기뻐서 우는 녀석과, 사건이 해결되자 곤란해 하며 우는 녀석!"

"네, 말씀대로입니다." 다자이가 고개를 끄덕였다.

"물론 내 이능력으로 꿰뚫어 보지 못하는 진실은 없지. 그건 살인 사건도 뭐도 아닌 아~주 사소한 일도 마찬가지야. 어차피 나는 내일 출장을 가야 해서 시험에는 참가하지 못해. 기다리고 기다리던 연속 살인 사건이 겨우 호쿠리쿠(北陸) 지방에서 일어났거든. 그러니 시험에 참가하지 못하는 대신, 이 회의의 끝을 내 『초추리』로 예측해 주지."

그렇게 말하면서 란포는 품에서 검은 안경을 꺼냈다.

란포가 이능력을 발휘할 때 사용하는 낡은 검은 테 안경이었다. 그 안경을 쓰면 란포의 '초추리'가 발현된다. 어떻게 해서 란포의 손에 들어갔는지는 모르지만, 란포가 말하길 아주 유서 깊고 영험이 있는 안경이라고 한다. 옆에서 보기엔 그냥 낡은 안경이지만.

"란포 씨──괜찮으시겠습니까?" 구니키다가 조금 안절부절못하며 물었다. 지금까지는 란포가 사건 이외의 일로 이능력을 사용한 적이 없었기 때문이다.

"물론──."

그리고 란포는 잠시 숨을 내쉰 뒤, 유쾌하게 말했다.

"쓸 거라고 생각했어?"

당연히 그렇겠지, 하고 모두가 고개를 끄덕였다.

"모처럼 모두 지혜를 짜내며 열심히 노력하고 있는데, 내가 파바밧 하고 해결해 버리면 불쌍하잖아. 게다가 너희는——
나한텐 말도 안 하고 고기만두를 먹었어! 절대 용서 못 해!"

란포는 책상 위에 텅 빈 접시를 가리키며 말했다.

"어? 란포 씨는 사무실 책상 위에 막과자를 산더미처럼 쌓
아 놓고 드셨던 것 같은데⋯⋯." 다니자키가 당황스럽다는
듯이 말했다.

"이것 봐. 나는 분명히 막과자라든가 찐빵을 더 좋아해. 그
리고 햄버그라든가 오므라이스처럼 간단한 식사도 좋아하
고! 하지만 말이야, 지금은 밤이잖아. 한밤중에 고기만두 냄
새만이 코끝을 간질이는데, 고기만두 그 자체가 존재하지 않
는 것만큼 화가 나는 일은 없어!"

"나오미에게 남은 게 있는지 물어보고 오겠습니다." 다니
자키가 서둘러 자리에서 일어났다.

다니자키는 잔달음으로 란포 옆을 빠져나가 회의실의 문을
열었다.

옆을 지나갈 때, 란포는 기묘하게도 아무런 표정 없는 눈으
로 다니자키를 빤히 바라보았다. 그리고 실내로 시선을 돌려
책상 구석에 접힌 채 놓여 있는 낡은 신문을 바라보았다.

"다니자키."

밖으로 나가려는 다니자키에게 란포가 말을 걸었다.

"네?" 다니자키가 뒤를 돌아보았다.

란포는 곧장 말을 하지 않은 채 고개를 이리저리 움직였다.
그리고 잠시 뒤,

"아무튼——힘내."

하고 말했다.

꣡ꣵ꣡ꣵ꣡ꣵ꣡ꣵ꣡ꣵꣵ꣡

다니자키는 급탕실의 나오미에게 남은 고기만두를 찾아 달라고 부탁했다. 그리고 회의실로 돌아가기 위해 걷고 있는데, 구니키다가 다가왔다.

"구니키다 씨." 다니자키가 말했다. "무슨 일이세요?"

"회의는 다자이가 진행 중이다. 나는 화장실에 갔다 온다고 하면서 중간에 나왔다."

구니키다는 주변을 둘러본 뒤, 인기척이 없다는 사실을 확인하고는 말했다.

"그런 것보다 다니자키. 전의 그것, 준비는 어떻게 되어 가고 있지?"

"문제없이 준비하는 중입니다." 다니자키가 고개를 끄덕였다.

다니자키는 나오미에게 받은 학생 가방을 들어 올려 보여 주었다.

조금 전, 급탕실에서 대화를 했을 때, 나오미에게 건네받은 것이었다. 하마터면 나오미가 덮치려 할 때 당할 뻔했지만, 간신히 도망쳐 나왔다.

그 안에는 커다란 차(茶) 봉투가 들어가 있었다.

"다니자키, 알고 있겠지?"

"네." 다니자키가 고개를 끄덕였다. "여기까지는 구니키다 씨의 예상대로네요."

"나도 다자이와 콤비로 다닌 지 오래됐으니 당연하다면 당연하다." 구니키다는 진심으로 질린다는 듯한 표정을 지었다. "녀석이 무언가를 꾸밀 때는 본능이 절로 나에게 알려 주지. 조금 전부터 시야가 따끔거려서 쓰러질 것 같다. 하나, 녀석의 의도대로는 하게 내버려 둘 수 없다. 이번에야말로 제멋대로 날뛴 대가를 치르게 해 주마."

다니자키는 고개를 끄덕인 뒤, 구니키다와 시간차를 두기 위해 먼저 회의실로 돌아갔다.

, , , , ,'ꞌ'ꞌ'ꞌ'ꞌ'ꞌ'ꞌ'ꞌ'ꞌ'ꞌ'ꞌ' ' ' ' '

다니자키가 회의실로 돌아와 보니 란포는 이미 어디론가 가고 없었다. 다니자키가 자리를 비운 사이에 이 시간대에도 문을 연 고기만두 집을 찾아 떠난 것이다. '아무튼, 열심히 해 봐.'라는 말을 남기고.

물론 '저어, 회의는.' 하고 못 가게 말릴 사람이 탐정사에 있을 리가 없었다.

남은 사람들은 어딘가 독기가 빠진 얼굴을 서로 마주 보면서 '음, 이쯤이 적당하려나?' 하는 표정을 지으며 화이트보드의 문자를 바라보았다.

'회사 내의 성가신 일 해결'.

다니자키가 내놓은 제안이었다.

기탄없이 논의를 한 뒤, 결국엔 거의 초반에 내놓은 평범한 의견이 채택되는 일은 꼭 탐정사가 아니라도 비교적 흔한 풍경이었다.

하지만 그렇다고 해서 문제가 모두 해결된 것은 아니었다. 성가신 일에도 중대한 일에서 가벼운 일, 느긋한 일에서 험악한 일까지 종류는 천차만별이었다. 그중에서 입사 시험으로 적당한 것을 하나 선택해야 한다.

"엘리베이터의 상태가 나빴지?"

"관리 회사 사람들을 부르죠."

"수술실의 비품이 다 떨어졌어."

"단골 약국에 부탁을 해 둘게요!"

"사무원이 점심때에 딱 시켜 먹기 좋은 가게가 있었으면 좋겠다고 하는데요……."

"신입에게 메밀국수 가게라도 차리게 할 셈이야?"

딱 적당한 규모의 성가신 일이 갑자기 생길 리는 없었다. 다니자키가 들어온 뒤 조금 시간을 두고 돌아온 구니키다까지 합세해, 탐정 사원들은 머리를 맞대고 생각을 해 보았다. 하지만 다들 실력이 출중한 탐정사이기 때문에, 신입의 실력을 시험해 볼 정도의 심각한 문제의 싹은 꽃을 피우기도 전에 모두 짓밟히고 말았다. 나머지는 힘은 들지만 별 알맹이는 없는 청소, 수리, 식사에 대한 불만 정도였다.

"논의가 다시 처음으로 돌아가 버렸네." 요사노가 불만스럽게 말했다. "좀 더 규모가 큰 문제 없나?"

"사장님이 아직 독신이신데……."

"규모가 너무 크잖아!"

모든 사람이 고민을 하며 서로의 얼굴을 바라보았다.

그리고 결국 '없으면 만들 수밖에 없다'는 결론에 다다랐다.

가짜 사건. 즉, 연극이다.

누군가가 가짜 사건을 일으키고, 마침 그곳에 있었던 신입이 문제를 해결하도록 떠넘기는 형식으로, 신입의 실력을 시험한다. 그것밖에 없다. 그런 분위기가 형성되었다. 모두 더이상 생각하기가 귀찮아졌기 때문이었다.

그런 분위기에 감연히 맞서 이의를 제기할 용기가 있는 남자가 있었다.

"잠깐." 구니키다였다. "연극도 좋지만, 이쯤에서 근본적인 문제를 제기하고 싶다. 바로 다자이다."

구니키다는 다자이를 바라보았다. 그러자 다자이는 기쁘게 자신을 가리켰다.

"나?"

"그래. 이대로 가면 회사 밖에 피해가 가지 않도록, 회사 안에서 사건을 꾸미게 되겠지. 그렇다면 누군가가 소동을 준비하고 문제를 연출해야만 한다. 거기까지는 뭐, 좋다. 하지만."

"하지만?"

"모두 일이 왜 이렇게 되었는지는 생각해 주길 바란다." 구니키다는 의자에서 일어나 책상에 양손을 대고 몸을 앞으로 내밀었다. "이번 신인을 회사로 끌어들이겠다고 말을 꺼낸 사람은 다른 누구도 아닌 다자이다. 유해 지정 맹수라는 야만적인 동물을 포획하거나 보호하는 것이 아니라, 하필이면 탐정사에 입사시키겠다는 어마어마한 발상은 오로지 미역 뇌가 대충 생각한 일일 뿐이야."

"그 정도까지는." 다자이가 웃으며 머리를 긁었다.

"칭찬하는 게 아니다. 물론 나도 다시 생각해 보라고 말할 생각은 없다. 사장님이 허가한 일이니 말이다. 하지만 나는 다자이의 성격을 아주 잘 알아. 이럴 때 다자이가 어떤 식으로 나올지는 아주 명확하지."

구니키다는 거기서 잠깐 말을 끊고, 회의실 안을 돌아본 뒤 말했다.

" '생각한 일은 반드시 실현시킨다. 단, 귀찮은 일은 은근히 다른 사람에게 떠넘긴다.' ——다자이, 아닌가?"

다자이는 씨익 웃고 고개를 끄덕였다. "들킨 건가. 역시 구니키다야."

"칭찬을 받아도 기쁘지 않다. 아무튼, 나는 이 녀석의 그런 방식 때문에 몇 번이나 호된 꼴을 당했다. 밀어붙이기, 전가, 책임 회피. 부추겨 놓고 자기만 빠지기. 이번엔 속지 않겠다고 굳게 맹세하지만, 어느새인가 다자이가 생각해 놓은 시나

리오대로 움직였지. 그 탓에 나는 다자이와 같이 행동한 2년간, 계속 호된 일만 당해 왔다. 추운 겨울 날 진흙을 치워야했고, 백화점 여자 탈의실에 떨어지기도 하고, 너무 술을 많이 마셔서 기억을 잃은 채 다른 사람의 침대에서 눈을 뜨기도 하고."

"너희 두 사람에게 그토록 재미있는 일이 벌어졌단 말이야?" 요사노가 어이가 없다는 듯이 말했다.

"구니키다 씨, 마음이 강하시군요!" 겐지가 전혀 위로가 되지 않는 위로를 했다.

"그래서, 다. 다자이는 이번에도 반드시 자신만은 귀찮은 일에 말려들지 않도록 무슨 대책을 세워 놨을 게 분명하다. 머리 하나는 잘 돌아가는 녀석이니 말이지. 구체적으로 말해, 너는 이번에도 아무것도 하지 않은 채 입사 시험에 관련된 일을 다른 사람에게 떠넘길 심산일 게 뻔하다!"

"으으음. 피해자 의식이 아주 확실하게 몸에 뱄구나, 구니키다."

"누구 탓이라고 생각하나?!"

다자이는 응응 고개를 끄덕인 뒤, 하지만 말이야, 하고 말했다.

"구니키다의 마음도 알고, 실제로 될 수 있는 한 귀찮은 일과 힘든 일을 은근하게 회피해 왔지만, 이번에는 책임을 다른 사람에게 떠넘기기 어려워. 왜냐하면 회의니까. 다른 사람이 내놓은 의견이 반드시 나에게 유리한 제안일 거라고는 생각하기 어렵잖아?"

"그런가? 나는 반대라고 생각한다만." 구니키다는 팔짱을 끼고 말했다. "실제로 회의는 '연극 소동'이 타당하다는 쪽으로 흐르는 중이다. 이건 즉, 연극을 실행하는 한 사람이 무조건 손해 보는 역할을 해야 한다는 말이다. 그리고 이 회의의 시간과 장소, 멤버의 선정은 바로 네가 했다. 너는 이 멤버일 경우, 처음부터 '연극 소동'이라는 제안이 채택될 거라고 예측했던 게 아닌가? 그리고 마지막으로 이 안건이 채택되기를 기다렸다가, 자신이 아닌 다른 누군가에게 모든 작업을 뒤집어씌울 속셈을 세웠던 게 아닌가?"

"오늘은 유난히 구니키다에게 칭찬을 많이 받는군." 다자이는 대담하게 미소 지었다. "아하, 구니키다는 처음부터 그걸 경계했다는 거구나. 그럼 구니키다의 의견을 들어 볼까."

"다자이가 제일 안 좋은 역할을 맡아라──라고까지 말하진 않겠다. 하지만 하다못해 공평하게 역할을 선정해 줄 것을 요구한다." 구니키다가 말했다. "누가 힘든 역할을 맡고, 누가 편한 역할을 맡든지 간에, 전혀 부정 없이 누구나 인정할 수 있는 형태로 역할을 선정해 달란 말이다."

"흐음. 설득력 있는 말이야." 다자이는 그렇게 말하고 회의실에 있는 사람들을 돌아보았다.

다자이는 문득 말했다. "다니자키, 어떻게 생각하지?"

"네? 저요? 으으음, 그러니까." 다자이가 갑자기 자신에게 말을 걸자 다니자키가 허둥댔다.

다니자키는 힐끔 구니키다를 쳐다보았다. 구니키다는 무언가를 말하고 싶은 듯 다니자키를 노려보았다.

선천적으로 소심한 다니자키는 혼란스러운 머리로 생각했다. 이건 긍정을 해도 잘못은 아닌 것 같아.

"그…… 그러면 되지 않을까요?" 다니자키는 더듬더듬 그렇게 말했다. "신입의 시험이 쉽지 않았던 거야 이전에도 마찬가지였고, 이제 와서 역할을 서로 떠넘기는 것도 좀 그러니까요."

"그럼 이렇게 할까." 다자이가 손뼉을 치며 말했다. "다니자키에게 역할 선택 방법을 고르도록 일임하지. 사다리타기든 화투든, 아무튼 간에 한쪽으로 치우지지 않는 방법으로 부탁하네. 그걸로 힘든 역할을 할 사람을 뽑으려고 하는데, 구니키다, 그러면 불만 없지?"

구니키다는 아무 말 없이 다니자키를 흘긋 쳐다보았다.

다니자키는 말없이 당황했다. 생각보다 훨씬 이야기가 술술 풀렸기 때문이다.

"그럼……." 다니자키는 생각을 하는 척하면서, 마음을 진정시켰다.

어떻게 해야 하는가.

다니자키는 이번 일에 대한 이야기를 할 때, 구니키다가 했던 말을 떠올렸다. 구니키다는 말하길 '다자이는 자신이 원하는 방침을 스스로는 이야기하지 않는다. 반드시 다른 사람이 이야기하도록 유도한다'. 탐정사 내에서 란포가 추리의 화신이라고 한다면, 다자이는 조심술(操心術)의 화신이었다. 사람의 마음을 조종하여 얽매는 다자이의 실은 복잡하고 정교해서 그 깊이를 아무도 알 수 없었다.

하지만 일단 한 발 앞으로 나아가야만 이야기가 진행된다.

"그럼 제비뽑기는 어떨까요?"

다니자키는 억지로 웃으며 말했다.

"숫자가 들어간 제비를 뽑아서, 숫자가 작은 사람 순서로 힘든 역할을 맡는 거죠."

그래, 하고 다자이가 말했다.

"불충분해." 구니키다가 눈썹을 모았다. "이 남자의 손버릇이 얼마나 나쁜지 모르는 건가? 이 녀석은 엄청나게 손재주가 좋아서 철사 하나로도 은행의 금고를 열어젖힌다. 제비를 가짜로 만들거나 바꿔치기 하는 것 정도야 식은 죽 먹기겠지."

"우후후." 다자이가 입에 손을 대고 웃으며 의자 위에서 살짝 몸을 움직였다. "오늘은 구니키다가 칭찬을 많이 해 줘서 아주 기쁜걸."

"웃지 마라. 기분 나쁘니까."

"그럼 이렇게 하죠." 다지자키는 책상의 끝에 있던 옛날 신문을 바라보았다. 요사노가 읽고 있던 것이었다. "이 옛날 신문을 사용하는 거예요. 2개월 전 신문이니까, 이거라면 비슷한 신문을 준비하거나, 새로 가짜를 만들기는 어렵지 않을까요?"

"호오." 요사노가 옛날 신문을 집어 들며 말했다. "이거라면 어떤 요술쟁이라도 속임수를 쓸 순 없겠지. 근데 구체적으로 어떻게 할 생각이야?"

다니자키는 조금 뜸을 들인 뒤 대답했다.

"날짜와 페이지를 같이 찢어서 접을 겁니다." 다니자키는 낡은 신문을 들여다보았다. "보시는 대로 신문의 페이지에는 같은 숫자가 하나도 없어요. 이 신문의 경우에는——1에서 40까지네요. 2개월 전 신문은 쉽게 떨어져 있지 않을 테니, 날짜가 적힌 곳까지 포함해 제비를 만들면, 옛날 신문을 회수하는 업자를 부르지 않은 한 같은 제비는 만들 수 없을 겁니다."

"흐음." 다자이는 생글거리며 고개를 끄덕였다. "급조한 것치고는 제대로 된 부정 방지 대책이군. 구니키다, 어떤가? 이거라면 틀림없이 괜찮겠지?"

구니키다는 다자이를 노려보았다. "너에게는 틀림없이 괜찮다는 말을 들을수록 더 불안해진다만. 아무튼 이게 가장 타당한 방법이라고 할 수밖에 없겠군."

다니자키는 남몰래 가슴을 쓸어내렸다.

첫 관문은 통과했다.

하지만 최대의 관문은 그다음이었다.

"그럼 제가 제비를 만들겠습니다."

그렇게 말한 뒤, 다니자키는 신문의 날짜 부분을 접기 시작했다.

다니자키가 제비를 만드는 사이에, 할 게 없어진 다른 멤버들은 구체적으로 어떤 '연극 소동'을 벌일 것인지 의견을 나누었다.

역시 옛날이야기처럼 나쁜 녀석이 공주님을 급습한다는 설정은 어때? 그 모습을 보고 마침 옆을 지나가던 신입이 보고 도와주는…… 그런 줄거리인데. 잠깐. 나쁜 녀석 역할은 누가 하지? 그러니까 그걸 제비로 결정하자는 거 아닌가? 나쁜 녀석 역할은 제가 하고 싶어요! 재미있을 것 같거든요! 아니, 그래선 신입의 두개골이 함몰해 버릴 텐데. 내 입장에서는 그건 그거대로 괜찮은 이야기긴 하지만. 아니, 자자자, 잠깐. 나쁜 녀석은 그렇다 치고, 문제는 구조될 공주님이다. 공주님 역할은 누가 하지? 제비로 뽑는다고는 했지만 공주님을 맡을 수 있는 사람은 보통 여성뿐인데……. (침묵) 나? 좋아. 그렇지만 신입의 두개골이 세로로 쪼개질걸? 그렇죠……? 앞에는 호랑이, 뒤에는 늑대구나. 핫, 그렇지. 구니키다가 공주님 역할을 하면 되잖아! 이 멍청이가!

다니자키는 제비를 만들면서 키가 큰 구니키다가 주름 가득한 순백의 드레스를 입고 '어머나~ 살려 줘~.'라고 하는 모습을 상상해 보았다. 분명히 기분 나쁜 모습이긴 하지만, 어쩐지 어울릴 것 같기도 했다. 아무튼 간에, 그런 짓을 했다간 입시 시험 같은 거야 단숨에 엉망이 될 게 뻔했다.

다니자키는 제비를 만들면서 무심코 불안해졌다.

정말 이렇게 한다고 해서 잘 될까? 구니키다의 말대로, 다자이에게 적절한 책임을 맡길 수 있을까? 절차만 잘 지키면 구니키다는 반드시 성공할 것이라고 말했다. 그리고 이 작전은——다른 누구도 아닌 다자이를 위해서다, 라고도.

구니키다는 말했다.

앞으로 다자이에게 이길 수 있는 사람은 아무도 없을 거라고 하면서.

입사했을 때 자신은 다자이의 교육 담당이었다. 하지만 그때 이미 다자이는 권모술수의 정점에 달해 있어, 여러 관계자에게 보이지 않는 실을 뿌려 적의 행동마저도 자유자재로 조작했다.

탐정사 최고의 조사원이 란포 씨인 것은 분명하다. 하지만 란포 씨의 두뇌는 사건을 제어하는 두뇌, 현장을 제어하는 두뇌다. 한편 다자이의 두뇌는 사람을 조종하는 것, 사람들 위에 서기 위한 두뇌이다. 머지않아 다자이는 사장님의 참모로서 지휘를 하며 탐정사를 이끄는 입장이 되겠지. 이번 신입 가입 소동은 그 효시일 것이라는 생각이 머리에서 떠나지 않는다.

그런 녀석이 지금처럼 다른 사람에게 일을 떠넘기고 속 편하게 탐정사에서 지낼 수 있도록 놔두어서는 안 된다.

이번 입사 시험을 계기로 사람을 고용하고 관리하는 것이 얼마나 힘든 것인지를 뼈저리게 느끼도록 해 주어야 한다.

그렇기에——이번 입사 시험을, 다자이에게 전부 뒤집어씌우려고 하는 것이다.

구니키다는 그렇게 말했다.

그것을 위한 책략이라고.

다자이를 속인다. 그것은 구니키다가 파트너와 활동한 지 2년째에 내놓은 일대 프로젝트였다.

구니키다의 작전은 이랬다. 일단 사전에 회의실에 옛날 신문을 놓아둔다. 그리고 입사 시험의 역할 분담에 대한 논의가 분출되었을 때, 자연스럽게 제비뽑기의 필요성을 주장한다. 모략의 화신인 다자이도 조작이 불가능할 만큼 공평성을 담보한 무작위 선택이 가능하도록 만들기 위해서.

옛날 신문이 있으면 반드시 누군가가 그것을 이용하여 제비를 만들자고 주장한다. 아무도 그런 말을 꺼내지 않으면 적당한 때를 봐서 다니자키나 나오미가 제안을 한다.

그 녀석이 한 번은 에구구 하고 죽는 소리를 하게 만들어 주겠다. 그렇게 말하며 구니키다는 씩씩거렸다.

그 녀석에게는 귀찮은 일이 있으면 귀찮은 일을 떠맡을 수도 있다는 사실을 가르쳐 줘야만 한다. 조금이라도 책임감을 가지게 만들어야 한다. 탐정사를 위해서라도.

구니키다는 그렇게 말했다.

제비를 다 만들었을 때, 나오미가 회의실 안으로 들어왔다. 학생 가방을 들고.

"저어, 전 슬슬 실례할까 하는데——오라버니, 뭐 필요한 건 없나요?"

"아, 나오미." 다니자키는 안도한 표정을 지었다. "이제부터 제비를 뽑으려고 하는데, 종이를 넣을 만한 봉투 같은 거 없을까?"

나오미는 그러면, 하고 말하며 학생 가방에서 커다란 차 봉투를 꺼냈다.

계획대로다.

"학교 행사 때 쓰고 남은 거예요. 괜찮으시면 이걸 써 주세요."

구니키다가 이번 작전을 세울 때 제안했던 것이, 회의실 밖의 사람인 나오미를 끌어들이는 것이었다. 구니키다가 혼자 작전을 짜서는 다자이가 바로 눈치챈다. 그렇다고 회의실 안에 있는 모든 사람을 끌어들이면, 정보가 새어 나갈 가능성이 높아진다. 다자이의 실력이면 누군가——아마도 겐지 정도에게서——쉽게 계획의 전체적인 내용을 말하게 할 수도 있었다. 따라서 구니키다의 공범은 최대한 적어야 했다.

그래서 뽑힌 사람이 오빠인 다니자키와 여동생인 나오미였다.

다니자키의 입장에서는 왜 자신이 선택된 것인지 몰랐다. 나오미의 부속물로서인가? 아무래도 그런 것이 아닌가 하는 느낌이 들었다. 사람들이 다니자키에게 의지하는 이유는 대체로 누구든 좋으니 일손이 필요하거나, 다니자키의 이능력인 『가랑눈』이 필요해서이다. 하지만 이번의 적인 다자이에게는 이능력이 통하지 않았다. 그렇다면 이번에 다니자키가 선택된 것은 그냥 무난하니까——이겠지.

하지만 일도 그럭저럭, 소신도 그럭저럭, 정의감도 그럭저럭인 자신은 선배의 필살 이상 공격에 대항할 말솜씨도 반박할 용기도 없었다.

즉——휩쓸리기 쉬운 성격이다.

자칭 평범한 사람인 다니자키는 그래도 상관없다고 생각한다. 아래에서 두 번째 말단 조사원으로서는 선배가 하라는 일을 재빨리 해내는 것 외에 다른 방법이 없었다.

제비를 만들면서 다니자키는 그런 생각을 했다.

"다 됐습니다."

다니자키는 그렇게 말했다.

다니자키의 말을 듣고 아직도 '연극 소동'에 대해 이러쿵저러쿵 이야기를 나누던 회의실 사람들이 모두 돌아보았다.

다니자키 앞에는 '1'부터 '40'까지의 숫자가 들어간 제비가 놓여 있었다.

그 숫자는 약 스무 개.

왜 마흔 개가 아니라 스무 개인가. 그것은 신문이 양면 인쇄라 '1' 페이지 뒤에는 반드시 '2' 페이지가 인쇄되어 있었기 때문이다. 제비의 숫자 '1'과 '2'는 항상 세트였다. 같은 이유로 '3'과 '4'도 세트였다. 마지막 번호는 '39'와 40'이 세트다. 그래서 합계 스무 개이다.

다니자키는 제비를 한데 모아 신중하게 봉투 안에 넣었다.

"그럼 제비뽑기군. 어떤 순서로 할 거지?"

구니키다가 팔짱을 끼고 말했다.

"제비를 만든 사람이 다니자키이니, 일단 마지막에 뽑는 게 도리지."

"나는?" 다자이가 자신을 가리키며 물었다.

"너는——너무 뒤에 뽑게 만들면 또 이상한 책략을 꾸밀 수도 있으니, 맨 처음으로 뽑아라."

사람을 너무 못 믿네. 그렇게 말하면서 다자이는 봉투에서 제비를 하나 뽑았다.

"아직 보지 마라."

"왜?"

"정작 중요한 배역이 아직 결정되지 않았기 때문이다. 먼저 제일 불리한 역할을 할 사람을 확정해 놓으면 불공평하잖나."

구니키다가 말했다. 음모일 수도 있다는 낌새를 조금이라도 내비치지 않을 만큼 당당한 태도였다.

"그게 순리지. 그럼 마지막에 동시에 열어 볼까?"

그렇게 말하며 다자이는 제비를 손에 꽉 쥐었다.

"근데 구니키다, 나는 마침 생각이 번뜩 들었어. 아주 딱 어울리는 시험 내용이."

다자이는 제비를 쥔 채 말했다.

"뭐지?"

구니키다는 다자이에게서 봉투를 빼앗아 들고 마구 섞은 뒤 제비를 하나 뽑았다.

"그거 있잖아. 내가 우연히 가지고 온 불발 폭탄."

다자이가 가리킨 곳에는 찻집에서 다자이가 보여 준 가짜 폭탄이 들어 있는 종이봉투가 있었다. 다자이가 선술집에서 받은 것으로, 자칫하면 무차별 폭탄 소동으로 발전할 뻔한 어떤 여성의 선물이었다.

"기왕에 있는 거니 사용하면 좋을 것 같아서."

"폭탄——을 사용하는 건가." 구니키다가 고개를 갸웃했다.

대화를 하는 두 사람 옆에서 요사노가 제비를 뽑아 줬다.

"그래. 탐정사에 폭탄마가 나타난 거지. 범인은 일반 시민을 인질로 잡고 탐정사 내에서 농성을 벌이는 중. 함부로 손을 댈 수 없는 상황. ——그런 상황에서 신입이 어떤 행동을 할 것인가. 물론 합격 여부는 최종적으로 사장님에게 판단해 달라고 하겠지만, 폭탄을 해제하거나 설득하여 투항시키면 합격. 어때? 나름 탐정사다워서 좋지 않나?"

겐지가 봉투에서 제비를 하나 뽑았다.

원래 다음은 란포 차례이지만, 란포는 시험 당일에 출장이라 탐정사에는 없다. 그래서 제비를 뽑을 책임을 벗어났다.

마지막으로 제비를 뽑아야 하는 사람은——다니자키였다.

"자, 여기요. 오라버니."

나오미가 봉투를 내밀었다.

여기까지는 순조롭다. 그리고 여기까지 오면 이제는 어려울 게 아무것도 없었다. 단지 제비를 뽑으면 그만이었다.

"제비의 숫자가 가장 작은 사람이——폭탄마 역할을 하는 거네요."

"그렇게 되겠지." 다자이가 느긋한 목소리로 말했다.

다니자키는 힐끗 구니키다를 훔쳐보았다. 구니키다는 거의 보이지 않을 정도로 살짝 턱을 내려 고개를 끄덕였다.

어차피 여기까지 휩쓸려 왔으니, 끝까지 휩쓸려 갈 수밖에 없다.

다니자키는 그렇게 생각하며 제비를 뽑았다.

──구니키다가 생각한 작전은 매우 단순했다.

제비의 위조.

다자이가 뽑은 제비와 다른 사람이 뽑은 제비는 완전히 다른 것이었다.

물론 그것은 옛날 신문을 미리 여러 개 준비해 놓고, 제비를 넣어 놓은 봉투에 미리 장치를 해 놓았기 때문에 가능한 것이었다.

구니키다는 다자이와 오랫동안 같이 활동한 덕분에, 입사 시험의 역할 분담이 제비뽑기로 결정될 수밖에 없다는 것과 부정을 막기 위해 옛날 신문의 페이지를 제비 대신 사용할 수밖에 없다는 사실을 미리 예견했다.

만약 옛날 신문과 봉투를 사용할 수 없다면, 그때는 어쩔 수 없는 일이라고 구니키다는 말했다. 자신의 『돗포 시인』도, 다니자키의 『가랑눈』도, 닿기만 해도 이능력을 무효화하는 다자이의 이능력 『인간실격』 앞에서는 사용해 봐야 아무런 도움도 안 된다. 그때는 단단히 각오하고 천운에 맡기고, 확률의 신이 올바른 판단을 내려 주기를 빌 수밖에 없다.

하지만 이번에는 일이 순조롭게 진행되었다. 예정대로 다자이가 원하는 제비를 뽑도록 하는 데 성공했다.

일단——전날 중에 옛날 신문 열한 부를 준비하고, 페이지와 날짜가 똑같은 제비를 대량으로 만들어야 했는데, 그건 다니자키의 몫이었다.

어제, 잘 아는 폐지 회수 업자에게 부탁해, 같은 날짜의 옛날 신문을 한꺼번에 구했다. 그리고 옛날 신문을 사용해 '1·2'에서 '39·40'까지의 숫자가 적힌 제비를 대량으로 만들었다(앞서 말한 대로 신문의 페이지 번호는 앞뒤로 인쇄되어 있기 때문에 1·2처럼 숫자 두 개가 양면 세트인 제비가 완성된다).

다음으로, 그중 양면에 '1·2'라고 인쇄된 제비와 '3·4'라고 인쇄된 제비를 한꺼번에 한 봉투 안에 넣는다. 열 부에 해당하는 '1·2'와 '3·4'——그렇게 해서 총 스무 개의 제비가 만들어진 것이다.

원래 넣어야 하는 '1·2'에서 '39·40'까지의 스무 장을 대신한 것, 즉, 가짜 제비 뭉치다.

그리고 다자이에게 그 제비 중 하나를 뽑게 한다.

즉, 다자이는 어떤 제비를 어떤 식으로 뽑아도 '1'에서 '4'까지의 숫자밖에 뽑지 못한다.

숫자가 작은 제비가 '꽝'.

다시 말해 다자이의 입장에서는 '꽝' 확정——폭탄마 역할은 다자이로 확정된다.

그 후, 다른 사람이 제비를 뽑기 전에 제비 뭉치를 다시 바꿔치기한다. 다른 사람이 뽑는 뭉치는 '5·6'에서 '39·40' 밖에 들어 있지 않은 제비 뭉치, 서른아홉 개다. 다자이보다 반드시 높은 숫자가 나오는 것이다.

총 두 번의 바꿔치기.

그것만 잘할 수 있으면 이 작전은 아주 단순하고, 매우 들키기 쉽지 않으며, 성공 확률이 높은 사기였다.

그만큼 바꿔치기는 사전 연습이 많이 필요했다.

그건 나오미, 그리고 구니키다의 역할이었다.

다니자키가 회의실에서 만든 스무 개의 제비 뭉치를 뒤섞는 척하면서 '1·2', '3·4'의 뭉치로 뒤바꾸어 놓으면, 다자이가 제비를 뽑은 뒤, 구니키다는 자신이 제비를 뽑을 때 '5·6'에서 '39·40'의 제비 뭉치로 되돌려 놓아야 했다.

하지만 봉투 자체가 사전에 2중 바닥인 봉투였기 때문에 바꿔치기하는 것 자체는 그다지 어렵지 않았다. 2중 바닥에 미리 넣어 놓은 제비가 줄을 당기는 간단한 조작만으로 봉투 안의 제비 뭉치와 뒤바뀌는 시스템이었기 때문이다. 이건 구니키다가 이전부터 다자이를 상대할 최종 병기로서 꾸준히 준비해 놓은 것이었다.

그리고 지금, 모든 작전이 끝났다.

다자이. 구니키다. 요사노. 겐지. 다니자키.

조사원 다섯 명이 제비를 든 상태. 그 숫자가 가장 작은 사람이 가장 힘든 역할——이 경우에는 폭탄마 역할——을 해야 한다.

다니자키는 지금까지의 경위를 다시 떠올렸다. 문제는 없어 보였다.

하지만 상대는 다름 아닌 다자이다. 처음 입사했을 때부터 같은 편과 적을 농락한 것은 물론, 경쾌하고 무슨 생각인지 알 수 없는 행동으로 주변을 혼란시킨 장본인. 과거 경력을 전혀 알 수 없는 상태로, 항상 쥐도 새도 모르게 모든 것을 자신의 뜻대로 진행시키는 사람. 다자이는 마치 신화에 나오는 요술쟁이 같았다.

그런 다자이를 상대로 사기가 통할 것인가.

"그럼 나부터 열게."

다자이가 자신의 제비를 열어서 보여 주었다.

——'3·4'.

"아차차." 다자이가 뚱한 표정을 지었다.

성공——했다.

다니자키는 무심코 그런 말을 할 뻔했다.

"평소의 악행으로 인한 저주군." 구니키다가 다자이를 보고 말했다.

질질 끌려 다니며 음모에 말려들어 그 일각을 담당하게 된 '평범한 인간' 다니자키도 이렇게까지 깔끔하게 작전이 성공하니 기분이 상쾌했다. 파트너인 구니키다만큼은 아니지만, 다니자키도 다자이에게 이리저리 휘둘리며 성가신 일을 떠맡은 적이 많기 때문이었다.

그 복수——라고 해야 할 만큼 대단한 것은 아니지만, 작게나마 자신의 고생을 설욕했다고 생각하니, 아무튼 간에 가슴이 후련한 느낌이 들었다.

계속해서 구니키다가 제비를 열었다. '7 · 8'. 정확하게 바꿔치기에 성공했다. 즉, 구니키다가 뽑기 전에 두 번째 바꿔치기가 무사히 이루어졌다는 말이었다.

구니키다가 자신의 제비를 하늘하늘 흔들어 보여 주면서 말했다. "다자이에게 이겼다. 나는 이번에 그냥 그것만으로도 만족이다."

"마음이 흐트러진 구니키다가 폭탄을 껴안고 울고불고 난리를 피우는 모습을 보고 싶었는데." 다자이가 아쉽다는 듯이 말했다.

요사노가 제비를 열었다. '27 · 28'.

겐지가 제비를 열었다. '33 · 34'.

제일 젊은 신입인 겐지가 제일 제비 운이 좋았던 셈이다. 겐지는 다니자키의 유일한 후배 조사원이지만, 솔직히 말해 다니자키는 겐지에게 이길 수 있을 것이라고 생각한 적이 한 번도 없었다.

마지막으로 다니자키가 제비를 열어야 할 때가 왔다.

"제비를 열기 전에 한 가지 물어봐도 될까, 다니자키."

갑자기 다자이가 말했다.

"뭔가요?"

"이대로 가면 내가 틀림없이 꼴찌이겠지. 이게 다 평소부터 방탕하게 살아왔기 때문이 아닌가 하네. 그래서 나는 인생에 절망해 폭탄을 끌어안고 모든 사람과 같이 즐겁게 자살을 하는 남자를 연기하는 것이 어떤가 하고 생각 중이네만. —— 한 가지 부탁을 해도 될까?"

"부탁이요?" 다니자키는 고개를 갸웃했다.

"폭탄마 하면 또 농성 아닌가. 농성 하면 역시 인질이고. 그래서 될 수 있으면 가련하고 저항력이 없으며, 외모만 봐도 '오오, 인질 같아'라고 생각할 만한 인재가 있었으면 하거든. 혹시——자네의 여동생을 인질역으로 발탁해도 될까 해서 말이야. 부탁할 수 있을까?"

다니자키는 옆에 있는 나오미를 바라보았다.

나오미는 놀라지도 당황하지도 않고, 뺨에 손을 대며 "저라도 괜찮다면." 하고 한마디 했다.

왜인지 다니자키 쪽을 바라보면서.

다니자키는 뭔가 묘하게 분위기가 이상하다고 생각하면서도 "네——나오미가 좋다고 한다면요." 하고 애매하게 대답했다.

"그거 참 잘됐군. 자, 제비를 열어 보게, 다니자키. 영광스러운 숫자가 자네를 기다리고 있을 걸세."

그렇게 말하고 다자이는.

──살며시 웃었다.

거의 동시에 구니키다가 자리에서 일어섰다. 그리고 힘에
밀려 의자가 쓰러졌다.

"설마." 구니키다가 외쳤다. "다니자키, 제비를 열어 봐
라!"

얼굴이 창백해진 다니자키의 재촉을 받고 다니자키가 서둘
러 제비를 열어 보았다.

──'1·2'.

"아니──?!"

"어라라라. 이런 요행이 다 있나." 다자이가 생긋 웃었다.
"제비의 신은 참 장난을 좋아하는군. 설마 나보다 작은 숫자
를 뽑는 사람이 있을 줄이야──다니자키, 운이 없구나."

다니자키는 당황해 제비의 날짜란을 확인해 보았다.

다른 제비와 마찬가지로 2개월 전의 날짜. 틀림없이 다니
자키가 준비해 둔 제비와 똑같은 것이었다. 자른 단면을 봐
도 다니자키가 만든 제비와 똑같아 보였다. 열한 부나 되는
신문을 사용해 제비를 만들었으니, 그 정도는 보면 안다.

하지만 이건 있을 수 없는 일이었다.

제비 뭉치는 두 종류밖에 없다. '1'에서 '4'까지의 숫자가

들어간 스무 개와 '5'에서 '40'까지의 숫자가 들어가 있는 열아홉 개다. 구니키다·요사노·겐지가 뽑은 것은 틀림없이 후자, 큰 숫자가 적힌 쪽의 제비 뭉치였다. 그것을 다니자키도 뽑았다. 제비 뭉치를 다시 바꿔치기할 수 있는 시간은 전혀 없었다.

그런데 다니자키는 어떻게 황당하게도 '1'번 제비를 뽑은 걸까.

다니자키는 무심코 다자이의 표정을 살펴보았다.

다자이의 표정은──엷게 웃고 있었다. 그것은 다자이가 다니자키의 마음속을 꿰뚫고 있다는 사실을 증명하는 미소였고, 다니자키가 속마음을 들켰다는 사실을 눈치챘다고 말을 하는 미소였다.

"이런 일이──."

말도 안 된다. 그렇게는 말할 수 없었다. 이건 제비니까, 어떤 숫자가 나와도 이상하지 않다. 말도 안 된다고 말할 수 있는 사람은 유일하게 제비에 속임수를 쓴 사람뿐이다.

하지만, 어떻게.

어떻게 이 계획이 밖으로 새어 나갔는가.

구니키다가 발설했을 리는 없다. 다니자키도 누군가에게 말을 한 적이 없다. 그렇다면──.

깜짝 놀란 다니자키가 나오미를 바라보았다.

나오미는 촉촉하게 젖은 눈동자로 다니자키를 마주 보았다.

"그치만……."

다니자키는 보았다. 여동생의 눈동자 안에서 하트 마크가 떠올라 흔들리고 있는 모습을.

나오미는 살짝 상기된 뺨을 가느다란 손끝으로 누르면서 말했다. "인질이 되어서…… 오라버니에게 묶이기도 하고 협박을 받기도 하고 그랬으면 했거든요."

. . . . . .'.'.'.'.'.'.'.'.'.'.'.'.'.' . . . .

탐정사의 밤은 깊어 갔다.

회의는 모두 원만하게 마무리되었다. 사원들은 회의실에서 각자 감상을 말한 뒤, 퇴근길에 올랐다.

결국——다니자키는 뭐가 뭔지 제대로 이해도 하지 못한 채, 내일 입사 시험의 악역인 폭탄마가 되었고, 나오미는 사로잡힌 인질 역할이 되었다.

그렇다고는 해도, 시험 준비는 다니자키 혼자서 할 수 있을 만한 일이 아니었기 때문에 다니자키 다음으로 숫자가 작은 '3'을 뽑은 다자이와 '7'을 뽑은 구니키다가 보조를 하기로 했다. 구체적으로는 신인을 불러내고 폭탄마를 부추겨 사건을 해결하도록 압박하는 역할이었다.

"수고가 많아, 다니자키." 회의실을 떠나기 직전, 요사노가 엷은 미소를 지으며 다니자키의 어깨를 두드렸다. "꽤 재미있었어."

"내일, 열심히 해 주세요!" 겐지가 밝게 인사하며 손을 흔

들었다. "새로 오는 신입, 합격했으면 좋겠네요!"

란포는 어느새인가 퇴근했다. 란포의 책상에는 막과자 봉투와 과자 모형 틀과 고기만두를 올려 두었던 종이가 놓여 있었다. 그리고 탐정 사무실의 바닥에는 '폭탄마로서 농성을 한다면 어디가 적절한가' 에 대해 적어 놓은 낙서가 남아 있었다. 아무래도 란포 나름의 격려인 듯했다. 다니자키는 그것을 무정한 표정으로 가만히 바라보았다. 시간적으로 봤을 때, 란포가 이것을 적은 시간은 아직 제비를 뽑기 전이었을 가능성이 높았다.

다니자키는 생각했다. 아마 내일 출장도 입사 시험이 언제 시작될지 날짜와 시간을 예측하여, 귀찮은 일에 말려들지 않기 위해 일부러 그 시간대에 일정을 넣은 것이다.

역시 진실을 꿰뚫어 보는 『초추리』를 지닌 사람이다.

더 무시무시한 것은——란포는 이능력자가 아니라는 사실이다. 란포는 자신이 이능력자라고 생각하고 있을 뿐, 실제로는 신들린 듯한 관찰력과 추리력을 무의식적으로 발휘하는 것에 지나지 않았다.

대체 란포가 그런 오해를 하게 된 이유는 무엇인가, 그 계기는 무엇인가.

탐정사 사람들은 아무도 그 진상을 몰랐다.

"납득할 수 없다!"

구니키다가 이자카야에서 소리쳤다.

"그만 진정하세요, 구니키다 씨……." 다니자키가 작은 목소리로 말했다.

그곳은 탐정사에서 그리 멀지 않은 심야 영업을 하는 이자카야였다. 매달린 초롱은 가게 안을 붉게 비추었고, 얼굴이 달아오른 손님들은 파도 소리처럼 가게 안을 떠들썩하게 만들었다. 그리고 가게의 천장 근처 작은 사당에는 작은 달마가 같이 장식되어 있었다.

구니키다와 다니자키는 반성과 위로를 겸해 회의가 끝난 뒤, 술집에 들렀다. 반쯤 자포자기한, 일종의 쫑파티였다.

"이거 참 재미있었어." 왜인지 굳이 따라온 다자이가 기쁘게 일본주를 들이켰다.

미성년자인 다니자키는 술 대신 탄산음료를 찔끔찔끔 마시면서 미소를 지었다. "그건 그렇고, 전부 들켰을 줄이야……."

"우후후. 내가 이런 장난을 한두 번 해 본 것도 아니고, 경험의 차이지." 웃으며 그렇게 말한 뒤, 다자이가 술잔을 기울였다. "그렇지만 이번엔 구니키다의 실수야. 후배를 공범으로 끌어다니. 그것도 다니자키를. 너무 평범하고 순종적이잖아. 하려면 혼자 했어야지."

구니키다는 뚱한 표정으로 다자이를 노려보았다. 그리고 말했다. "이번에는——찍 소리도 못 하겠다."

"그런데 다자이 씨. 대체 어떻게 하신 거예요? 다자이 씨가 큰 숫자를 뽑았다고 한다면 그나마 이해했을 거예요. 그런데 제가 뽑은 마지막 제비를 '1'로 만들기란 불가능하지 않나요?"

다니자키는 자신의 의지로 제비를 뽑았다. 그 시점에 다니자키에게 '1'을 뽑게 하려면, 남은 제비 열다섯 개를 모두 '1'로 바꿔치기해 놓을 필요가 있었다. 하지만 설사 나오미를 같은 편으로 끌어들였다고 하더라도, 다니자키 바로 앞에서 겐지가 '33'을 뽑은 이후에는 제비를 바꿔치기할 만한 기회가 전혀 없었다.

"음, 그건 기업 비밀이야." 다자이는 장난스럽게 검지를 입술에 대고 말했다. "다음에 나를 속일 때까지 밝혀 두는 걸 추천하지."

──경험의 차이지.

그야말로 다자이의 말대로였다.

구니키다는 미안하다는 듯이 고개를 숙였다. "미안하다, 다니자키."

"아, 아니요." 다니자키는 웃었다. "이것도 좋은 경험인걸요."

다니자키는──정말로 그렇게 생각했다.

천생 휩쓸리기 쉬운 성격이기 때문에 여기까지 오게 된 것이다. 구니키다의 계획에 휩쓸리듯이 참가한 것도 그렇고, 폭탄마를 억지로 떠맡게 된 것도 어떻게 보면 흐름에 휩쓸렸기 때문이다. 다니자키는 조금 특이한 이능력을 지니고는 있었지만, 다른 탐정 사원들처럼 전투를 잘하는 것도 아니었고, 지혜가 뛰어난 것도 아니었다. 또 쓰러뜨려야 할 적이 있었던 것도, 과거에 깊은 어둠과 트라우마를 지니고 있지도 않았다. 그러니까, 평범하다. 소원이 있다고 한다면 유일한 가족인 여동생의 행복뿐이었다.

그런 자신도 탐정사에 있는 한 흐르는 조류에 휩쓸릴 일이 많아 지루할 틈이 없었다. 그래서 그 조류에 휩쓸리다가 결국엔 맡게 된 폭탄마 일도 즐겁게 해 볼 생각이었다. 다행히 그렇게 휩쓸리기 쉬운 자신을 의지가 약하다느니 하면서 뭐라고 한 사람은 아직 없었다.

──의지가 약해도 좋다. 휩쓸리며 저 멀리까지 가 보거라.

은사의 말이 떠올랐다.

다니자키는 쓴웃음을 지으며 고개를 들었다. 마침 종업원이 식사를 탁자 위에 올려 둔 참이었다.

"이거 참. 오늘은 하루 종일 쓸데없는 일만 했군." 구니키다가 말했다. "다니자키, 좋아하는 게 있으면 다 시켜. 수고비도 안 되겠지만, 내가 쏘마."

"와~."

"너는 네가 직접 내라."

종업원 여성에게 다음 술을 주문한 뒤, 구니키다는 탁자 쪽으로 다시 몸을 돌렸다.

"그러고 보니 결국 왜 탐정사가 설립되었는지에 관한 이야기는 그냥 흐지부지하게 넘어가 버리고 말았네요."

다니자키가 젓가락으로 탁자 위의 감자를 집어 먹으면서

말했다.

"그런 이야기도 있었군."

구니키다가는 술잔을 홀짝이면서 크게 한숨을 내쉬었다.

"사장님은 옛날이야기를 거의 안 하시지. 훈시도 보기 힘들어. 탐정사 설립 일화──이야기해야 할 때가 오면 자연히 이야기를 해 주시지 않을까 생각한다만."

구니키다는 허공을 바라보며 혼잣말처럼 말했다. "사장님이 탐정사를 설립할 결심을 하게 한 사람──될 수 있으면 만나 보고 싶지만 말이지." 다자이는 애매하게 미소 지었다.

다니자키는 생각했다. 그토록 탐정사와 인연이 깊은 사람이라면, 이미 한 번쯤은 봤어도 이상하지 않을 듯했다. 누군가──의외로 가까이에 있는 사람이 아닐까.

"다들 알고 싶어 할 것 같기는 한데 말이야. 다음에 사장님한테 한번 물어봐, 구니키다."

"왜 내가 물어야 하지? 네가 가서 물어봐라."

"좋아. 그럼 누가 가서 물어볼 건지 제비뽑기로──."

"제비뽑기는 이제 두 번 다시 안 해." 구니키다는 다자이를 노려보았다.

"아니, 사장님까지 포함해 넷이서 제비를 뽑아 진 사람부터 부끄러운 과거 이야기를 하며 노는 건 어떻습니까."

"뭐가 어떻습니까냐!" 구니키다가 소리쳤다. "아무리 생각해 봐도 내가 부끄러운 과거를 꾸역꾸역 말을 하는 결말이 눈에 보이지 않나?!"

구니키다는 술잔을 비운 뒤, 고개를 축 늘어뜨렸다.

여자 종업원이 새 접시를 가지고 왔다. 다니자키는 종업원에게 작게 고개를 숙여 인사했다.

"이번에도——결과를 보면 다자이가 책임을 회피하려는 짓을 도와준 꼴이 되고 말았다. 굴욕적이야. 반드시 에구구 하고 죽는 소리를 하게 만들어 주려고 했는데." 구니키다가 말했다. "이제 뭐가 됐든 간에 꼭 이기고 싶다."

"우후후. 에구구 정도야 부탁하면 얼마든지 말해 줄 수 있는데. 에구구, 에이구야. ——응? 이 뚜껑이 달린 접시는 무슨 요리지? 웬일로 뚜껑이 다." 다자이는 탁자 위의 접시에 손을 뻗으면서 말했다.

"하지만——그러고 보니 다자이 씨. 저 다음으로 작은 수인 '3'을 뽑는 바람에, 당일에는 신입을 데리고 와야 하는 역할을 맡게 됐네요." 다니자키가 의아한 표정을 지었다. "그걸 피하지 않은 이유는 뭐죠?"

"에구구에구구에구구. 그건 말이지, 구니키다가 그냥 평소의 나에 대한 원한을 갚기 위해서 뿐만이 아니라, 입사 시험을 통해 내가 무언가 교훈을 깨닫길 원한다——는 의도를 가지고 그 회의에 참가한 것 같은 느낌을 받았기 때문이야. 그래서 조금이나마 그 배려를 받아들이는 게 좋겠다 싶었지."

"흥. 나는 정말로 네가 얄미웠을 뿐이다." 구니키다는 거칠게 말을 한 뒤, 표정을 숨기려는 듯 얼굴을 돌렸다.

다자이가 가까이로 끌어당긴 접시의 뚜껑을 열면서, 가게 안쪽을 보며 말했다.

"그런데. 조금 전의 그 여자 종업원, 어딘가에서 본 적이 있는 듯한——."

다자이가 접시의 뚜껑을 열었다.

동시에 까라랑 하는 소리가 났다.

"⋯⋯⋯⋯응⋯⋯?"

뚜껑 아래에는 요리가 없었다.

그곳에 있는 것이라고는 기묘하게 조립된 기계와 점토 같은 고체 연료. 그리고 그곳의 기폭 장치와 연결된 코드가 다자이가 쥐고 있는 뚜껑에까지 연결되어 있었다.

뚜껑 안쪽에 붙어 있던 종잇조각이 하늘하늘 떨어졌다. '그래도 계속 나만을 바라봐 줘.'

확인해 보니, 뚜껑의 가장자리에는 진동 감지식 코드가 부착되어 있었다.

"⋯⋯⋯⋯아~ 이건 그건가⋯⋯? 뚜껑을 더 이상 움직이면, 펑~ 하는 그거⋯⋯?" 다자이는 웃는 표정 그대로 얼어붙어 버린 얼굴로 동료에게 시선을 건넸다.

하지만.

"어⋯⋯? 다니자키? 구니키다?"

어느새인가 두 사람은 사라지고 없었다. 사태를 파악한 두 사람이 재빨리 모습을 감춘 것이다.

남은 것은 꼼짝도 하지 못하게 된 다자이와 폭탄 접시 및 현재의 사태를 눈치채기 시작한 주변 사람들의 술렁임뿐.

"…아……………………………."

다자이는 생각을 하다가 위를 보고 아래를 보고, 자신의 입장을 생각하고, 다음으로 해야 할 말을 생각한 뒤, 힘없는 목소리로 말했다.

"……에구구."

신입 사원. 나카지마 아쓰시——입사 전날 밤.

탐장사의 밤은 계속 깊어 갔다.

탐정사 설립 비화

그 당시 요코하마에는 무시무시할 만큼 실력이 뛰어난 경호원이 있다는 소문이 돌았다.

그는 칼을 쥐어 주면 100명의 악당을 베고, 창을 쥐어 주면 한 개 군단 정도와도 맞서 싸울 수 있다고 할 정도였다. 게다가 검술과 유술을 배우는 등, 무예 전반의 달인이고, 휴일에는 책과 바둑을 친구로 삼은 덕에 교양도 높을 뿐만 아니라, 늑대처럼 냉정 침착하게 의뢰인을 끝까지 지켜준다는 모양이었다.

굳이 결점을 꼽자면, 결코 다른 사람과 콤비로 활동하지 않고, 오로지 혼자서 경호를 하며 아무에게도 마음을 열지 않는다는 것.

즉, 한 마리의 외로운 늑대였다.

주변 사람들이 '녀석은 절대 누군가와 콤비를 짜지 않는다. 하물며 조직에 속하여 누군가의 상사가 되는 일은 하늘이 뒤집혀도 있을 수 없는 일이다' 라고까지 말할 만큼, 그는 고고한 외톨이였다.

다른 사람들과 섞이지 않는 은발 늑대.

그 남자의 이름은——후쿠자와 유키치.

이 짧은 이야기는 한 남자가 고군분투했던 기록이자, 성장 기록이며——

——육아에 관한 기록이다.

그날 후쿠자와는 계속 매우 불쾌한 표정을 지었다.

큰길을 성큼성큼 걷는 후쿠자와를 휴일의 인파는 썰물이 빠지듯 피해 다녔다. 후쿠자와가 횡단보도를 걸으면 자동차는 파란 신호인데도 가던 길을 멈췄다. 그것은 모두 후쿠자와가 불쾌한 기운을 내뿜었기 때문이었다.

단——실제로는 불쾌한 것과는 조금 달랐다. 후쿠자와는 자기혐오에 빠져 있었다.

의뢰인이 암살당했다.

그야말로 청천벽력이었다.

경호원인 후쿠자와의 주 임무는 두 종류였다. 평시부터 안전 지도를 하다가 급박한 일이 있을 때 최우선적으로 달려가는 계약 경호와 하루 단위로 특정 인물 또는 물건을 경호하는 단발(單發) 경호였다. 오늘 아침에 살해당한 사람은 상시 경호를 하기로 했던 고객으로, 불과 며칠 전부터 경호원으로서 호위를 약속했던 어떤 기업의 여사장이었다.

여사장과는 일과 관련된 것 이외에는 이야기를 한 적이 없었다. 후쿠자와는 일 이외의 사적인 이야기를 극단적으로 피하며 살아왔기 때문에 경호 대상에 대해 인간적으로는 아무것도 몰랐고, 또 흥미도 없었다. 단지 딱 한 번, '전속 경호원이 되지 않겠냐'라고 하는 제안을 받은 적은 있었다. 조직에 속해 동료와 부하가 생기는 것을 꺼려했던 후쿠자와는 그런 제안을 즉각 거절했지만──.

전속으로 사장 곁에 항상 대기하고 있었으면, 혹여 결과가 달라졌을지도 모른다.

여사장은 오늘 아침 일찍, 자사의 빌딩에서 누군가에게 떠밀려 아래로 떨어졌다고 한다. 살인 청부업자에게 당해서, 사장실의 창문 아래로. 살인 청부업자는 이미 꼬리가 잡혀 구속이 되었다는 듯했다.

후쿠자와는 여사장의 회사 빌딩에 도착했다. 항구에서 아주 가까운 곳으로, 적갈색 벽돌로 만들어진 빌딩이었다. 언덕을 올라간 곳에 있는 건물로, 낡았지만 만듦새는 튼튼하다고 한다.

빌딩에 들어가는 도중의 인도 옆. 사장실 바로 아래쪽 지면에 출입금지라고 적힌 접착테이프가 둘러쳐져 있었다.

그날은 강풍이 불었다. 노란 접착테이프는 바람이 날려 파닥파닥 하는 소리를 냈다. 후쿠자와는 시선을 돌렸다.

사장의 시신은 이미 감식반이 수거해 갔지만, 아스팔트 바닥에는 숨길 수 없는 혈흔이 남아 있었다. 후쿠자와는 감정을 억누르고 낙하 현장을 지나, '주식회사 S · K상사'라고

적힌 간판 아래로 들어갔다. 그리고 엘리베이터를 타고 사장
실로 올라갔다.

"이게 누구십니까. 여기까지 오시게 해 죄송합니다. 잠시
기다려 주십시오. 금방 끝납니다."

사장실에 도착해 보니, 비서가 산더미 같은 서류와 씨름하
는 중이었다.

그것은 도저히 살인 현장과 어울린다고 말하기 힘든 광경
이었다.

사람을 꾹꾹 채워 넣으면 서른 명 정도는 들어갈 수 있을
만큼 넓은 사장실에는 사람 대신, 서류가 잔뜩 놓여 있었다.
책상에도 바닥에도 가득. 거의 틈 하나 없이 전체가 서류로
뒤덮인 모습이었다. 얼핏 보니 모두 중요 서류인 듯했다.

그 서류를 잔뜩 늘어놓던 사람이 조금 전에 말을 한 비서였
다. 검은 코트를 입고 짙은 붉은색 넥타이를 맨 안색이 나쁜
남자였다. 남자는 서류의 평원을 노려보다가, 몇 개인가를
집어 들고 책장에 되돌려 놓았다가, 또 새로운 서류를 늘어
놓았다.

"──뭘 하는 거지?" 후쿠자와는 그 모습을 보고 무심코
그런 질문을 하고 말았다.

"서류를 말이죠, 정리하는 중이에요." 안색이 나쁜 비서가
그렇게 대답했다. "이곳에 있는 서류는 저 외에 파악하고 있
는 사람이 없으니까요."

그게 설명이라고 한다면 상당히 불친절하다고 할 수 있었

다. 후쿠자와로서는 대체 무슨 말인지 전혀 알 수 없었다. 알 수는 없었지만, 아무튼 업무와 관련된 것이라는 생각은 했다. 자신이 모시던 여사장이 살해당한 그날에 서류 업무를 하는 것이 불경한 짓인지 아니면 근면해서 좋은 일인지 판단하기 힘들었지만, 아무튼 지금은 사람이 죽은 직후라는 사실이 후쿠자와의 머릿속에 떠올랐다.

"깊은 조의를 표하는 바다." 후쿠자와는 고개를 숙였다. "아까운 사람이 죽었군. ……이곳 창문으로 떠밀렸다고 들었다만."

사장실의 창문으로는 요코하마 거리가 내려다보였다. 사장이 떠밀려 떨어졌다는 폭이 넓은 창문은 현재, 닫힌 상태였다.

"직업적인 암살자입니다." 비서는 어두운 표정을 더욱 어둡게 흐리며 말했다. "회사로서는 정말 원통하기 짝이 없습니다. 제 개인적으로도 사장님은 다른 직장에 다니던 저를 스카우트하여 지금 이 위치까지 키워 주신 스승님이자 주군 같은 분이시니까요. 그러니 이번 사태의 진상을 밝혀내고, 정의를 백일하에 드러내는 것이야말로 사장님을 추모하는 길이라고 생각합니다."

비서는 시선으로 옆방을 가리켰다. "살인자는 이미 붙잡았습니다. 사장님을 살해한 뒤, 도망할 때에 1층에 있던 경비원에게 제압을 당했습니다. 현재는 옆방에 포박되어 있는 상태입니다. 감식에게 얼굴 사진을 보냈더니, 사장님이 입고 계셨던 옷의 등 쪽에서 검출된 열 손가락의 지문은 관리 기록상, 범인과 일치했다고 합니다."

"뭐라고?" 후쿠자와는 깜짝 놀라 말했다. "아직 옆방에 있는 건가?"

"이제 포기를 했는지 아주 얌전합니다. 잠들어 있는 것이 아닌가 착각할 정도로요."

후쿠자와가 놀란 데에는 다 이유가 있었다. 요코하마의 살인 청부업자는 그 위험도가 다른 도시와는 차원이 달랐다. 마도(魔都) 요코하마에는 지난 대전(大戰)의 종결과 동시에 연합군 계열의 각국 군벌이 잇달아 주둔했다. 그리고 그들은 통치를 명목으로 치외법권을 내세워, 요코하마를 잠식하듯이 각각 자치구를 만들었다. 그 때문에 요코하마는 전시 때와는 비교도 할 수 없을 만큼 무법 지대가 되어 가는 중이었다. 치안 경찰, 시 경찰은 간신히 그럭저럭 일을 하고 있었지만, 군경, 연안 경비대 등은 거의 무력화되었다. 그래서 현재, 요코하마는 범죄자의 낙원이자, 세력을 나눠 가진 불법 조직, 해외 비합법 자본, 범죄자, 살인자의 도가니였다.

게다가 이능력자도 존재한다.

이곳 요코하마에서 대기업의 사장을 죽이는 직업 살인자라면, 그들과 일상적으로 대치하는 후쿠자와가 아니더라도 일단은 이능력 범죄자일 가능성을 생각한다.

이 세계에는 비록 수는 적지만 평범하지 않은 힘을 휘두르는 이능력자들이 존재한다. 하지만 일상생활을 할 때는 이능력자와 만날 일이 사실상 없기 때문에, 대부분의 시민은 이 능력자를 소문이거나 도시전설 정도로만 인식했다. 하지만 경호원으로서 주요 인물을 경호하는 후쿠자와는 이능력자, 그리고 이능력 범죄에 익숙했다.

그리고 후쿠자와는 무예의 달인이긴 했지만 이능력자는 아니었다.

암살을 전문으로 하는 살인 청부업자와 대치하면, 제아무리 후쿠자와라도 아무런 부상 없이 이길 수 있을지 어떨지는 모두 승부의 흐름에 달린 일이었다.

후쿠자와가 놀라고 초조했던 이유는 살인 청부업자가 이능력자일 가능성도 있었기 때문이다. 만약 이능력라면 아무리 밧줄로 묶고 옆방에 놓아두었다고 해도 완벽하게 제압했다고는 할 수 없었다. 그래선 고성능 폭약을 옆방에다 놓아둔 꼴이다.

"그 살인 청부업자의 모습을 확인하고 싶은데."

"물론 얼마든지 보십시오."

후쿠자와는 옆방의 문으로 한 발 다가가려다가 걸음을 멈췄다.

"아무리 보라고 한들……."

발을 내디딜 틈이 없었다. 비유가 아니라 문으로 가는 곳으로 이어진 바닥 면적의 95퍼센트를 반듯하게 늘어선 서류가 가득 점거하고 있었다. 인간의 힘으로 그곳의 틈을 빠져나갈 수는 없었다. 그건 잔해 더미 사이를 다리 여덟 개로 이동하는 구조 기계인가 뭔가가 아니면 불가능한 일이었다.

"치워도 되는 건가?" 후쿠자와는 서류를 가리키며 물었는데,

"아아, 만지지 마세요!" 비서가 처음으로 큰 소리를 내며 제지했다. "절대로 안 됩니다! 지금 늘어놓은 서류는 모두 다 사운을 좌우할 아주 중요한 것들이니까요! 분실은 물론, 인쇄 잉크에 긁힌 자국이 하나라도 생기면, 나중에 어떤 흠이 되어 회사에 재앙을 가져올지 알 수 없습니다! 만지지도 말고, 흐트러뜨리지도 말고, 아주 조심스럽게 피하면서 움직여 주십시오! 후쿠자와 씨 정도 되는 분이라면 가능하지 않습니까?!"

뭐? 하고 자칫 솔직한 목소리가 튀어나올 뻔했다.

할 수 있는가 없는가의 문제가 아니다. 후쿠자와는 무예의 달인이지 곡예사가 아니다. 아무리 봐도 노출되어 있는 바닥의 면적이 후쿠자와의 발바닥 면적보다 좁았다.

"일단 묻겠는데…… 왜 서류를 사무실 바닥에 늘어놓은 거지?"

"당연한 의문입니다. 대답해 드리죠. 살인 청부업자의 목적이 이곳의 중요 서류를 훔치는 것, 또는 파괴가 아닐까 하고 저는 생각하는 중입니다. 저 흉악한 도적이 우리 S·K상사를 몰락시키기 위해 잠입했다가, 그 모습을 사장님에게 들켜 입을 막기 위해 살해했다——그것이 저의 추리입니다. 그러니 이렇게 체크를 하는 중이죠."

그렇군. 확실히 살인 청부업자가 사장을 처리하는 장소로서 사장실은 적합하지 않다. 경비도 있고, 수상한 사람이 어슬렁거리면 너무 눈에 띄기 때문이다. 하지만 목적이 사장의 목숨이 아니라 사장실의 서류였다면, 왜 사장을 여기서 죽여야 했는지 논리적으로 설명이 된다. 그리고 비서가 범인의 가장 큰 동기인 서류를 재빨리 확인하는 것도 충분히 이해할 만하다.

　"그럼 일시적으로 지나는 길의 서류만 책장에 돌려놓는 건 어떤가?"

　"그것도 안 됩니다." 비서가 고개를 저었다. "이 사무실의 서류는 모두 규칙적으로 늘어놓은 겁니다. 이렇게 늘어놓은 것 자체가 범인이 무엇을 노렸는지 간파하기 위한 중요한 방법론입니다. 날짜별, 부서별, 중요도별……. 이 사무실 전체가 하나의 목록인 것이죠. 사장님이 저를 스카우트하시기 전, 저는 전 직장에서 이 기술을 배웠습니다. 이것은 저 외에 사내의 그 어떤 누구도 흉내 낼 수 없습니다. 되돌리는 방법에도 규칙성이 있기 때문에, 일단 서류의 규칙성을 깨면 사장님 살해의 진상에서도 멀어지고 맙니다."

　알 것 같기도, 모를 것 같기도 한 설명이었다.

　하지만 비서의 표정은 매우 진지했다. 무단으로 서류를 어떻게 했다는 사실보다도, 그렇게 했을 때 일어날 소동이 후쿠자와에게는 더 부담스러웠다. 원래 자신은 회사 운영에 관해서는 초보이다. 조직의 장(長)이 되어 서류, 인사, 계약 등을 위해 고심하는 일이 어떤 것인지 전혀 상상이 되지 않았다. 전문가가 그렇다고 한다면 그런 것이겠지.

애당초, 후쿠자와는 눈곱만큼도 이의를 제기할 생각이 없었다. 원래 과실이 있었던 쪽은 자신이다. 경호원인 후쿠자와가 위기를 사전에 감지하여 여사장을 경호했다면, 이런 참사는 일어나지 않았을 테니까. 비서는 자신이 해야 할 일을 하고 있을 뿐이다. 그렇다면 자신도 자신의 책무를 묵묵히 다할 수밖에 없다.

후쿠자와는 눈대중으로 확인했다. 문까지는 약 다섯 걸음. 강하게 단련한 다리의 힘을 사용하면 두 걸음 만에 도착할 수는 있겠지만, 그러려면 도중의 한 걸음과 문 앞에 착지할 때의 한 걸음까지 총 두 번, 사운을 좌우한다고 하는 중요 서류를 꼭 짓밟아야 했다. 게다가 도중의 한 걸음 때는 틀림없이 서류가 찢어진다. 그랬다간 경호원으로서 또 수치를 당한다.

후쿠자와는 일단 사장실 입구 앞까지 돌아가서 다리에 힘을 모았다. 그리고 도움닫기를 한 뒤, 뛰어올랐다.

첫 걸음은 벽에 붙여 놓아둔 책장의 장식에 착지. 아주 조금 불룩 나와 있는 곳을 밟고 착지의 반작용을 이용해 다시 도약.

문과 조금 떨어진 위치에 있는 손님용 의자에 양손을 대고 착지한 뒤, 조금도 움직이지 않고 정지. 도약을 한 뒤 몸을 조금도 떨지 않고 팔만으로 정지하는 균형 감각은 고류(古流) 무술을 연마한 사람들 중에서도 매우 드물었다.

후쿠자와는 그곳에서 의자 다리 근처에 있던 서류와 서류의 틈새에 살짝 발끝을 내리고, 한 팔과 한쪽 다리를 이용해 문까지 몸을 뻗었다.

유술 기술. 후쿠자와는 상대의 안쪽 옷깃을 잡는 것처럼 부드러운 손놀림으로 문손잡이를 잡고, 손끝의 힘만으로 돌렸다.

후쿠자와는 문이 살짝 열린 것을 확인한 후, 이번엔 문손잡이를 지지대 삼아 의자에서 뛰었다. 그리고 자신의 몸을 아주 작은 틈새로 집어넣으며 옆방의 바닥에 양쪽 다리로 착지했다. 잠시 뒤쪽으로 쓰러질 뻔했지만, 후쿠자와는 손가락으로 문틀을 잡고 몸의 균형을 잡았다.

그렇게 후쿠자와는 서류에 아무런 영향을 주지 않고 옆방으로 들어가는 데 성공했다.

"오오~." 비서가 등 뒤에서 그렇게 감탄했다.

오오~가 아니다. 후쿠자와는 내심 그렇게 생각했다. 의자에 착지할 때에는 조금 등골이 오싹했다. 이런 하찮은 일에 실패해 평판이 떨어져서는, 다른 사람의 평가를 신경 쓰지 않는 후쿠자와라 하더라도 역시 조금 억울할 수밖에 없었다.

아무튼 옆방에 도착하는 데는 성공했다. 후쿠자와는 문을 활짝 열고 살인 청부업자의 모습을 확인했다.

살인 청부업자는 앉아 있었다.

그리고 생각보다 몸집이 작았다. 어깨너비도 좁았다. 양손이 뒤로 묶여 있었고, 양다리가 의자에 묶여 있었다. 얼굴은 보이지 않았다. 검고 두꺼운 포대를 머리에 뒤집어쓰고 있었기 때문이었다.

확실히 이래서는 저항을 하거나 탈출할 수 있기는커녕 자신의 코를 긁는 것도 불가능했다. 팔다리는 철사가 섞인 땋은 줄로 묶여 있었기 때문에, 아무리 괴력을 지닌 천하장사라도 찢어 버릴 수는 없었다. 하물며 이렇게 몸집이 작은 암살자여서는…….

행색을 보니 아주 평범하게도 남색 셔츠와 작업용 바지 차림에 가죽 신발을 신은 모습이었다. 전투에 익숙한 모습도 찾아볼 수 없었다. 그냥 강도 나부랭이——건물에 숨어드는 것이 특기인 그저 그런 범죄자로밖에 보이지 않았다.

분명히 평범한 경비원이라면 그렇게 생각할 게 분명했다.

하지만——후쿠자와의 눈에는 다르게 보였다.

이 방은 응접실이었다. 간단한 책장과 교섭용 책상, 그림 외에는 아무것도 없었다. 후쿠자와는 일부러 발소리를 내며 실내를 걸었다.

실내에 들어섰을 때, 살인 청부업자의 목이 아주 조금 반응을 보이며 살짝 움직였다. 즉, 잠들어 있는 것은 아니었다.

후쿠자와는 살인 청부업자의 등 뒤쪽 벽으로 돌아, 예고 없이 손바닥으로 벽을 두드렸다. 그러자 파앙! 하고 가차 없는 파열음이 울렸다.

하지만 살인 청부업자는 전혀 반응을 보이지 않았다. 몸을 움츠리거나 돌아보지도 않고, 평온한 모습 그대로였다. 머리에 포대를 뒤집어써서 이쪽이 보이지 않을 텐데도.

무예가 뛰어난 사람이다.

후쿠자와는 그렇게 직감했다.

경호원이라는 직업적 특성 덕분에, 후쿠자와는 경쟁자라고 할 수 있는 살인 청부업자에 대한 정보를 보통 사람보다 많이 알고 있었다. 지키는 쪽인 후쿠자와와는 달리 죽이는 쪽은 자유자재로 작전을 바꾸면서 이쪽이 예상하지 못한 무기와 기술로 공격해 온다. 그렇기 때문에 어느 정도 지명도가 있어 경계해야 할 살인 청부업자의 수법에 관해서는 항상 소문을 모았고, 급습에 대비하기 위해 평소부터 정보 수집을 게을리하지 않았다.

후쿠자와는 살인 청부업자를 관찰했다. 지금 보고 있는 정보만으로는 상대의 이름과 기량을 추측할 수 없었다. 명백하게 이능력자라고 할 만큼 특이한 외견적 특징도 보이지 않는데——.

후쿠자와는 방의 구석진 곳에 놓인 작은 소품 책상을 바라보았다. 그곳에는 살인 청부업자의 물건으로 보이는 도구가 모두 놓여 있었다.

권총 두 정과 홀스터는 오래됐는지 낡았지만, 깔끔하게 손질된 모습이었다. 그 외에는 잔돈과 문을 열기 위한 철사. 그 것뿐이었다.

후쿠자와는 한 번 더 몸집이 작은 살인 청부업자를 돌아보았다. 살인 청부업자는 여전히 꼼짝도 하지 않았다. 그냥 앉아 있을 뿐인 사람은 아주 작게라도 움직이는 게 보통이다. 그런데 이 남자는 그런 작은 움직임조차 없었다. 앞이 보이지 않고 묶여 있는데도, 너무나도 침착하다.

후쿠자와는 책상 위에 놓인 만년필을 집어 들었다. 이어서 뚜껑을 열고 책상 위에 있던 메모에 가볍게 선을 그렸다. 만년필 안에는 잉크가 들어 있었다.

후쿠자와는 그 만년필을 허리의 왼편에 가볍게 댔다. 그리고 오른손으로 만년필을 쥐고, 옆구리에 대고 있던 왼손으로 뚜껑을 쥐었다.

그다음, 후쿠자와는 왼다리를 어깨너비로 벌리고, 양팔을 각각 가슴과 배 옆쪽에 대며 몸을 비스듬히 틀어 전투 자세를 잡았다. 그리고 정지. 그러자 조금 전까지 반응이 없던 살인 청부업자의 어깨가 잔뜩 긴장해 움츠러들었다. 후쿠자와는 한 번 호흡을 가다듬은 뒤, 앞으로 내민 오른발에 강하게 힘을 주며, 살기와 함께 만년필을 빼냈다.

그리고 한 걸음 나아간 순간.

살인 청부업자는 묶인 의자째로 옆으로 뛰었다. 후쿠자와의 일격을 피하듯이. 의자와 함께 몸이 바닥에 부딪쳐 커다란 소리가 울렸다.

후쿠자와는 그 모습을 내려다본 뒤, 발끝으로 호를 그리듯이 오른 다리를 되돌리고, 칼집에 칼을 넣는 자세로 빼냈던 만년필을 허리에 되돌려 놓았다.

"걱정 마라. 그냥 평범한 필기구다."

후쿠자와는 뚜껑을 닫고 만년필을 책상 위에 다시 올려 두었다.

살인 청부업자는 바닥 위에서 몸을 굼실거렸다.

이걸로 확실해졌다. 이 암살자는 역시 바깥이 보이지 않는다. 만약 포대 밖이 보였다면, 만년필로 칼을 뽑는 흉내를 냈을 때, 암살자가 바닥에 몸을 내던져서까지 피하려고 했을 리가 없다.

하지만 조금 전, 벽을 근처에서 두드렸을 때에는 눈곱만큼도 긴장한 모습을 보이지 않았다. 조금 전과의 차이점은 뭘까.

이 살인 청부업자는——후쿠자와의 살기를 읽은 것이다.

만년필로 칼 빼는 자세를 잡을 때, 후쿠자와는 일부러 살기를 실었다. 그래서 살기를 피부로 느낀 살인 청부업자는 일격을 피하게 위해 몸을 내던졌다.

그렇다면 역시 평범한 살인 청부업자라 할 수 없었다. 무수히 많은 경험을 쌓아 온 사람이 아니면, 방금과 같은 반응을 보이기란 불가능하기 때문이다. 이능력과 음모가 굼실거리는 대전(大戰) 후의 요코하마에서도 한 줌의 인간만이 고용할 수 있는 엄청난 실력의 직업 살인자임에 분명했다. 단 한 치의 실수도 없이 호흡하듯 표적을 제거하며, 한 건의 의뢰 요금만으로도 눈이 튀어나올 듯한 가격이 필요한 자.

하지만 그게 사실이라면 의문이 남는다.

그렇게 실력이 뛰어난 암살자가 맨손으로 여사장을 창문 아래로 떨어뜨리고, 도망 중에 경비원에게 제압당하다니——과연 그런 일이 가능한 것인가?

"왜 그러시죠……? 무슨 문제라도 있습니까?" 옆쪽 사장실에서 비서가 말을 걸었다.

"아니, 아무것도 아니다." 후쿠자와가 대답했다. "그럼…… 나를 부른 이유가 이 남자를."

"인계하는 데 동행해 주셨으면 합니다." 비서의 목소리가 들렸다. "그 남자는 보시다시피 한마디도 하지 않고 계속 묵비권을 행사하고 있습니다. 경찰서까지 연행을 하고 싶지만, 시 경찰도 일손이 부족한 상태라 호송을 위해 두 명 정도밖에 못 보내 준다……고 하는데, 어떻게 생각하십니까? 경찰둘이서 그 남자를 호송할 수 있을까요?"

"아마 힘들겠지." 후쿠자와가 곧장 대답했다.

비서의 판단은 적절하다. 이 살인 청부업자의 경우, 묶여있을 때는 안전할지 몰라도 이송을 위해 포박을 풀면 그 순간, 제복 경찰 한둘쯤은 단숨에 죽여 버릴 수 있다. 비서가 후쿠자와를 부른 것은 현명했다.

후쿠자와로서도 두 눈 뻔히 뜨고 여사장을 죽게 만들어 마음이 불편했다. 복수와는 거리가 멀지만, 범인을 법의 심판을 받을 수 있도록 넘겨주는 의무를 완수하면, 조금이나마 여사장의 원한을 달래는 것은 가능하다.

"이 남자는 탈출할 때를 엿보고 있다. 혼자 행동을 시작하기 전에 이송을 해야 해." 후쿠자와가 말했다. "이 녀석을 방

밖으로 빼내려고 하는데 괜찮겠나?"

"물론 상관없습니다." 비서는 미소를 지었다. "단, 서류를 밟지 않도록 부탁드립니다."

"……."

"……."

아무리 그래도 그건 무리지.

후쿠자와는 표정을 바꾸지 않은 채, 내심 어떻게 입구를 만들 수 있도록 비서를 설득할 수 있을까 고민을 거듭했다──그런데 그때.

"이리 오너라!"

마치 닭이 우는 것처럼 힘찬 목소리가 들렸다.

돌아보니 사장실 입구에 소년이 서 있었다.

나이는 열넷, 열다섯 정도일까. 시골스러운 방한 외투 차림에 학생모. 거울을 보지 않고 자른 듯한 단발. 긴 눈썹과 가늘고 날카로운 눈이 인상적인 소년이 오래된 서류 봉투를 들고 서 있었다.

"참, 오늘은 엄청나게 바람이 강하네. 정말 나한텐 뭐 하나 좋을 게 없는 바람이야. 2번지 통나무 장수나 한몫 좀 벌까. 그건 그렇다 치고, 이 회사의 입지, 어떻게 좀 안 될까? 바다가 가까워서 바다 비린내가 심하고, 언덕 오르기도 힘들고, 길도 복잡해서 외우기 힘들고, 이곳 사장님은 정신이 멀쩡한가? 이래서 요코하마는 살 곳이 못 된다는 거야. 아, 근데 도

중에 만난 갈매기는 징그러워서 괜찮았어. 무심코 도시락으로 가져온 주먹밥을 하나 통째로 다 줬다니까. 너무 징그러워서."

소년은 그 많은 말을 단숨에 쉬지도 않고 다 했다.

웃으면서.

사장실 앞에서.

"──하?" 비서는 얼이 빠진 목소리로 그렇게 말했다. 그외엔 할 말이 없었던 거겠지.

"'하?'가 아니라, 갈매기야 갈매기. 몰라? 그 날개 달린 괴물. 갈매기는 전생에 엄청 심한 짓을 했나 봐. 왜냐하면 그 녀석의 눈을 잘~ 보면 꽤 광기가 서려 있거든! 근데 그건 그렇고, 주먹밥 하나만큼 배가 고픈데 뭐 먹을 거 없어?"

"네? 저어…… 네?"

비서는 두 번 의문형으로 되물었다. 당연하다면 당연한 애기다.

학생모를 쓴 소년은 생글생글 웃으며 말했지만, 문득 실내를 보고는 입을 닫았다. 그리고 눈을 치켜뜨며 주변을 한 차례 둘러본 후, 눈을 더욱 가늘게 뜨고,

"흐음. ……큰일이구나." 하고 말했다.

후쿠자와는 그제야 정신이 번쩍 들었다. 이 소년은 대체 누구지? 어딘가 모르게──귀찮은 일에 말려들 것 같은 느낌이 드는데.

"음, 나한텐 상관없는 일이지만. 아무튼, 전에 말한 종이

좀 주지 않을래? 아, 이 안인가? 찾아야 돼? 귀찮게. 그럼 비서 아저씨, 시간도 때울 겸 찾아 줘. 나는 이 사무실의 지문에는 눈곱만큼도 흥미가 없으니까."

소년은 잇달아 정신없이, 그것도 군데군데 이해하기 힘든 말을 했다. 시간을 때워? 지문?

그런데 갑자기 소년은 걷기 시작했다. 실내의 한가운데를 향해서. 서류의 바다를 향해서.

소년의 발뒤꿈치가 가장 앞쪽의 서류──여러 회사의 도장이 찍혀 있는 기업과 기업 사이의 계약서 같은 것──을 그야말로 밟으려고 했던 그때.

"우아악~! 자자자자, 잠깐만! 그 계약을 체결하는 데 대체 몇 년이나 걸렸는 줄 압니까, 당신은?!" 비서가 소년의 어깨를 붙잡고 간신히 늦지 않게 제지했다.

소년은 어리둥절한 표정을 지으며 비서를 바라보았다. 그리고 조금 생각을 한 뒤,

"몰라."라고 말하더니 다시 다리를 내뻗었다.

"으아~! 제발 멈추라니까!" 비서가 비명을 지르면서 서류를 잽싸게 집어 들었다. 그리고 방금 전까지 서류가 있었던 장소에 소년의 발바닥이 닿았다.

"하면 되잖아." 생긋 웃는 소년.

"당신은…… 대체 뭐죠?! 불행한 일이 있었든 없었든 간에 이곳은 사장실. 관계자 이외에는 들어올 수 없습니다!"

"그건 알아." 소년은 아무렇지도 않게 고개를 끄덕였다.

"근데 난 관계자거든. 오늘이 면접이라고 해서 온 거야. 날 보면 알잖아? 그 정도는."

──면접?

"네…… 네? 당신은 면접 희망자인가요? 분명히 조금 전에 사장님이 사무원 수습 면접을 본다고 하셨던 것 같기는 한데……."

사무원 수습. 이 지독하게 사람의 말을 듣지 않는 소년이?

보면 알잖아? 소년은 그렇게 말했지만, 후쿠자와는 전혀 그런 예측을 하지 못했다. 회사와 사장에게 들러붙어 돈을 벌게 해 주던 좌부동자(座敷童子) 같은 정령이, 이제 사장이 죽었으니 가져갔던 돈을 내놓으라며 찾아온 줄 알았다.

그만큼 소년은 이곳과는 어울리지 않았다.

그런 생각을 하며 후쿠자와가 보니, 소년과 비서는 아직 입구 근처에서 승강이를 벌이는 중이었다. 어떻게든 도와주고 싶었지만, 후쿠자와는 지금 입구에서 멀리 떨어진 옆방의 문 앞에 있었기 때문에, 앞이 서류로 막혀 있는 이상, 아무 말 없이 지켜볼 수밖에 없었다.

"하아~. 이렇게 어질러 놓다니. 아무리 누가 방을 조사하길 원하지 않는다지만…… 정말 어른은 이해할 수 없어. 이 세상은 이해할 수 없는 일들투성이야!"

"이…… 이해할 수 없는 말 좀 하지 마세요!" 비서가 새된 목소리로 외쳤다. 그때 후쿠자와는 응? 하는 생각이 들었다. 안색이 나쁜 비서의 표정에 살짝 당황한 느낌이 서렸기 때문이다.

"당신이 이곳에 온 이유는 알겠습니다." 하고 비서가 말을 계속했다. "하지만 지금 우리 회사는 그럴 때가 아닙니다! 사장님이 살인 청부업자의 흉악한 손에 쓰러졌거든요. 따라서 면접은 중지입니다. 저는 피의자를 인계할 때까지, 그러니까 사팔시 안에 이 서류에 누락된 점을 발견해 당국에 보고해야 합니다. 자, 얼른 돌아가 주세요. 자자, 어서요."

"그러니까, 그런 건 이미 다 안다니까." 소년은 입술을 삐죽였다. "보면 아는 걸 왜 일일이 그렇게 말하는 거야? 내가 온 이유는 면접 활동 인정서를 받기 위해서거든? 알잖아?"

"활동 인정서——아, 취직 활동을 인정하는 정부 발행 인정서 말인가요?" 비서가 말했다.

아마 소년은 정부의 취업 활동 지원을 받고 있는 모양이었다. 대전이 끝난 지금, 이 도시에서 실업자와 미성년자 범죄는 긴급히 해결해야 할 문제였다. 그래서 취업 의지가 있는 미성년자에 한해 그 활동을 지원하는 정부의 실업자 대책이 존재했다. 소년은 그런 지원을 받고 있는 거겠지. 즉, 소년은 금전과 정보를 지원 받는 대신, 취직을 위해 면접을 봤다는 서면을 사장에게 받아 정부에 제출해야만 하는 것이었다.

"이 안에 분명히 있을 거라고 생각하는데……." 소년은 실내를 돌아보았다. "귀찮네. 저어, 비서 아저씨. 이 무의미한 서류, 그냥 팍팍 치워도 될까?"

"안 됩니다." 비서는 그렇게 잘라 말했다. "이렇게 늘어놓

은 것 자체가 범인의 노림수를 간파하는 데 도움이 되는 중
요한 방법론입니다. 저 외에는 이걸 회사 내의 다른 누구
도⋯⋯."

"그래~?"

소년은 전혀 비서의 말을 듣지 않았다. 겉으로는 비서의 말
을 듣는 척 고개를 끄덕였지만, 재빨리 발밑의 서류를 집어
올리기 시작한 것이다. 게다가 도중부터는 그것도 귀찮아졌
는지, 손가락으로 대충 서류를 흩날려 길을 만들기 시작했
다.

"으아아!" 비서가 비명을 질렀다. "이, 이봐요. 그만하라니
까요! 더 이상, 더 이상 한 장도 만지면 안 됩니다! 이렇게 늘
어놓는 데 다섯 시간이나 걸렸단 말이에요!"

"근데 나도 내 서류를 찾고 싶어서 그러거든."

"그럼 아무 말 말고 계단 아래에서 기다리세요! 나중에 꼭
찾아서 줄 테니까요."

"또 그렇게 뻔한 거짓말을 다하고." 소년은 어쩐 이유에선
지 그렇게 단언했다. "됐어. 내가 찾을 테니까. 어차피 순식
간에 찾을 거거든."

순식간이라고? 사무실에는 100장에 가까운 서류가 질서정
연하게 깔려 있었다. 도저히 단번에는 모든 서류를 확인할
수 없었다. 이 안에서 찾고자 하는 서류 한 장을 어떻게 순식
간에 발견한다는 것일까.

"이곳이 사장님이 떨어진 창문이지?"

소년은 어느새인가 창가에 서 있었다. 창가에 서서 폭이 넓은 창문을 자세히 바라보았다.

비서는 당황해서 서류를 다시 늘어놓았다. 소년이 제멋대로 행동하는 바람에, 사무실에 있는 서류의 10퍼센트 정도가 무참하게 이리저리 흩어져 버렸다. 다시 늘어놓으려면 꽤 고생할 듯싶었다.

"소년." 후쿠자와는 무심코 물었다. "이 산더미 같은 서류 안에서 어떻게 원하는 서류 한 장을 발견할 수 있지?"

"뭐야, 아저씨. 말할 수 있었구나." 소년이 버릇없이 말하며 눈썹을 들어 올렸다. "계속 그곳에서 말을 안 하길래, 돌처럼 말이 없는 사람인 줄……. 있잖아, 내가 찾는 서류는 인지가 붙어 있는 정부 증명 서류로, 재질이 다르니까 평범한 서류보다 두껍거든."

아저씨…….

나는 아직 서른둘이다. 후쿠자와는 그렇게 반론하려고 했지만, 소년의 마지막 말이 신경 쓰여서 눈썹을 찌푸렸다. 두꺼워? 그래서 겉만 봐도 쉽게 알아볼 수 있다는 건가? 하지만 그 정도 특징으로는 부족하지 않은가? 다소 두께가 다르다고 해 봐야, 이렇게 서류가 잔뜩 깔려 있는 상태에서는 조금 겉모양이 다른 서류를 찾는 거나 그냥 평범한 서류를 찾는 거나 들어가는 노력과 끈기는 거의 비슷할 거란 생각이 드는데——.

그때 후쿠자와는 눈치챘다. 소년은 창문에 손을 대고 있었다. 살인 청부업자가 사장을 밀어서 떨어뜨렸다고 하는 폭이 넓은 옆으로 여는 창문에.

창밖의 하늘은 맑았다.

하지만 오늘은 분명히 바람이 강했었는데——.

"으랴~ 축제다!" 소년은 즐거운 목소리로 그렇게 말하며, 창문을 활짝 열었다.

서류가 한꺼번에 생명을 얻은 듯이 날아올랐다.

"우오아아아아아아아아?!"

실내에서 흰 새가 날갯짓을 했다. 차갑고 신선한 공기가 소용돌이를 만들었다. 그 경치는 환상적이기까지 했다. ……비서 이외의 사람에게는.

"뭐뭐뭐뭐뭐, 뭘 하는 겁니까?!"

"오, 있다, 있어."

소년은 책상 위에 있던 서류 하나를 집어 들었다. 창문에서 불어오는 바람에도 거의 흩날리지 않았던 서류 한 장이었다. 다른 서류에 비해 두꺼웠기 때문에, 무게가 나가 움직임이 둔했던 것이다. 그래서 창문을 열었던 건가. 후쿠자와는 분위기에 어울리지 않게 감탄을 하고 말았다.

"뭐가 '있다, 있어' 입니까! 아아아아! 조사를 다시 해야 돼……!" 반쯤 미친 사람처럼 머리를 긁는 비서.

하지만 소년은 전혀 상관하지 않고 깔깔거리며 웃었다.

"뭐 어때. 어차피 서류가 사라진 것도 아닌데."

분위기가 순간 얼어붙었다.

"——뭐?"

비서가 돌아보았다. 소년은 그러든 말든 말을 계속했다.

"그치만 도둑맞은 서류는 하나도 없고, 애당초 살인 청부업자는 사장님을 죽이지 않았으니까. 아니, 죽인 사람은 당신이잖아? 비서 아저씨."

"……뭐어?"

비서는 입을 크게 벌리고 고개를 갸웃했다.

"……뭐어?"

비서는 입을 크게 벌리고 고개를 갸웃했다.

"………뭐어?"

비서는 입을 크게 벌리고 고개를 갸웃했다. 고개가 거의 직각으로 기울었다.

"왜 세 번이나 말하고 그래? 진짜 나는 어른을 전혀 이해하지 못하겠어. 아무리 봐도 범인은 비서 아저씨고, 아무리 봐도 누명을 쓴 살인 청부업자가 같이 있는데, 저 아저씨는 아무런 행동도 하지 않다니. 직무 태만이야. 엄마가 만약 여기에 있었으면 지금쯤 범인을 꽁꽁 묶어서 창문으로 집어 던졌을걸?!"

후쿠자와는 눈이 핑핑 돌 것 같은 상황의 변화를 쫓아가지 못해, 표정조차 바꿀 여유가 없었다.

여사장을 죽인 사람은 살인 청부업자가 아니라고?

지금 눈앞에 있는 비서가 진짜 범인?

"설마——."

후쿠자와는 겨우 그 말을 흘렸다. 하지만 다음 말을 할 수는 없었다. 무언가가 걸렸기 때문이다. 가슴 아래쪽에.

살인 청부업자의 무기는 권총. 눈이 안 보이는데도 살기를 읽을 수 있는 엄청난 실력.

그런 살인 청부업자가——사장실에서 여사장을 맨손으로 밀어 떨어뜨려 옷에 지문을 남겼다? 그리고 미처 도망치지 못해 잡혔다?

"그치? 아저씨?" 소년이 후쿠자와의 마음을 읽은 것처럼 절묘한 타이밍에 의기양양한 웃음을 지었다.

"후, 후쿠자와 씨. 뭘 그렇게 무서운 표정을 다 짓고 그러세요. 기껏 오셨으니 이 애송이를 끌어내 주십시오! 뭐하면 추가 계약을 해서 돈도 더 드리겠습니다. 사무실이 더 엉망이 됐다간 사운이."

"……소년, 저 살인 청부업자가 범인이 아니라는 주장은 충분히 이해할 만하다." 후쿠자와는 이미 평정을 되찾은 상태였다. 그래서 잔물결조차 일어나지 않는 맑은 표정으로 말했다. "하지만 피해자의 옷에는 살인 청부업자의 지문이 남아 있었다. 그것도 열 개나. 밀어서 떨어뜨릴 때의 모습 그대로 지문이 말이지. 그건 어떻게 설명할 건가? 설득력이 없는 상태로 비서를 진짜 범인이라고 한다면, 아무리 어린아이라도 그냥은 넘어갈 수 없다. 근거가 뭔가?"

"또또~. 뭐야? 테스트? 그렇게 다들 알고 있는 것을 일일이 말하게 해서 나중에 채점할 심산이지? 참 나. 도시는 정말 이해하기 힘들어——."

"근거를 말해다오."

후쿠자와가 살짝 배에 힘을 주고 말했다. 후쿠자와의 입장에서는 조금 진지한 마음을 담은 정도에 불과했지만.

사무실 안의 분위기는 순식간에 긴장이 흘러넘쳤다. 기온이 몇 도나 떨어진 게 아닌가 할 정도였다.

후쿠자와가 배에 힘을 주고 말하면, 어지간한 깡패가 아니고서는 모두 울면서 도망갔다.

"아~ ……응. 알았어." 소년은 신묘한 표정을 짓더니, 창문을 닫으면서 말했다. "일단 저기 비서 아저씨는 창문 아래를 보라고 하면서 사장님을 자연스럽게 창문 앞까지 유도했어. 그리고 방심한 사장님의 등을 파악 밀어 창문 아래로 떨어뜨린 거야."

"대체 무슨 소릴……."

"여기는 관계자 외 출입금지지?" 험악한 표정을 짓는 비서를 무시하고 소년이 말을 계속했다. "아무리 엄청난 실력을 지닌 살인 청부업자라도 사장님에게 들키지 않고 창문 앞으로 가는 건 불가능해. 왜냐하면 책상에서 입구가 보이잖아? 게다가 만약 저항하는 사장님을 억지로——일 경우에는 옷에 밀어서 떨어뜨린 지문이 아니라 집어 던져 떨어뜨린 지문이 남아 있어야 하지 않을까? 그런데 옷에는 손가락 열 개의 지문이 찍혀 있었다며? 사무실 앞에서 기다릴 때 소리가 들렸거든. 그렇다면 사장님은 떨어지기 직전까지 아무런 경계를 하지 않았다는 말이야. 즉——."

"아는 사람의 범행, 인가?" 후쿠자와가 말을 이었다.

뭐지——이 소년은.

아주 잘 보고 있다. 아주 잘 듣고 있다. 제멋대로 행동하면서도 필요한 정보는 모두 머릿속에 담아두고 있다.

하지만, 그것만으로는.

"그것만으로는 설득력이 떨어진다." 후쿠자와가 말했다. "우연히 사장님이 창문 앞에 있었을 때, 살그머니 다가가 밀어서 떨어뜨렸을지도 모르잖나."

"이렇게 바람이 많이 부는 날에 혼자 창문을 열고?" 소년이 눈썹을 가운데로 모았다.

……그건 그렇군.

"그렇다고는 해도 아는 사람의 범행만으로는 불충분하다." 후쿠자와는 말했다. "어른들의 세계에는 예의라는 게 있지. 눈앞의 처음 보는 사람을 범인으로 지목해 놓고 틀려서 죄송합니다라고 과거를 해 봐야, 농담으로 넘어가 주기는 힘들다."

"응, 알았어, 알았다고!" 소년을 뺨을 부풀렸다. "참~. 예의 같은 거야 무슨 상관이야. 사실을 말하는 것뿐인데. 이야기를 계속하면——아는 사람이 범행을 저질렀는데 살인 청부업자의 지문이 나온 거야, 당연히 조작이지. 아빠한테 들었는데, 지문 조작은 의외로 간단하대. 비서 아저씨, 전에는 검찰이었지? 조금 전에 사팔시라고 했잖아. 그건 검찰들이 쓰는 은어거든."

그러고 보니——비서는 자신의 전 직장에 대해서 몇 번인가 말을 했다.

직장을 다니던 자신을 사장이 스카우트했다고도.

"그럼 알 텐데? 지문을 조작하기 위해서는 살인 청부업자의 손가락을 석고든 뭐든으로 형태를 뜬 다음, 플라스틱의——."

"어, 어이가 없군!" 비서가 침을 튀기며 화를 냈다. "설사 내가 지문을 조작하는 방법을 알고 있었다고 해도, 살인 청부업자의 손가락에 조심스럽게 석고를 대고 있다간 먼저 살해당하지 않을까? 후쿠자와 씨, 됐으니 이 아귀를 얼른 쫓아내 주세요."

후쿠자와는 대답하지 않았다. 그냥 조용히 서서 상대를 가만히 바라보았다.

소년은 후쿠자와의 시선을 마주 보고 씨익 웃었다.

"아저씨는 조금 말귀를 알아듣나 보네? 살인 청부업자에게서 지문을 채취할 수 있었던 이유는 간단해. 비서 아저씨가 살인 청부업자를 고용했기 때문이지."

——의뢰인?

살인 청부업자는 기업의 전복을 노린 제3자가 아니었던가?

그렇다면 왜 살인 청부업자는 이런 곳에 있는 거지?

"살인 청부업자는 다른 사람의 명령을 듣지 않아. 고용주의 명령을 제외하고는 말이지. 반대로 고용주라면 석고를 바르지는 못할지 모르지만, 지문 채취용 실리콘을 들고 있게 하거나, 지정된 시간까지 건물에 오도록 하는 정도는 가능해."

"잠깐. 이 살인 청부업자는 흔하디흔한 건달 출신과는 다르다. 아마 보수도 차원이 다를 만큼 높겠지. 평범한 근로자가 낼 수 있을 만한 돈으로는 움직이지 않아."

"참, 그런 돈은 안 줘도 된다니까." 소년은 안달이 난다는 듯이 말했다. "협의를 한다는 둥, 의뢰 비용을 상의하자는 둥 하는 이유를 대면서 이곳으로 부르면 되거든. 그때 지문을 채취하는 거지. 그다음엔 적당한 이유를 대고 다른 날에 이 사무실로 부르면 그만이야. 그리고 함정이라는 걸 눈치채고 도망가려는 살인 청부업자를 경비원 보고 붙잡으라고 하면, 값싸게 만사 해결. 아니, 그냥 무료네. 역 앞의 도시락을 사는 것보다 싸. ──아, 그런 소릴 했더니 배가 고파졌어. 도시락 사 와도 돼?"

"나중에 사 줄 테니까 끝까지 말해라." 후쿠자와는 끈기 있게 말했다.

"쳇. 알았어~. ……실력이 좋은 살인 청부업자를 부른 이유는 입이 무거워서가 아닐까? 실제로 살인 청부업자는 누구의 의뢰인지 전혀 말을 하지 않고 있기도 하고. 아마 자신이 속았다는 사실을 모르고 있는 것 같아."

확실히 실력이 뛰어나고 높은 수입을 올리는 살인 청부업자일수록 고용주가 누구인지를 말하게 하기가 힘들다. 그렇기에 높은 수입을 올리는 것이다. 후쿠자와도 지금까지 몇 번인가 의뢰인을 지키기 위해 살인 청부업자와 싸움을 벌였지만, 실력이 뛰어난 녀석일수록 흑막에 대해서 말을 하지 않았고, 심지어는 잡힌 직후, 숨겨둔 약을 먹고 자해를 하는 자까지 있었다.

그렇게 입이 무거운 점을——반대로 이용한 거라고?

"하지만 아무리 그래도 속았다는 걸 알면 말을 할 테니, 한 번 물어보지?"

후쿠자와는 무심코 등 뒤를 돌아보았다. 닫힌 문 너머. 옆 방에 살인 청부업자가 있다. 아직 의자에 묶여 바닥을 굴러 다니고 있을 터였다.

"트——트집이다!" 비서가 외쳤다. "살인귀의 자백에는 증거 능력이 없어! 모두 가정, 상정, 공상에 망상이 아닌가! 무엇보다 증거가 없다. 범인이라고 한다면 당장 이 자리에서 증거를 내놔 봐라!"

"하하하, 드디어 말했구나." 소년이 심술궂게 미소를 지었다. "살인 사건이 벌어졌을 때, '증거를 내놔라'라고 주장하는 사람은 대부분이 범인이야. ……흐음, 증거라고 한다면 이 산더미 같은 서류일까? 비서 아저씨가 서류를 늘어놓고 아무도 들어오지 못하게 한 이유는 누가 들어와서 방을 뒤지고 다니면 곤란하기 때문이겠지. 살인을 한 뒤에도 위장을 위한 일이 남아 있으니까. 왜냐하면 사장님의 옷에는 지문이 묻어 있었는데, 사무실의 다른 곳에는 지문이 없으면 부자연스럽잖아? 지금은 그걸 위한 시간 벌기."

"그게 증거라는 건가?" 후쿠자와는 손을 턱에 대며 생각했다.

"거짓말이야! 겨우 서류를 늘어놨다고 범인 취급을 받을 이유가 어디에 있지?! 나는 정말로 서류를 정리했을 뿐이야! 그 외의 증거를 보여줄 수 있다는 건가? 네가?!"

"응." 소년은 당연하다는 듯이 고개를 끄덕였다. "내가 맨 처음 사무실에 들어왔을 때, 비서 아저씨 몰래 서류 하나를 내가 가지고 온 '요충 검사 안내'라는 서류로 바꿔 놓았는데, 눈치를 못 챘거든. 그렇게 '이곳 서류의 배치를 다 파악하고 있다!' 비슷한 소릴 했으면서 말이야."

"아니——."

비서는 말을 잇지 못했다. 말이 목 안에 걸려 있는 듯했다.

후쿠자와의 시선이 날카로워졌다.

"소년의 말이 맞나?"

"그건……."

후쿠자와가 조용히 비서와의 거리를 좁혔다. 그 얼굴엔 노기가 잔뜩 서려 있었다.

"오, 오해입니다! 저, 저런 어린애의 장난에 일일이 장단을 맞춰 주면 어떻게 합니까?! 나중에 주의를 주려고 그냥 방치를 해 뒀을 뿐입니다. 그러니까 결코——."

"이것 봐." 소년이 어깨를 으쓱하며 말했다. "난 뒤바꾼 적 없어."

비서가 호흡을 멈췄다.

안 그래도 나빴던 안색이 창백을 넘어 새하얘졌다.

"어떻게 된 거지?" 후쿠자와는 비서를 향해 한 발 앞으로 나갔다.

"아──아니요, 이건."

"나는 살해당한 사장과 그다지 친분이 있었던 것은 아니지만──사장은 당신을 꽤 신뢰하고 있었다. 우수한 비서다. 스카우트를 한 보람이 있었다. 그렇게 말했지. 왜 죽였나?"

"아, 아니…… 아닙니다. 그 사람은." 위축된 비서가 한 걸음 뒤로 물러섰다. "그 사람은 저를 그냥 실력 좋은 비서로만 봤습니다. 단지 그렇게만 봤죠. 하지만 저는…… 그것만으로는."

그때, 후쿠자와의 등 뒤에서 콰당 하는 소리가 들렸다.

옆방이었다.

후쿠자와가 정신이 번뜩 들어 돌아보았다. 그리고 세차게 문을 열어젖혔다.

옆방은 텅 비어 있었다.

바닥에는 의자가 나뒹굴고 있을 뿐이었다. 잘 보니, 줄로 묶여 있던 의자의 다리가 빠져 있었다.

뒹굴고 있는 것은 의자뿐, 살인 청부업자는 없었다.

"엎드려라!"

그렇게 소리치는 동시에, 후쿠자와는 한 발 더 앞으로 나갔다. 그리고 허리를 숙이고, 발로 바닥을 스치듯 원을 그리며 몸을 회전시켜 열려 있던 문을 몸통으로 박았다.

반응이 있었다. 문 뒤쪽에 숨어 있던 살인 청부업자가 잠긴 신음 소리를 냈다. 후쿠자와는 문을 당겨 살인 청부업자에게 손을 뻗었다.

하지만 손을 뻗은 곳에 살인 청부업자는 없었다. 바닥에는. 살인 청부업자는 천장에 거의 닿을 듯한 위쪽에 있었다. 껑충 뛰어올라 후쿠자와의 추격을 피한 것이다.

살인 청부업자는 벽을 차고 문에서 멀리 떨어졌다. 그리고 한 번 더 바닥을 차 더욱 거리를 벌렸다.

살인 청부업자는 야수처럼 자세를 매우 낮췄다. 머리에는 여전히 포대를 뒤집어쓴 상태였고, 양손은 여전히 등 뒤로 묶여 있었다. 자유로워진 곳은 양쪽 다리뿐.

살인 청부업자는 앞이 보이지도 않고, 손도 사용하지 못하는데, 후쿠자와의 선제공격을 피한 것이다. 후쿠자와는 무의식적으로 어금니를 깨물었다.

"너와 싸울 생각은 없다."

포대 안쪽에서 살인 청부업자의 목소리가 들렸다. 포대 너머라 목소리가 뚜렷하게 들리지는 않았지만, 남자치고는 높은 목소리였고, 여자치고는 낮은 목소리였다. 그리고 상당히 투명한 목소리였다.

──소년인가?

후쿠자와는 대답을 하지 않은 채, 거의 사전 동작 없이 바닥을 박차고 살인 청부업자와의 거리를 좁혔다. 축지(縮地)──독특한 체중 이동을 이용해 순간적으로 적에게 접근하는 다리 기술이었다. 아마 다른 사람의 눈에는 후쿠자와가 모습을 감추고 순식간에 앞으로 이동한 것처럼 보였을 것이다.

순간적으로 수 미터나 되는 거리를 좁혀 후쿠자와가 멱살을 잡았는데도, 살인 청부업자는 저항다운 저항을 하지 않았다. 오히려 그 힘을 거스르지 않고 뒤로 점프해, 후쿠자와와 함께 벽 쪽으로 후퇴했다.

벽 쪽에는 책상이 있었다. 그리고 책상 위에는 만년필, 메모 용지——살인 청부업자의 권총이 있었다.

살인 청부업자는 뒤쪽으로 밀려 날아가면서, 뒤로 묶여 있는 손으로 권총을 쥐었다.

처음부터 그게 노림수였던 것이다.

하지만 등 뒤로 묶인 손으로는 권총을 발사하기란 불가능했다. 그렇게 판단한 후쿠자와는 멱살을 잡은 채, 그냥 벽 쪽으로 밀어붙이기를 선택했다. 책상이 날아가 필기구가 이리저리 튀었다.

후쿠자와는 살인 청부업자를 벽에 부딪치게 만든 뒤, 팔꿈치로 상대의 가슴을 누르며 핀으로 꽂아 놓은 것처럼 그대로 벽에 고정시켰다. 총을 쥔 살인 청부업자의 손이 등과 벽 사이에 끼어 삐걱거렸다. 이 자세로는 아무리 애를 써도 총격을 가할 수 없다.

"총을 놔라." 후쿠자와가 말했다. "네놈은 내 비즈니스상의 적수이지만, 현재로선 불법 침입 이외의 죄는 없다. 그러니 지금이라면 가벼운 범죄라 용서받을 수 있다."

"용서는 필요 없다." 폐가 짓눌린 상태라, 살인 청부업자의 목소리는 마치 속삭이는 것 같았다. "이쪽 세계엔 용서라는 것이 없다. 있다고 한다면 보복뿐. 배신자에 대한 보복이다."

그렇게 말을 하더니, 살인 청부업자는 바닥에서 다리를 들었다.

제아무리 후쿠자와라 하더라도, 팔 하나로 살인 청부업자의 체중을 버틸 수는 없었다. 등이 벽에 쓸리도록 하며 아래로 내려온 살인 청부업자는 도중에 허리를 비틀어 몸을 반쯤 돌린 뒤, 등 뒤의 손으로 들고 있던 총을 쏘았다.

총성이 두 번 울렸다.

"컥……."

후쿠자와는 뒤를 돌아보았다. 옆 사무실에 있던 비서의 가슴에 붉은 총상 두 개가 새겨져 있었다. 총상을 입은 곳에서는 점점 피가 번지며 가슴을 붉게 물들였다.

살인 청부업자는 비서를 쏘았다.

양손을 등 뒤로 묶인 상태에서.

비서는 고통에 찬 표정으로 후쿠자와를 본 뒤, 실이 끊긴 꼭두각시처럼 쓰러졌다.

살인 청부업자의 사격은 너무나도 정확했다. 포대로 앞을 보지 못했고, 양팔이 묶여 있는 상태인데도 불구하고, 목표인 비서를 정확하게 쏘아 맞추었다. 게다가 눈앞에서 격투를 하던 상대인 후쿠자와에게는 눈길도 주지 않았다.

　──있다고 한다면 보복뿐. 배신자에 대한 보복이다.

　후쿠자와는 살인 청부업자를 다시 돌아보며 바닥에 힘껏 밀어붙였다.

　그리고 총을 발로 차 구석으로 날려 버렸다.

　"이 자식……!"

　후쿠자와는 살인 청부업자의 머리를 뒤덮고 있던 포대를 확 벗겼다.

　살인 청부업자는 젊었다.

　붉은기가 도는 단발. 다갈색 눈동자. 그 눈동자는 무시무시할 정도로 공허했고, 작은 감정의 파편조차 발견할 수 없었다. 소년 암살자는 아무 말도 하지 않고, 계속 아무런 감정 없는 얼굴로 후쿠자와를 마주 보았다.

　후쿠자와는 기억을 더듬었다. 머리카락이 붉은 소년 암살자. 권총 두 정을 사용해 두려울 정도로 아무런 감정 없이 대상을 냉혹하게 죽이기만 하는 소년. 권총 실력은 초인급으로, 어떤 자세에서 쏘아도 절대로 빗나가는 법이 없기에, 미래가 보이는 것이 아닌가 하는 소문이 떠돌 정도. 후쿠자와처럼 대상을 호위하는 직업을 가진 사람 입장에서 보면 그야말로 악몽 같은 존재.

　그 소년 암살자의 이름은 분명히──오다(織田)──.

　후쿠자와는 멱살을 잡고 팔로 상대의 목을 졸랐다. 이른바 맨손조르기 자세로 살인 청부업자의 경동맥을 누른 것이다.

만약 이 소년이 그 암살차라고 한다면, 의식이 있는 상대로 방에 놓아두는 것은 고양이를 핵탄두 제어 장치 위에서 놀게 풀어 두는 것과 다를 게 없는 일이었다.

소년은 감정이 없는 눈으로 후쿠자와를 마주 보았다.

도저히 자신의 목을 조르는 상대를 보는 눈이라고는 생각하기 힘들었다.

이윽고 저항도 하지 않은 채, 소년은 순순히 정신을 잃었다.

아마 정말로, 비서를 쏘는 것 이외에는 어떻게 되든 상관없었던 모양이었다. 힘을 잃고 바닥에 축 늘어진 살인 청부업자의 모습을 확인하고서야, 후쿠자와는 겨우 한숨을 돌렸다.

"그 녀석이 살인 청부업자야?" 옆 사무실에서 목소리가 들려 후쿠자와가 돌아보았다.

"구급차를 불러라. 그리고 시 경찰도."

"시 경찰만 부르면 충분하지 않아? 비서 아저씨도 죽었으니 말이야. 그런 것보다, 내가 일할 곳이 없어졌는데, 아저씨가 어떻게든 좀 해 주면 안 될까?"

후쿠자와는 현기증이 났다.

이 소년은——이 몇 분도 안 되는 동안에 일어난 일은 대체 뭐였던 걸까.

"일단은 구급차를 불러라!" 후쿠자와는 자리에서 일어서 걷기 시작했다.

"아저씨, 나만 놔두고 가지 마. 밥 사 준다고 했잖아. 그럼

지? 그건 마음에 드는 곳에서 내가 좋아하는 걸 주문해 마음 껏 먹어도 된다는 의미지? 밥을 먹으면서 내가 현재 놓인 상황과 해결책에 대해 차분히 들어 준다는 이야기 맞지? 응?"

후쿠자와는 다리가 비틀거릴 것 같은 느낌을 간신히 참았 다.

"너——."

머리카락이 엉망인 소년은 악의가 전혀 없이 환하게 빛나 는 미소를 지으며 이렇게 말했다.

"나는 에도가와 란포. 기억해 줘!"

후쿠자와는 지금 눈앞에서 벌어지는 광경이 악몽 그 자체 라는 생각이 들었다.

에도가와 란포라고 하는 소년은 후쿠자와의 돈으로 단팥죽 을 먹는 중이었다. 벌써 몇 그릇째나.

그곳은 살인 소동이 일어난 빌딩에서 그다지 멀지 않은 일 본식 찻집이었다. 가게의 몇몇 손님이 힐끔거리며 후쿠자와 일행을 쳐다보았다. 이 소년은 멋대로 쫓아왔을 뿐 내 일행 이 아니다. 후쿠자와는 그렇게 설명을 하며 가게 안을 돌아 다니고 싶은 충동을 조금 전부터 몇 번이나 참아 냈다.

소년 란포는 벌써 단팥죽을 여덟 그릇째 먹었다. 지금 먹고 있는 단팥죽은 아홉 그릇째다. 후쿠자와는 안절부절못했다. 그렇다고 지갑에 돈이 얼마 안 남아 걱정이 되어 그러는 것은 아니었다. 단팥죽을 사 줄 정도의 돈은 있었다. 문제는,

"이봐." 후쿠자와는 참지 못하고 물었다. "왜 떡을 남기는 거지?"

란포가 먹은 그릇에는 모두 흰 떡이 고스란히 남았다. 란포는 팥만 계속 먹었다.

"별로 달지 않으니까." 란포는 태연하게 대답했다.

달지 않다니——단팥죽이지 않나. 단팥죽이란 거의 떡 아닌가? 당분을 섭취하고 싶다면, 양갱이나, 단팥빵이나, *긴톤을 먹으면 되지 않나. 너는 그대로 남은 떡의 한탄이 들리지 않는 건가? 그렇게 호소하고 싶었지만, 후쿠자와는 그대로 말을 삼켰다. 다른 사람의 음식 기호에 참견을 하는 것만큼 무의미한 짓도 없기 때문이었다. 보기만 해도 아주 불쾌했지만, 그렇다고 죄를 지은 것도 아니다. 자칫 말을 꺼냈다가 단팥빵의 겉은 다 버리고 팥만 먹기 시작하기라도 하면 뇌가 뒤집어질지도 모른다.

음식을 남기는 걸 보니 배가 불렀군. 그렇게 화를 내면 늙은이 취급을 할지도 모른다.

그 뒤, 현장에 달려온 시 경찰을 상대로 사정을 설명했다. 꽤 성가신 설명이었던 데다, 다른 사람에게 말을 할 생각이 없던 란포가 은근 슬쩍 그 자리를 떠나려고 하는 걸 간신히

---

*긴톤(金団): 강낭콩과 고구마를 삶아 으깨어, 밤 등을 넣은 달콤한 음식.

설득해 사장실에서 무슨 일이 있었는지 설명하게 했다. 자 칫 잘못하면 애매한 입장이 될 수도 있었던 후쿠자와와 란포 였지만, 사정을 이야기한 지 얼마 되지 않아 자유의 몸이 되 었다. 달려온 시 경찰이 후쿠자와의 무도가로서의 명성을 잘 알고 있었던 덕분도 있어, 시 경찰은 다행히 후쿠자와와 란 포의 이야기를 전면적으로 신용해 주었다. 단, 며칠 후에 다 시 경찰서에서 이야기를 해 주는 것이 조건이었다.

시 경찰이 와서 현장을 확인해 보니, 비서가 입고 있던 외 투의 안쪽 주머니에서 살인 청부업자의 지문을 현장에 부착 하기 위해 가지고 있던 플라스틱 주형(鑄型)이 발견되었다. 다른 팀이 집을 수색하자, 샘플에서부터 지문을 복제하기 위 한 도구 및 살인 청부업자의 양손의 지문을 본뜬 틀이 발견 되었다고 한다. 일련의 증거는 란포의 추리를 모두 뒷받침해 주었다.

그렇기에 란포는 후쿠자와에게 의뢰했던 사람의 억울함을 풀어준, 이른바 은인──이 되었다. 빚이 생겼다고도 할 수 있었다.

대체 어쩌다가 이렇게 됐는지, 후쿠자와는 좀처럼 잘 이해 가 되지 않았다.

후쿠자와는 생각했다. 이 소년의 행동은 주관적으로 보면 그냥 현장을 마구 휘젓고 다닌 것에 불과하지만, 객관적으로 보면 추리였다. 그것도 현장과 관계자를 딱 한 번 봤을 뿐인 데 진짜 범인을 간파한 놀라운 명추리였다. 하지만 후쿠자와는 란포의 행동을 헤아리기 어려웠다. 아니, 그렇다기보다는 무슨 일이 일어났는지 머리가 이해를 따라가지 못했다고 하는 편이 더 정확했다.

 과연 그건…… 뭐였던 것일까.

 "이봐, 소년." 후쿠자와가 입을 열었다.

 "우우움?" 란포는 입에 가득 팥을 욱여넣은 채 후쿠자와를 마주 보았다.

 차를 마셔라. 그렇게 말하고 싶은 충동을 다시 억눌렀다. 조금 전에 그런 말을 했다가 '달콤한 맛이 아까워'라고 말하며 거절했기 때문이었다. 후쿠자와의 입장에서는 일본식 디저트를 먹으면서 차를 마시지 않다니, 전혀 이해할 수 없는 일이었지만, 다른 사람의 기호에 참견하는 것은 자신의 방침에 어긋나는 일이었기 때문에 후쿠자와는 "그러냐." 하고만 말했다.

 그런 것보다 조금 전의 그건 뭐였던 거지? 후쿠자와는 그렇게 물어보려다가 말았다. 평범하게 물어봐 봐야 소년이 제대로 대답을 해 줄 것 같지 않았기 때문이다.

 "언제부터 비서가 범인이라고 눈치챘지?" 후쿠자와는 대신에 그렇게 물었다.

 "처음부터." 란포는 팥을 서투른 젓가락질로 집으려 하면서 말했다. "그 사람, 코트를 입고 있었잖아? 서류를 늘어놓을 때 코트를 입고 있는 건 말이 안 돼. 소매에 계속 걸리니까."

 후쿠자와는 고개를 끄덕였다. 코트의 안쪽 주머니에는 살

인 청부업자의 지문을 위조하기 위한 용구가 들어 있었다. 부피가 큰 용구를 숨기기 위해 외투의 주머니가 필요했던 것이다.

"오늘 같은 일이 자주 있나?"

"음, 자주 있지." 란포는 팥을 삼키면서 대답했다. "직장이라든가, 길가에서라든가……. 처음에는 기분 나빠서 참견을 했었는데, 대부분은 방해꾼 취급을 하거나 불쾌해해서, 도중부터는 그러기도 귀찮아지더라고. 아~ 싫다, 싫어. 어른의 세계는 왜 그렇게 기분 나쁜 걸까."

불쾌하다는 듯이 얼굴을 찌푸리며 고개를 좌우로 흔드는 란포.

"어른들의 세계가 싫은 건가?"

"엄청 싫어. 도무지 이해가 안 가거든."

란포의 진심으로 싫다는 표정을 보고 후쿠자와는 무언가 위화감을 느꼈다. 이해가 안 간다──후쿠자와는 이 소년이 그런 생각을 한다는 것 자체가 신기했다.

그렇지 않다. 이 세상에도 좋은 점은 있다. 후쿠자와는 그런 말이 나올 것 같아서 말을 집어삼켰다. 후쿠자와에게는 그렇게 허울 좋은 말을 할 자격이 없었다.

──후쿠자와. 이 자식, 정말로 배신하는 건가?

──국가의 안녕을 원한다는 우리의 맹세는 거짓이었나? 그 자리를 모면하기 위해 그냥 해 본 말이었나?

지금은 차고 있지 않은 검의 무게가 허리를 짓눌렀다. 그날 후쿠자와는 도검을 버렸다. 그것이 정의라고 변명할 생각은 없다. 하지만——.

문득 정신을 차려 보니, 란포가 후쿠자와의 얼굴을 들여다보고 있었다. 소년의 투명하고 깊은 눈동자가 뇌수의 안쪽까지 꿰뚫어 보겠다는 듯이 마구 반짝였다. 마음속 깊은 곳에 담아 두었던 기억까지 들여다보는 듯한 느낌에, 후쿠자와는 시선을 돌리고 문득 떠오른 말을 꺼냈다.

"조금 전에 면접이라고 말을 했었는데…… 소년, 학교는?"

"그러니까, 보면 알잖아?" 란포는 귀찮다는 듯이 말했다. "반년 전에 기숙사가 있던 경찰학교에서 쫓겨났어."

"쫓겨나?"

"규칙이 너무 성가셨거든. 정해진 시간을 지난 뒤에는 기숙사 밖으로 나가지 말아야 한다. 군것질도 삼가라. 복장 운운, 규율 운운. 게다가 수업은 죽을 만큼 따분하고 말이야. 인간관계도 귀찮고. 기숙사 관리인과 말다툼을 했는데, 과거의 여성 편력을 모두 폭로했더니 날 쫓아냈어."

그야 당연히 쫓겨난다.

"그 뒤로는 얼마나 많은 곳을 이리저리 전전했는지 몰라. 군의 주둔지에서 숙식을 해결하며 일을 했을 때에는 소장이 횡령했다는 사실을 소문내서 추방당했고, 건설 현장의 심부름꾼을 했을 때는 상하관계가 귀찮아서 도망쳐 나왔고, 우편배달을 할 때는 편지를 들여다보지도 않고 불필요한 녀석을 발견해 버렸다는 이유로 잘렸어. 필요 없는 편지를 배달해서 대체 누가 기뻐한다는 거지? 안 그래?"

란포가 당연하다는 듯이 그렇게 말했다.

후쿠자와는 내심 신음 소리를 흘렸다. 군의 주둔지에서 숙
식을 해결한 것부터 해서, 건설 현장, 우편배달까지. 아무리
봐도 도저히 소년이 할 수 있는 일이라고는 생각하기 힘들었
다.

──정말 도시는 이해할 수 없어.

도시. 소년은 왜 고향에서 도시로 상경해야 했을까.

"소년. 고향의 부모님은?"

"죽었어." 란포의 눈동자에 아주 약간 슬픈 기색이 스쳐 지
나갔다. "사고가 났거든. 부모님은 형제도 없어서, 내가 요
코하마로 나오게 된 거야. 아빠가 그랬거든. 무슨 일이 생기
면 지인이 교장을 맡고 있는 요코하마의 경찰학교에 가 보라
고. 아빠는 경찰쪽 사람들에게도 어느 정도 알려진 사람이었
으니까. 물론 나는 결국 경찰학교에서도 금방 쫓겨났지만."

"아버지의 성함은?"

란포는 이름을 대답했다.

그 이름을 듣고 후쿠자와는 살짝 충격을 받았다. 그 이름은
후쿠자와도 알고 있었다. 경찰이라면 모르는 사람이 없는 전
설적인 형사였기 때문이다.

목 없는 장교 사건. 월광(月光) 괴도 사건. 소머리 사건. 소
년의 아버지는 국내를 떠들썩하게 만들었던 많은 어려운 사
건들을 해결로 이끈 전설적인 명형사였다. 그는 경이적인 관

찰력과 추리력으로 진상을 정확하게 맞추어서 '천리안'이라는 별명으로 불리며 존경과 칭찬을 한 몸에 받았다.

은퇴를 하고 시골로 이사했다는 소문은 들었지만──돌아가셨던 건가.

"근데 세상 사람들이 말하는 것처럼 대단한 사람은 아니었어. 엄마한테는 수수께끼 풀이도 추리도 이기지 못해서, 집에서는 어깨도 제대로 펴지 못했거든."

어머니의 이름이 뭔지도 물어봤지만, 후쿠자와는 들어 본 적이 없는 이름이었다. 듣자 하니, 경찰도, 탐정도, 범죄 연구원도 아니라고 한다. 즉, 아무런 직위가 없는 그냥 주부일 뿐이었다. 그런데도 그 '천리안'이 기를 펴지 못하게 만들 정도의 두뇌를 지닌 사람이었다니. 대체 어떤 여걸이었을까.

"아무튼, 그래서 이쪽으로 올라온 건데." 란포는 떡이 남은 그릇을 옆으로 치우면서 말했다. "어른은 대체 무슨 생각을 하는지 전혀 모르겠어. 그렇다고 돌아갈 집도 없고. 면접은 완전히 헛걸음이 됐고. 갈 곳도 없고."

또 이러는군.

후쿠자와는 어딘가 석연치 않았다. '어른은 무슨 생각을 하는지 전혀 모르겠다'──그런 말을 눈앞의 이 소년이 하는데, 뭔지 모르겠지만 인식의 차이가 느껴졌다.

천재인 부모님 밑에서 자란 세상물정 모르는 외아들.

이 소년은 평범한 사람과는 무언가가 다르다. 두뇌의 기능이 무언가. 후쿠자와로서는 어렴풋하게 그런 식으로밖에 표현할 길이 없었지만, 아무튼 두뇌 기능이 다른 사람과 차원이 다를 정도로 발전해 있었다. 일반적으로는 그것을 추리력이라고 부를지도 모르겠지만……. 그렇다면 평범한 사람이 소년을 이해하지 못할지 몰라도, 소년이 평범한 사람을 이해하지 못할 일은 없는 것이 아닌가?

무언가 결정적으로 인식이 맞물리지 않고 있다. 소년이 한 말을 떠올렸다.

──보면 알잖아? 그 정도는.

──다들 알고 있는 것을 일일이 말하게 해서 나중에 채점을 할 심산이지?

이 소년은 자신이 특별하다는 사실을 눈치채지 못하고 있는 것이 아닐까.

만약 그렇다면 이 기묘한 언동도 어느 정도는 이해가 간다. 란포는 그때, 사장실에 들어서자마자 비서가 진짜 범인이라는 사실을 꿰뚫어 보았다. 그런데도 곧장 따지고 들지 않은 이유는 어른들도 그 사실을 당연히 알고 있다고 머릿속으로 생각했기 때문이다. 그래서 사건이 아니라 자기 말만 한 것이고, 결국 맞물리지 않는 대화가 반복된 것이 아닐까.

어쩌면 그 이유는 지금까지 계속 닫힌 세계에서 부모님과만 살아 왔던 탓인지도 모른다.

하지만 그 가설이 올바르다고 해도, 소년에게 뭐라 설명을 해 주면 되지?

너는 특별하다. 다른 사람에게는 보이지 않는 것이 보인다.

왜? 대체 어디서부터 어디까지가? 어떻게 증명하지?

"왜 그래?" 란포가 후쿠자와의 얼굴을 들여다보았다.

후쿠자와는 아무 말 없이 고개를 저었다.

설명을 한 다음엔 어떻게 할 거지?

어차피 남이다.

자신과 소년은 어차피 한 번 보고 말 사이다. 살인 사건 현장에서 우연히 만났을 뿐, 또 헤어질 상대다. 자신에게는 소년의 사상에 간섭하고, 설교를 할 자격이 없다.

후쿠자와의 가슴 안에는 눈에 보이지 않는 바위가 있었다. 단단하고, 차가운 바위. 그것은 후쿠자와가 다른 사람에게 깊이 관여하려고 할 때마다 누름돌이 되어 심장을 강하게 옥죄었다.

바위는 과거다.

다른 사람에게 간섭하고, 다른 사람과 사상을 공유하고, 같은 방향을 보고 있다 생각하며 의심하지 않았기 때문에──그렇기 때문에 일어난 비극, 유혈이 아니었는가.

이제는 더 이상 다른 사람에게 깊이 관여하고 싶지 않다.

"그럼 이만. 오늘은 수고 많았다." 후쿠자와가 자리에서 일어섰다. "시 경찰에게 오늘의 공적은 모두 너에게 있다고 보고해 두지. 표창을 하도록 추천도 하마. 운이 좋으면 시 경찰 밑에서 일을 할 수 있을지도 모르겠군. ……부모님을 잃어 괴로우리라 생각한다만, 너라면 반드시 성공할 수 있는 장소를 발견할 수 있을 거다. 그럼 이만 가 보마."

란포가 갑자기 전표를 들고 떠나가려는 후쿠자와의 손을 붙잡았다.

"──뭐지?"

후쿠자와는 란포를 바라보았다. 란포는 가만히 후쿠자와를 마주 보았다.

"……그게 다야?"

"응?"

"그게 다야?" 란포는 반복해서 물었다. "아저씨, 더…… 있잖아? 물리적인 그게. 부모님을 잃고, 직장도 잃고, 갈 곳도 없어 어쩔 줄 몰라 하는 열네 살 소년을 보면, 뭐라고 해야 하나, 가슴에서 솟구치는 무언가가 있지 않아?"

후쿠자와는 란포를 바라보았다. 그리고 찻집 탁자 위를 보았다. 쭉 놓여 있는 아홉 그릇을 보았다.

"분명히 무언가가 솟구치는군." 후쿠자와는 말했다. "어떻게 팥만 아홉 그릇이나 먹을 수 있는지 모르겠다."

"음, 이 정도야 뭐." 란포가 자랑스럽게 말을 한 뒤, 고개를 저었다. "그런 게 아니라, 서로 돕는 거! 곤란한 사람을 그냥 두고 가지 않는, 상호 부조 정신! 응? 상호 보조? 상호 부주? 상호 보호? 응? 어라?"

"상호 부조다." 후쿠자와가 말했다. "확실히 단팥죽 아홉 그릇으로는 곤궁한 어린이를 돕기엔 모자라는군. 그럼 이걸 주마."

후쿠자와는 옷깃에서 흰 명함을 꺼냈다.

"이게 뭐야?" 란포는 책상 위의 명함과 후쿠자와의 얼굴을 번갈아 바라보았다.

"내 연락처. 목숨의 위협을 받는 사람의 부탁을 몇 번인가 들어주는 사이에 경호원 사업을 하게 되었지. 목숨이 위험한 일이 있으면 연락해라. 한 번 정도는 무료로 호위해 주마."

후쿠자와는 그렇게 말하면서 스스로의 행동에 한숨을 내쉬었다. 자신은 너무 마음이 약하다. 다른 사람과 관여하길 극도로 꺼리면서도, 이렇게 다른 사람과 관여하며 살아가기를 완전히 끊어 내지 못한다. 고독하길 원하면서도 눈앞에서 곤란해 하는 어린아이를 못 본 척하지도 못한다. 물론 이 소년에게는 빚이 있는 것도 사실이지만……

란포는 신묘한 표정으로 명함을 받아 들었다. 그리고 얼굴을 바싹 대고 흰 명함에 적힌 글을 가만히 바라본 뒤, "흐음." 하고 말하더니 가게의 안쪽으로 걸어갔다. 란포는 가게 안에 설치된 녹색 전화에 동전을 넣은 뒤, 번호를 돌렸다.

후쿠자와의 품에서 호출음이 울렸다.

일을 할 때 사용하는 휴대전화였다. 긴급한 의뢰가 있을 때를 대비해 후쿠자와는 항상 휴대전화를 들고 다녔다. 후쿠자와는 불길한 예감을 꾹 억누르며 휴대전화를 귀에 댔다.

"경호원 아저씨, 도와주세요. 일도 없고, 오늘은 잠을 잘 곳도 없어서 이대로 가다간 죽어요." 감정이 실리지 않은 란포의 목소리가 들렸다. 수화기와 가게의 안쪽에서 이중으로.

"………."

"이대로 가다간 죽어요?" 란포가 한 번 더 말했다. 왜 의문형이지?

"……그럼 숙박 시설을 소개해."

"다음에 할 일이 없어서 죽어요." 중간에 말을 끊으며 란포가 말했다. 수화기를 든 란포는 후쿠자와에게서 등을 돌린 상태였다. 후쿠자와 쪽을 절대 보려고 하지 않았다.

굉장히 마음이 찜찜했다.

거대한 개미지옥에 어쩔 수 없이 빨려 들어가는 자신의 모습이 환영처럼 머리에 떠올랐다.

경호원 직무를 수행할 때, 소년이 있어서 도움이 될 만한 일은 없었다. 사무원도 조수도 필요 없었다. 애당초, 이렇게 제멋대로라 제어할 수 없는 소년을 고용해 어떻게 활용하란 말인가?

수화기 너머의 침묵. 이쪽의 대답을 기다리는 중이었다. 만약 이곳에 있는 사람이 후쿠자와가 아닌 다른 사람이었다면, 조금은 무언가 타협안을 이끌어 냈을지도 모른다. 하지만 후쿠자와는 상사도 부하도 원하지 않았다. 조직을, 다른 사람을 믿지 않았다. 그게 아니더라도, 이 소년과 대화를 하면 한없이 피로해졌다. 얼른 가게 밖으로 나가 나와는 상관없는 일이라고 모르는 척하는 것이 최고다.

"그럼…… 다음 일에 같이 데리고 가마." 후쿠자와는 수화기에 대고 그렇게 말했다. "내가 뭘 어떻게 해 줄 수는 없지만, 다음 의뢰인 쪽은 사람을 찾고 있었으니까 말이다. 중개해 주지. 그러면 되겠나?"

"정말?!"

란포가 눈을 반짝이며 돌아보았다. 수화기를 꼭 잡은 채, 빛나는 듯한 미소를 지으며 후쿠자와를 바라보았다.

후쿠자와는 작게 한숨을 내쉬었다.

얼마나 빚이 있든, 얼마나 추리력이 있든 상관없었다. 남은 남이다.

이건 빚이 있기 때문도, 란포의 두뇌에 흥미가 있었기 때문도 아니었다.

단지 눈앞의 고독을 그냥 내버려 둘 수 없었기 때문이었다.

란포는 최악의 고독을 경험하는 중이었다. 부모님도 없이, 뭐가 뭔지 알 수 없는 세상 속에 내던져져 방향도 모른 채 헤매고 있다. 의지할 사람도 의지할 장소도 없었다. 그냥 죽지 못해 사는 사람이었다.

후쿠자와는 스스로 원해서 고독을 선택했다.

하지만 이 소년에게는 고독을 선택할 자유조차 없었다.

게다가.

저렇게 기뻐하니, 이제 와서 매정하게 모른 척할 수도 없었다.

"그럼 바로 가자! 먼저 짐을 가지러——아니, 그 전에 손을 씻으러——아니, 그 전에 짠 음식을 좀 먹고 싶어! 입 안이 너무너무 달아서——잠깐만, 이것 좀 들어 줘! 튀긴 과자를 옆에서 팔고 있더라고. 사 올 테니까, 아니, 좀 사 와 줘! 아~ 목말라. 아저씨, 차 좀 주문해 봐!"

얼굴 가득 웃으면서 란포가 그렇게 말했다.

후쿠자와는 생각했다.

역시 그냥 바다에다가 내다 버릴까?

막과자를 먹고 싶다고 떼를 쓰는 란포를 어르길 세 번.

두 손 두 발 다 들고 어쩔 수 없이 사 주길 두 번.

비행기가 나는 원리에 대해서 물어보길 세 번.

다리가 아프니 쉬었다 가자며 불평을 늘어놓는 란포를 설득하길 네 번.

업어 주길 네 번.

후쿠자와와 란포는 겨우 다음 현장에 도착했다.

그사이에 란포는 끊임없이 말을 계속했고, 의견을 말해 달라 보챘고, 계속 불평을 늘어놓았다. 말하길, 자신은 걷는 걸 싫어한다, 육체노동과는 어울리지 않는다, 이동하는 것은 시간 낭비다, 뭘 위해 통신 장치가 발명되었다고 생각하는 건가, 아직 도착하려면 멀었나, 막과자를 먹고 싶다, 그 상표의 과자는 요즘 들어 맛이 없다, 사장이 바뀌어서 품질이 떨어졌다, 도시는 글러먹었다, 하지만 시골은 더 답이 없다, 유람선을 타고 싶다, 비둘기에게 먹이를 주고 싶다, 정말 아직도 멀었나, 막과자를 먹고 싶다, 왜 아직도 도착을 안 하는 거냐, 막과자를 먹고 싶다. 정말 일부러 돌아가는 것 아닌가——.

후쿠자와는 표정 하나 바꾸지 않았다.

고류 무술의 기본을 배우며 마음과 기술을 모두 단련한 후쿠자와는 어린아이의 떼쓰는 소리 정도에 정신 통일이 흐트러지거나 하지는 않았다. 평소에 열심히 수련한 성과다. 후쿠자와는 계속 표정을 바꾸지 않은 채 란포를 대했다.

그렇게 대했지만, 겉으로는 대답을 일일이 해 줬지만, 후쿠자와는 내심 란포를 저 멀리 던져 버리고 싶었다. 마음속으로만. 마구 몸을 휘감아 도시 구석에 방치하고 돌아갔다. 마음속으로만. 맨홀 뚜껑을 열어 놓은 뒤, 란포가 걷다가 휘융 ~ 풍덩, 하고 아래로 떨어지면, 그 소리를 듣고 맨홀의 뚜껑을 닫았다. 마음속으로만. 그 외에도 란포를 방치해 두고 자신만 돌아가는 방법을 50가지 정도 진지하게 계획했다. 모든 것은 마음속에서만 일어난 사건이었다.

계속 열심히 계획을 짜면 짤수록, 후쿠자와는 표정이 사라져 갔다. 덕분에 격노하지 않고, 소리를 치지 않고, 란포를 상대할 수 있었다.

마지막에는 그 모습을 보고 란포가 감탄을 내뱉을 정도였다. 란포는 후쿠자와의 무표정한 얼굴을 멍하니 바라본 뒤,

"아저씨, 정말 끈기가 강하네."

하고 말했다.

그 순간이 가장 위험했다. 후쿠자와의 정신 통일에 조금이

라도 틈이 있었다면, 란포는 지금쯤 맨홀 아래에 있었다.

평소에 무술을 단련한 성과다.

그렇게 두 시간 정도 이동하여 후쿠자와가 쉰한 번째 방책을 계획하고 있었을 즈음——이곳에 글로 표현하기 힘들 정도의 가열한 녀석이 후쿠자와를 덮쳤을 때——. 겨우 목적지에 도착했다.

"연극장?"

"그래."

저녁이 되기 전. 짙푸른 하늘 아래. 후쿠자와와 란포가 직선적인 외관을 자랑하는 연극 홀 앞에 도착했다.

입구 안내판에는 연극 포스터가 붙어 있었다. 상연을 하기까지는 시간이 꽤 남았지만, 벌써 몇몇 손님이 극장 안으로 들어가는 모습이 보였다. 건물의 벽면에는 세계 극장이라고 새겨진 비석이 땅에 박혀 있었다.

란포는 호들갑스럽게 얼굴을 찌푸렸다. "재미없어 보여."

"이곳은 지배인이 일손이 부족하다고 한탄을 했었지. 이번 의뢰를 다 끝내면 너를 고용해 달라는 정도의 부탁은 아마 들어줄 거다."

"의뢰라니?"

"살인 예고다." 그렇게 말한 뒤, 후쿠자와는 입구를 향해 걷기 시작했다. 그리고 란포가 잔걸음으로 그 뒤를 쫓았다.

뒷문인 설비 반입구를 지나 지하로 이어지는 계단을 내려가는데, 극장 지배인이 후쿠자와에게 말을 걸었다.

"그런데." 지배인은 너글너글한 말투로 말했다. "지각을 한 이유는 뭐죠?"

후쿠자와와 비슷한 세대일까. 지배인은 정장 차림의 여성이었다. 여자 지배인은 가슴을 펴고 허리 앞에서 팔을 교차한 채, 후쿠자와를 도발적으로 올려다보았다. 가끔 안경을 신경질적으로 밀어 올리는 행동은 아무래도 습관인 듯했다. 안경의 테는 검은색이었고, 알은 삼각형에 가까웠다.

"미안합니다, 에가와 씨." 후쿠자와는 눈앞의 여성에게 순순히 고개를 숙였다. 약속 시간에 늦은 이유는 란포가 일이 있을 때마다 꾸물거렸기 때문이지만, 그것은 여사와는 아무런 관계가 없는 일이었다.

"아무튼, 좋아요." 여자 지배인은 빙글 등을 돌리더니, 구두 소리를 크게 울리면서 통로를 걷기 시작했다. 후쿠자와는 그 뒤를 아무 말 없이 따라갔다. "공연이 시작될 때까지는 아직 시간이 있으니 현장을 확인해 주세요."

후쿠자와는 에가와 여사의 뒤를 따라가면서 말했다. "협박을 한 사람은 누군지, 짐작 가는 사람은 있습니까?"

에가와 여사는 걸음을 멈춘 뒤, 뒤를 돌아보고 말했다.

"그건 당신이 신경 쓸 일이 아니에요. 경찰엔 이미 신고를 해 뒀거든요. 경호원인 당신이 해야 할 일은 살인이 일어났을 때, 범인을 제압하는 것. 한마디로 머릿수를 채우기 위해 부른 거죠. 경계를 서고 청취 조사를 하는 등의 일은 제복 경

찰이 할 거예요. 그런데 정말 사람을 얼마나 화나게 하는지
──살인 예고가 날아들었는데, 시 경찰이 몇 명이나 왔는
줄 알아요? 네 명이에요, 겨우. 아아, 너무 화가 나. 어차피
살인 따위는 일어나지 않을 거라고 속 편히 생각하는 거겠
죠. 우릴 우습게 봐도 유분수지. 사람이 죽으면 전부 시 경찰
탓을 해 주겠어."

후쿠자와는 표정을 바꾸지는 않은 채 당황했다. 극장에 후
쿠자와를 소개해 준 의뢰인의 이야기로는 성실하고 견실한
여성 지배인이라고 들었는데, 아무래도 상상과는 조금 성격
이 다른 듯했다.

하지만 그건 그거대로 상관없었다. 다른 사람이 일을 어떻
게 하든 참견할 생각도 없었고, 흥미도 없었기 때문이다. 지
배인의 말대로 후쿠자와는 자신이 해야 할 일을 하면 그만이
었다.

"협박 내용을 가르쳐 주실 수 있습니까? 적의 노림수가 무
엇인가에 따라 경비 태세도 달라지기 때문입니다."

"이거예요."

에가와 여사는 인쇄물 한 장을 꺼냈다. 간소한 인쇄 글씨체
로, 몇 줄인가 문장이 적혀 있었다.

"며칠인가 전에 사무실에 도착했어요. '천사가 연기자를
진정으로 죽음에 이르게 하겠습니다──V'. 그리고 공연의
날짜와 연극의 이름이 적혀 있어요. 천사니 V니, 정말 장난
스러운 협박이죠. 어차피 다른 극장의 영업 방해일 거라 생

각은 하지만요.”

“그럴까?”

갑자기 엉뚱한 곳에서 소리가 들려 에가와 여사가 깜짝 놀랐다.

“꽤 잘 만든 것 같은데, 그거. 연기자라면 배우가 죽는다는 말인가? 흐음. 어떻게 될지 기대가 된다, 그치 아줌마?”

“아줌…….” 에가와 여사의 눈썹이 움찔거렸다. “후쿠자와 씨, 이 아이는 누구죠? 이럴 때 아무런 상관도 없는 사람을 내부에 들이면 안 된다고 생각합니다만.”

“죄송합니다. 이 소년은…… 구직자입니다. 이전에 사무 일을 할 사람이 부족하다는 말을 이쪽의 관계자에게 들었던 기억이 나서요. 이번 사건이 해결되면 이 소년의 면접을 봐 주십사 합니다.”

“네에. 저희야 물론 1년 내내 일손이 부족하긴 한데요.” 에가와 여사는 눈을 가늘게 뜨며 의심스럽다는 듯이 란포를 바라보았다. “알겠습니다. 그럼 소정의 규칙에 따라 사무 창구로 이력서를 보내 주세요. 다른 후보자와 함께 심사하겠습니다.”

“뭐야, 다른 희망자도 있어?” 란포가 불쾌한 표정을 지었다. “그건 싫은데. 그래선 내가 채용될 리가 없잖아! 지금 여기서 결정해 줘.”

“뭐어?”

후쿠자와는 아무에게도 안 들리도록 목 안에서만 한숨을

내쉬었다.

어렴풋이…… 이렇게 될 것 같긴 했다.

"얘, 너처럼 제멋대로인 어린애를 어른이 채용하고 싶어 할 거라고 생각하니? 어른들의 세계는 일단 예의가 가장 중요해. 그걸 좀 이해해 주렴."

"그런 소린 다른 사람한테서도 들었어. 몇 번이나." 란포는 이전 어느 때보다도 훨씬 질린 표정을 지었다. "어른들 세계는 도저히 이해할 수 없어. 처음부터 솔직하게 말하면 되는데, 왜 그렇게 일일이 숨겨? 예를 들면 아줌마는 사실 극장 지배인 일을 별로 하고 싶지 않잖아? 부하 직원들에게 위엄 있게 보이려고 구두나 옷에는 돈을 들이지만, 손톱 손질은 제대로 안 되어 있고, 반지도 안 끼운 걸 보면 말이야. 손가락 뿌리 쪽에는 굳은살이 거의 사라져 가고 있네? 손은 이전의 일로 돌아가고 싶어 하는 것 같은데? 그리고…… 경찰도, 경호원도, 극장 관계자도 믿고 있지 않아. 안 그랬다면 경호원 아저씨를 맨 처음에 시 경찰과 만나게 했을 거야. 만나게 해 주지 않은 이유는, 아저씨가 시 경찰을 감시하도록 만들기 위해서지? 반대로 경찰도 아저씨를 감시하게 만들고. 사람이 죽는 일이니 그렇게 하는 것도 이해가 되지만, 그럴 거면 처음부터 그렇게 말하는 게 좋지 않아?"

"아니……." 에가와 여사는 반사적으로 자신의 손가락을 숨기면서 말했다. "왜 그렇게 무책임한 말을 할까. 정말 예의가 없구나."

에가와 여사의 당황하는 표정을 보고 후쿠자와도 깨달았다. 아마 정곡을 찔린 거겠지.

"다른 것도 말해 줄까? 새 거지만 수수한 목걸이는 다른 사람에게 선물로 받은 게 아니라 아줌마가 직접 산 거야. 그리고 거의 막혀 가는 귀의 피어싱 구멍. 즉, 최근 몇 년간은 남자 관계가——."

"이제 그만해라." 후쿠자와가 낮은 목소리로 제지했다. "에가와 씨의 속마음이 어떻든 저는 상관하지 않습니다. 사람이 죽지 않도록 최선을 다할 뿐이죠. 관계자의 이야기를 듣고 싶은데, 괜찮겠습니까?"

"마음대로 하세요!" 에가와 여사는 강한 척을 하듯 그렇게 소리쳤다. "저는 이 일이 마음에 들어요! 아아, 정말 지긋지긋해. 이놈이고 저놈이고……!"

에가와 여사는 현관홀의 바닥을 발뒤꿈치로 강하게 울리면서 빠른 걸음으로 떠나 버렸다.

"어른들의 세계는 정말 신기해. 왜 화를 내는 거지?" 여사의 등을 보면서 란포가 중얼거렸다.

후쿠자와는 숨을 깊게 들이쉬었다가, 멈추고 다시 내뱉었다.

숨을 내뱉은 후쿠자와의 얼굴은 아주 지쳐 보였다.

그리고 그 얼굴엔 란포가 일을 오래 하지 못하는 이유를 이제야 알겠다는 표정이 섞여 있었다.

배우의 동선을 확인할 필요가 있었다.

살인 예고범이 지명한 사람들이 배우인 이상, 그들이 어떤 시간에 어디에 있고, 단독으로 행동할 가능성이 있을 때는 언제인가를 파악해 둬야 했다. 이야기를 들어 보니, 시 경찰은 주변 출입구의 경계가 주 임무로 배우 한 사람, 한 사람에 대한 경호까지는 어렵다는 듯했다. 그래서는 일단 한번 입장을 허용하면, 범인을 자유롭게 행동하도록 풀어 주는 것이나 마찬가지였다.

그래서 배우 한 사람, 한 사람의 동선을 물으면서 돌아보기로 했다. 후쿠자와는 일단 극단 내에 배부된 시간표와 관리표──모든 배우의 출연과 역할을 적어 놓은 것──는 이미 받아 두었지만, 각 배우가 언제 움직이고 언제 무방비한 채로 남는지를 확인해 두어야겠다고 생각했다. 그에 더해 배우들에게 절대 혼자 남지 말라고 다짐을 받아 둘 필요도 있었다. 그리고 가능하다면, 살인 예고의 표적이 된 배우들에게서 협박을 받은 적이 없는지 한번 물어봐 두고 싶기도 했다.

가장 처음으로 이야기를 한 사람은 연극의 중심인물, 열두 명의 등장인물 중 주역에 해당하는 청년이었다.

"네에?" 개인 분장실. 열심히 읽던 대본에서 고개를 든 청년이 단정한 얼굴을 일그러뜨렸다. "이제 곧 연극 시작인데 대체 무슨 소리죠? 저는 지금 대본을 읽는 중이거든요?"

이곳에 다른 사람은 보이지 않았다. 의자에 살짝 걸터앉아 있던 청년은 읽고 있던 대본을 짜증스럽게 집어던지면서 말했다.

"이쪽은 이제 연극을 앞두고 있는 사람이에요. 공연을 앞둔 배우가 어떤 마음인지 알기나 합니까?"

후쿠자와는 대답하지 않았다.

"우리는 잠수를 하는 거예요. 다른 세계, 다른 사람 속으로. 그러기 위해서 1년 가까이 연습을 해 왔고요. 방해하는 사람이 있으면 죽여 버리겠어요."

청년은 그렇게 말을 한 뒤, 책상 위에 있던 물컵의 물을 단숨에 들이켰다.

"목이 마른데, 물 좀 더 따라서 갖다 줄래요?"

청년이 턱으로 가리킨 곳에는 물이 들어간 대형 용기가 놓여 있었다. 청년이 물이 없는 물컵을 후쿠자와에게 내밀었다.

후쿠자와가 아무 말 없이 물을 떠 주자, 청년은 물을 들이켠 뒤, "집중하고 있는 중입니다." 하고 말했다.

잘 보니, 어딘가 모르게 안색이 창백했다. 그리고 신경질적인 눈 밑에는 옅게 다크서클이 내려와 있었다.

"일은 존중한다." 후쿠자와는 청년의 안색을 살피면서 말했다. "하지만 살해당할 가능성이 있는 사람들은 자네들이다. 공연 중에 혼자 있는 시간이 있나?"

주인공 청년──무라카미는 계속 뭔가를 말하려는 듯 숨을 들이쉬었다가, 포기한 듯 숨을 내쉬었다.

"……출연하기 전에 무대 사이드에서 몇 번인가요. 분장실에 있을 때나 이동을 할 때는 극장 스태프들이 있으니 혼자 있지 않을 거예요. 그 외에는 마지막 무대 인사를 하기 전 정도죠. 아무튼 다들 경계하고 있으니, 누군가랑 같이 있도록 노력하겠습니다. ……아, 근데 그곳에 있을 때는 무방비하구나. 저는 특히 몇 십 분이나 그곳에 있어야 해요."

"거기가 어디지?"

"무대 위요." 무라카미는 입술을 씨익 끌어올리며 웃었다. "이래 봬도 주인공이거든요."

후쿠자와는 작게 숨을 내쉬었다. 확실히 무대 위의 배우는 바로 곁에서 경호를 해 줄 수도 없고, 습격의 위기가 있다고 해서 구석진 곳에서 연기를 하라고 말을 해 줄 수도 없었다. 하지만 무대 위는 수많은 사람들의 이목이 집중되는 곳이다. 관객의 주목을 받고 있는데 암살을 해서야, 범인은 도망가기가 거의 불가능에 가깝다. 가장 경계해야 할 때는 역시 배우가 혼자 있을 때다.

"흐음, 주인공이구나." 옆에서 대기하던 란포가 갑자기 그렇게 말했다.

"앙? ……뭐야, 꼬마네." 무라카미는 불쾌한 표정으로 말했다. "설마 너, 경호원의 조수냐?"

"근데 이 연극은 어떤 이야기야?" 란포는 무라카미의 질문을 무시한 뒤 대답했다.

"어떤 이야기냐니……. 너도 경호원이면 극단에게서 대본 받았을 것 아냐. 그걸 읽어."

"그런 걸 읽어 봐야 지루하기만 하거든. 처음 1페이지 만에 읽기가 귀찮아졌어. 그러니까 가르쳐 줘."

지루하다라…….

후쿠자와가 남몰래 손으로 얼굴을 가렸다. 역시 란포를 데리고 오는 게 아니었다. 혼자 로비에서 기다리게 해 봐야 어차피 문제를 일으킬 것 같아서 데리고 왔는데, 이 소년은 어디를 가든 사람의 신경을 정확하게 거슬렀다.

아마 배우가 격노해서 더 이상은 이야기를 나눌 수 없겠지.

후쿠자와는 그렇게 생각했는데.

"꼬마야, 그렇구나. 네가 지루했다면 그런 거겠지." 청년 무라카미는 신묘한 표정으로 그렇게 대답했다. "연극이 재미 없는지 아닌지를 판단하는 사람은 관객이니까. 너의 목을 조르면서 '재미있으니 전부 읽어'라고 위협하는 거야 간단하지만, 그건 깡패가 할 짓이지 배우가 할 일이 아니야. 꼬마야, 너는 이 연극에 뭐가 추가되면 재미있을 거라고 생각하지?"

"그게 무슨 소리야? 으~음." 란포는 고개를 갸웃하며 대답했다. "연극을 하는 중에 예고대로 배우가 살해당하면 재미있을 것 같아."

후쿠자와는 등골이 오싹했다.

"하하! 꼬마다운 대답이구나." 하지만 청년 무라카미는 씨익 웃기만 했다. "관객이 그렇게 생각한다면, 협박대로 살해당하는 것도 나쁘지 않을지도 모르겠는걸."

"이봐." 후쿠자와가 눈썹을 찌푸리며 말을 걸었다. 너무 불길하다고 생각했기 때문이다. 하지만.

"물론 살해당할 생각은 없습니다." 청년 무라카미는 후쿠자와를 보고 말했다. "하지만 엔터테인먼트 세계에 몸을 담고 있는 사람이라면 한 번쯤 생각해 보는 문제죠. '연극을 더 재미있게 하기 위해서라면 다른 사람의 목숨도 빼앗을 수 있는가'……. 저라면 빼앗을 겁니다. 망설임 없이. 제가 사람을 죽이지 않는 이유는 사람의 목숨을 대가로 최고의 연극을 가르쳐 주겠다고 제안한 거래 상대를 만난 적이 없기 때문입니다. 현재로선 말이죠. 그렇지만 만약, 살인 예고범 녀석이 관객을 놀라게 만들려고 이번 일을 계획한 거라면, 꽤 근성이 있다는 생각이 드네요."

청년 무라카미는 후쿠자와를 보지 않았다. 란포도 보지 않았다. 단지 자신을, 자신에게 영향을 줄 수 있는 관객을 보고, 생각했다.

후쿠자와는 눈살을 찌푸렸다. 배우로서의 의지는 감탄할 만한 일이지만, 이래서는 성가시다. 살인을 그냥 현상의 하나로 판단하고 있기 때문이었다. 사람의 목숨을 화폐 같은 교환 단위로 생각하고 있다. 지배인도 그렇고 이 배우도 그렇고, 왜 이렇게 살인 예고에 대한 위기감이 별로 없는 거지?

후쿠자와는 사실 이 공연을 여는 것 자체를 반대하는 입장이었다. 공연을 중지해 사람을 살릴 수 있다면 오히려 이득이 아닌가.

하지만 공연은 강행되었다. 아마 이 청년 무라카미처럼 생각하는 사람이 많기 때문이다.

"자, 슬슬 관객이 들어올 때입니다." 청년 무라카미는 자리에서 일어섰다. "저는 갈 겁니다. 저도 프로지만 그쪽도 프로입니다. 아무런 피해 없이 의뢰인을 경호하여 무사히 돌아가게 하는 것이 프로가 할 일 아니겠습니까. 기대하겠습니다."

그런 말을 들어서야, 알겠다는 대답 외에는 할 말이 없었다.

그리고 계속해서 다른 연기자들에게도 이야기를 들어 보았다.

등장하는 배우는 총 열두 명. 여성이 일곱 명, 남성이 다섯 명. 남성 중 한 명은 주인공인 청년 무라카미였다.

대형 극장이라 모든 사람에게 개인 분장실이 할당되어 있을 줄 알았는데, 아무래도 청년 무라카미만이 특별했던 모양이었다. 다른 배우들은 넓은 분장실에 모여서, 각자 옷을 재확인하거나, 대본을 외우거나, 소품을 휘두르며 전투 장면을 연습하였다.

듣자 하니, 연극 상연 시간 중 거의 절반 동안 주인공인 청년 무라카미가 무대에 오른다고 한다. 무라카미는 그래 봬도 꽤 인기 많은 배우예요. 여배우 중 한 명이 그렇게 말했다.

"무라카미의 단독 공연이나 마찬가지죠. 대사량도 차원이 다르고, 전투 장면도 있고요." 여배우는 화장을 확인하면서 말했다. "각본가인 구라하시 씨와 둘이서 얼마나 회의를 했는지 몰라요. 역할에 꽤 몰입을 하고 있는 상태죠. 무대 장치 담당자에게 큰 소리로 화를 내는 모습을 본 사람도 있대요."

또 다른 배우에게 물었을 때는 이렇게 대답했다.

"아무도 진짜 살인이 일어날 거라고는 생각하지 않아요." 조금 연륜이 있어 보이는 배우는 관리표를 보면서 말했다. "아무튼 관객에게 연극을 선보이는 일이니까요. 질투나 시기는 드문 이야기가 아니죠. 광신적인 극단 신봉자도 있고 말입니다. 협박을 일일이 신경 쓸 순 없습니다. 물론 저 같은 사람이야 단역이니 죽인다고 위협할 가치도 없지만요. 위협을 받을 사람이라면 역시 무라카미 정도일까. 무라카미라면 계속 쫓아다니는 여성 팬도 많으니까요."

배우는 그렇게 말하며 웃었다.

또 다른 여배우는 눈살을 찌푸리며 말했다.

"협박~?" 의상으로 보이는 백은색의 커다란 가발을 쓴 여배우는 화장을 고치면서 말했다. "솔직히 말이죠, 그런 건 이거 이야기일 게 뻔해요~."

"이거?"

"이거요, 이거." 그렇게 말하며 여배우는 새끼손가락을 들어 보였다. "좁은 업계잖아요? 사귀다 헤어지는 일이 많아서요. 신입을 먹고 버렸다느니, 헤어져서 극단을 그만뒀다느니……. 죽이고 싶은 상대 한둘 정도는 다들 있을걸요?"

당신은 죽이고 싶은 상대가 있느냐고 후쿠자와가 물었지만, 가발을 쓴 여배우는 우후후 하고만 대답하며 어물쩍 넘어갔다.

치정 싸움으로 인한 겁주기 정도가 목적인 협박이라면 좋겠지만.

오늘 아침에 막 발생했던 살인 청부업자의 살인을 떠올려 보았다.

만약 살인 예고를 한 사람이 그 정도 급의 암살자라면, 관객, 배우, 란포, 자신까지, 후쿠자와는 모든 사람의 안전을 확보할 자신이 없었다.

후쿠자와는 모든 사람의 이야기를 듣고 분장실 밖으로 나갔다. 그리고 복도를 걸으면서 생각했다.

일대일 대결이라면 상대가 이능력자라도 자신이 뒤떨어지지 않는다. 하지만 아무리 실력이 뛰어난 경호원이라도 한 번에 지킬 수 있는 사람은 한정되어 있다.

만약 후쿠자와가 죽이는 쪽이라면, 시 경찰 넷 정도는 아무런 문제도 되지 않았다. 경호를 돌파하고 소란이 일어난 틈을 타 배우 한 명을 죽이는 것 정도는 충분히 가능하다. 반면에 지키는 쪽의 경우, 극장의 모든 사람을 철벽같이 방어하여 안전한 공간을 구축하려면 후쿠자와가 열 명은 필요하다.

그것은 후쿠자와가 경호원으로서 몇 번이나 부딪쳤던 벽이었다. 아무리 후쿠자와가 무술의 달인이라고 하더라도, 적은 경비의 틈을 찔러 온다. 무고한 사람의 생명을 지키고 싶어도 인원이 모자라다. 반면에 악한 쪽은 장소를 선택해 틈을 노리고 습격하면 그만이라 한 명이면 충분하다. 순간적으로 최대의 효율을 발휘할 수 있는 무력만 있다면 말이다.

지키는 쪽과 습격하는 쪽에게 필요한 무력의 불균형.

악한 무력에게서 몸을 지키기 위해서는 무력을 사용할 수밖에 없다. 하지만 습격하는 쪽과 지키는 쪽은 필요한 무력의 비율이 다르다. 그 불균형을 뒤집기 위해서는 무력 이외에 다른 무언가가 필요하다.

"아저씨, 무슨 생각해? 나, 배고파."

옆에서 소년이 한가한 목소리로 말을 걸었다.

그 목소리를 듣고 후쿠자와는 정신이 번뜩 들었다.

조금 전, 여자 사장을 살해한 진짜 범인을 꿰뚫어 본 사람은 누구였는가.

에가와 여사의 비밀을 처음으로 만났는데도 폭로한 사람은 누구였는가.

"이봐, 소년. 혹시——이 협박 사건에서 뭔가 깨달은 거라도 있나?"

이 소년에게 비범한 능력이 있다는 사실은 더 이상 의심할 여지가 없었다. 후쿠자와도 그것이 무엇인지는 잘 파악이 되지 않았지만, 무력이 아닌 무언가, 지키는 쪽과 습격하는 쪽의 비율을 뒤집을 만한 무언가가 아닐까.

후쿠자와의 질문에 란포는 조용하게 단지 얼굴을 마주 볼 뿐이었다.

란포에게는 무언가가 보인다.

──무엇이 보이는 거지?

"글쎄, 아무것도 깨닫지 못했는데. 잘 모르겠다, 그 정도뿐이야." 란포는 시시하다는 듯이 고개를 기울였다.

후쿠자와는 걸음을 멈췄다. 그곳은 극장의 현관 로비였다. 이미 관객이 입장을 시작해서 긴 줄이 생겼다.

"그런가."

후쿠자와는 숨을 내쉬었다. 잘 모르겠다라.

무의식적으로 그만 란포에게 기대를 했던 모양이었다. 지금 와서 생각해 보면, 그래서 성가신 것도, 무례하다는 것도 다 알면서 란포를 관계자가 있는 곳으로 데리고 간 것인지도 모른다. 아니, 그 이전에 살인 운운하는 현장에 미성년자를 데리고 온 것 자체가 눈앞의 소년이 어느 정도의 실력인지 알고 싶었기 때문이었을지도 모른다.

산쿄(三京)를 창시자로 둔 고류 무술 유파의 기술을 전수받은 몸으로서, 정말 나약한 소리다.

"하아…… 근데 이제 됐어. 취직도 안 될 것 같고, 애당초 이렇게 시간을 엄수하는 시시한 곳에서 계속 일을 할 수도 없으니." 란포가 따분한 듯 로비의 바닥을 찼다. 입구 근처에는 털이 긴 다갈색 양탄자가 깔려 있어 거의 소리는 나지 않았다.

"무엇보다 이제 곧 사람이 죽어서 이 극장은 망할 거니까."

지나가던 몇몇 관객이 오싹했는지 이쪽을 돌아보았다.

후쿠자와도 등골이 얼어붙었다. 어린아이의 농담치고는 너무 질이 나빴다. 지금은 어른으로서 타일러야 할 때이다.

하지만 후쿠자와는 움직일 수 없었다.

등골이 오싹했던 이유는 란포의 말이 예의에 어긋나서가 아니었다.

──아니, 죽인 사람은 당신이잖아? 비서 아저씨.

그때의 말투와 똑같았다.

후쿠자와는 란포를 바라보았다. 란포는 아주 평범한 모습으로, 후쿠자와의 시선을 신기하다는 듯이 마주 보았다.

"아니야?"

"살인이…… 일어나도록 절대 그냥 두지는 않을 거다." 후쿠자와는 겨우 입을 열었다. "그러라고 나를 부른 것이다. 시 경찰도 극단도 이 협박이 진짜라고는 생각하고 있지 않아. 설사 협박의 목적이 무엇이든 간에."

"협박이 아니라니까."

란포는 불만스러운 표정을 지었다.

"이건 협박이 아니라 예고야. 이거랑 저거랑 그만둬라, 그렇지 않으면 이런 짓을 하겠다. 그게 협박이잖아? 협박이란 건, 양자택일이야. 하지만 이번에는 '배우를 죽이겠다'라고 말했을 뿐이거든. 그러니까 협박이 아니라 예고인 거지. 아니, 오히려 선언이라고 해야 하나? 그러니까 범인은 반드시 죽이러 올 거야. 범인은 극장 측에 아무것도 원하지 않았어. 그냥 표적을 죽이는 게 목적일 뿐이니까."

후쿠자와는 신음 소리를 흘렸다.

확실히 란포의 말이 맞다. 이번 범인의 목적은 너무나도 불투명했다. 평범한 살인 예고의 경우엔 더 노골적으로 범인의 주장을 포함시킨다. 극을 중지해라, 사과해라. 그런 문장이 들어간다. 하지만 이번 협박장──란포가 말하길 선언──에는 그게 없었다.

천사가 연기자를 진정으로 죽음에 이르게 하겠습니다──
V.

"왜 눈치챘으면서도 말을 하지 않은 거지?" 후쿠자와가 물었다.

"말해서 어떻게 되는데?" 란포가 뚱한 표정을 지었다. "어른이니까 어른들끼리 어떻게 해 봐. 나 같은 어린애의 의견을 들어 봐야 아무런 도움도 안 되잖아? 실제로도 내가 사실을 말하면 대부분 화를 내고 말이야."

요코하마로 올라온 뒤 지금까지 계속 그랬었던 말인가. 란포의 눈동자는 어두웠다.

"정말 어른은 알기 힘들어." 란포는 불만스러운 듯 발밑의 양탄자를 발끝으로 찼다. "나 같은 어린애도 알고 있는 거니까, 경찰도 아저씨도 전부터 눈치채고 있었던 거잖아? 엄마의 말버릇이었어. '너는 아직 어린아이니까'가. 나도 그렇게 생각해. 왜냐하면 어른이 무슨 생각을 하는지 전혀 모르겠거든. 가끔 다들 아무것도 모르는 게 아닐까 의심이 들기도 하지만, 그럴 리는 없고…….."

'너는 아직 어린아이니까'. 어린아이니까 어른을 이해 못하는 게 당연하다. 어른은 너보다 똑똑하다. ──그런 의미였을까.

란포의 부모님이 그렇게 말을 한 이유를 어렴풋이 알 것 같았다.

알 것 같긴 했지만.

"그럼 너는──자신이 눈치챈 것은 어른도 눈치채고 있을 거라고, 그렇게 생각하는 건가."

"응. 아니야?"

현기증이 났다.

후쿠자와는 자신이 일찍이 대치한 적이 없을 만큼 거대한 것과 마주하고 있다는 사실을 깨달았다. 그리고 그 거대한 규모가 너무나 엄청나서 압도당했다.

이 아이는 아무것도 모른다.

이 아이는 생각보다도 훨씬 더 세상이 아무것도 모른다는 사실을 몰랐다.

처음에 만났을 때부터 그랬다.

비서의 살인을 고발하고, 에가와 여사의 본심을 꿰뚫어 보았다. 지금도 란포는 그 눈으로 후쿠자와를 비롯해 '어른'들이 보고 있는 것보다 훨씬 많은 것을 꿰뚫어 보고 있었다.

하지만 자신의 시야가 자신만의 특별한 것이라는 사실을, 란포는 눈치채지 못했다.

어떤 의미론, 어리다는 것은 그런 것이었다. 자신이 다른 사람과 다르다는 것, 같은 것을 보고도 다른 사람은 자신과 완전히 다르게 받아들일 수 있다는 사실 등은, 나름대로 성장을 한 뒤에나 알게 된다. 아니, 성숙한 어른이라도 자주 그런 사실을 눈치채지 못한다. 다른 사람도 자신과 똑같이 생각할 것이다——그런 착각에서 벗어나지 못해 다른 사람과의 사이에서 알력을 일으키는 것이 사람이다. 란포가 그런 함정에 빠졌다고 하더라도, 그것을 책망받을 이유는 그 어디에도 없었다.

하지만 란포의 그런 착각은 도가 지나쳤다.

그렇게 뛰어난 관찰력을 지니고 있으면서도, 란포는 자신이 무지하다고 생각했다.

왜지?

부모님 탓인가?

외아들이었던 란포가 지금까지 자신과 거의 비슷한 두뇌를 지닌 부모님에게 보호를 받는 세계에서 살았던 탓인가?

이쯤 되자, 후쿠자와는 드디어 마음속의 감정을 더 이상 억누르고 있기 힘들어졌다.

호기심.

이 소년이 과연 어느 정도의 사람인지 알고 싶어졌다.

"소년, 나에 대해서 뭘 알고 있지?"

"뭐어?" 란포는 이상한 표정을 지었다. "뭐냐니. 이제 막 만났을 뿐인 아저씨잖아. 아무것도 몰라."

"뭐라도 좋다." 후쿠자와가 말했다. "알고 있는 것, 눈치챈 것을 모두 말해 봐라. 만약 내가 생각한 것 이상의 대답을 한다면, 이다음 일을 찾는 걸 도와주마. 어떠냐."

"어어……? 어른들은 정말 교환 조건을 좋아하네……." 란포는 별로 내키지 않는 표정을 지으면서도 고개를 끄덕였다. "알았어. 근데 정말로 이제 막 만난 참이라, 다른 사람보다 아는 게 별로 없어."

아마 그렇게 생각하고 있는 사람은 란포뿐이다. "한번 말해 봐라."

"으~음……." 란포는 팔짱을 끼면서 말했다. "나이는 30대 초반. 경호원. 살인 청부업자를 단번에 날려 버릴 정도로 무술의 달인. 독신. 동료도 없고, 오른손잡이. 찻집에 앉을 때 무의식적으로 오른쪽이 벽인 곳을 선택하는 습관이 있었으니, 검술도 했을 거야. 왼쪽이 벽이면 급한 상황일 때 칼을 재빨리 뽑을 수 없으니까. 입구가 보이는 자리에 앉은 걸 보면, 엄청난 아수라장을 헤쳐 왔을 테고. 극장의 단단한 바닥에서도 소리를 내지 않고 걸었던 건, 길거리나 실내에서의 싸움을 상정한 훈련을 했기 때문이겠지? 설비 반입구의 어두운 곳으로 들어가기 조금 전부터 한쪽 눈을 감으면서 걸은 이유는 어두운 곳에 들어갈 때 곧장 주변을 둘러보기 위해서

야. 즉, 어두운 곳에서의 기습을 상정한 훈련을 했다는 말이
지."

후쿠자와는——서서히 몸이 얼어붙고 있다는 사실을 깨달
았다.

발가락의 감각이 사라져 갔다. 목이 말라 들러붙었다. 손바
닥에 땀이 흥건했다.

"경호원으로서 평판은 좋지만, 경력은 별로 길지 않아. 경
호원은 지키는 게 일이니, 어두운 곳에 들어갈 때 굳이 발소
리를 죽이고 들어갈 필요는 없잖아. 전에는 다른 일을 하다
가 그만뒀어. 기습을 상정한 훈련은 했지만, 돈을 받고 사람
을 죽이는, 조금 전의 그런 살인 청부업자와 동류는 아니지?
살인 청부업자에 대해 이야기할 때 별로 특별한 감정이 엿보
이지 않았거든. 그리고 시 경찰에 대해 이야기할 때도 별로
경계를 안 했고. 그러니까 뭔가 찜찜한 범죄와 관련된 직업
은 아니야. 하지만 지금 잘 다루는 무기인 검을 일할 때 사용
하지 않는 이유는 이전에 하던 일을 부끄러워하기 때문이려
나?"

심장이 아팠다.

목이 바짝 메말라 숨을 쉴 수 없었다.

시야가 붉은색과 검은색으로 번쩍였다.

"범죄도 아닌데 부끄러워할 만한, 검으로 기습을 하는 일이
뭘까. 그런데 몇 년 전에 화제가 됐었지? 종전 협정으로 인
한 다툼으로. 전선(戰線)의 유지 확대를 주장한 호전파 관료

나 그곳에 유착을 했던 해외 군벌의 장(長)이 잇달아 시체로 발견된 거. 아저씨가 길거리에서 그런 일과 관련된 속보가 적힌 신문을 봤을 때 얼굴을 살짝 찌푸렸었으니, 아저씨는."

"닥쳐라!"

후쿠자와의 감정이 폭발했다.

그 목소리는 거의 물리적인 공격처럼 실내의 사방으로 뻗어나갔다. 그 탓에 유리 창문이 흔들리고 조명 기구가 소리를 냈다. 그리고 멀찍이서 걷고 있던 극장 관계자가 작은 비명을 내질렀다.

그것은 무술의 달인들이 내뿜는 '기'와 비슷했다.

무의식적으로 발한 찢어지는 듯한 목소리를, 란포는 바로 코앞에서 그대로 뒤집어썼다. 보이지 않는 망치에 얻어맞은 듯한 큰 충격을 받은 란포는 몇 걸음 뒤로 걷다가 넘어져 엉덩방아를 찧었다.

엉덩방아를 찧은 채, 란포는 무슨 일이 벌어졌는지 모르겠다는 얼굴로 눈을 껌뻑였다. 초일류급 무술인의 기를 정면으로 맞아 순간적이지만 의식이 날아가 버린 것이다.

후쿠자와는 번뜩 제정신이 들었다.

"미안하다…… 다친 데는 없나." 후쿠자와는 란포에게 다가가 일으켜 세워 주었다.

"우아……?" 란포는 아직도 눈을 껌뻑였다.

후쿠자와는 내심 수치스러워 고개를 들 수 없을 지경이었다. 압축된 살기라고도 할 수 있는 기로 일반인을 공격하다니, 무술을 익힌 자로서 용서받을 수 있는 일이 아니었다. 그만큼 후쿠자와는 크게 동요했었다.

이토록 자신이 동요할 줄은 생각도 못 했다. 이미 결별하여, 훌훌 털어 버렸다고 생각했던 과거. 진실을 알고 있는 사람은 예전의 동지들 이외에는 없었다.

확실히 악한 행동은 아니었다. 후쿠자와의 검이 없었으면 소란은 더욱 오랫동안 지속되어, 몇만에 달하는 희생자가 더 생겼을지도 모르기 때문이다. 하지만 결코 말을 꺼내서는 안 되는 어두운 일이었다. 후쿠자와의 일에 관여했던 사람들은 모두 정부의 높은 자리에 앉아 있는 자들뿐이었지만, 그때 이후로는 연락을 한 적이 없었다. 너나없이 모두 입을 닫고 아무 말도 하지 않았다. 후쿠자와는 그 비밀을 무덤까지 가지고 가겠다고 각오한 바였다.

그런데 이제 막 만난 소년이 꿰뚫어 보다니.

이렇게나 간단히.

"그 이야기는…… 하지 마라." 후쿠자와는 겨우 그 말을 하는 게 고작이었다. "너의 힘은 잘 알았다. 역시 너는 진짜다."

란포에게 밝혀낼 수 없는 비밀이란 없었다.

란포는 그게 특별하다는 사실을 몰랐다.

그렇다면 지금은 동요하고 있을 때가 아니었다.

방법을 생각해야 한다.

란포가 자신의 힘을 자각하게 할 수 있는 방법을.

그때, 극장에서 예비종이 울렸다. 연극이 시작되기 5분 전이라는 사실을 알리는 종이었다.

"곧 연극이 시작됩니다. 극장으로 들어가 주십시오." 문 앞의 종업원이 말했다.

"가자."

아직 눈이 빙글빙글 도는 듯한 란포를 데리고 후쿠자와는 관객석으로 들어갔다.

아무튼——이 소년이 무대 현장을 지켜보게 해야 한다. 그렇게 하면 무언가 알 수 있을지도 모른다.

후쿠자와는 정리가 되지 않은 머리로 그렇게 생각했다. 아직도 마음이 술렁였다.

란포가 비밀을 꿰뚫어 봐서 후쿠자와는 동요했다. 란포의 관찰력을 보고 후쿠자와는 경악했다. ——그뿐인가?

그 술렁거리는 마음 깊숙한 바닥에 있는 것은 무엇인가——지금, 후쿠자와에게는 마음을 정리할 여유가 없었다.

후쿠자와와 란포가 자리에 앉자마자 공연이 시작되었다.

두 사람이 앉은 곳은 가장 앞줄의 중앙이었다. 무대와의 거리가 너무 가까웠기 때문에, 관람을 하기에 좋은 자리라고는 하기 힘들었다. 하지만 후쿠자와가 그런 곳을 선택한 이유는 누군가가 무대 위로 올라가 배우를 습격했을 때, 곧장 달려가 저지할 수 있을 만큼 무대에서 가장 가까운 자리였기 때문이었다.

후쿠자와의 옆자리에는 란포가 앉았다. 란포는 아직도 조금 전의 충격이 다 가시지 않은 듯, 멍하니 공중을 바라본 채 다리를 앞뒤로 흔들었다.

극장 홀은 400명 가까운 사람을 수용할 수 있었다. 둘러보니 그 많은 자리가 거의 다 들어차 있었다. 관객은 나이도 성별도 각기 다 달랐지만, 굳이 경향을 따지자면 20대 여성이 많았다.

이윽고 시작을 알리는 종이 울리는 동시에 막이 올랐고, 연극이 시작되었다.

후쿠자와는 이미 대본을 읽어 두었기 때문에 내용을 모두 다 알았다.

예고장에는 '천사가 연기자를 진정으로 죽음에 이르게 하겠습니다' 라고 적혀 있었다. 천사, 라는 표현은 우연이나 장난이 아닐 가능성이 높았다. 이번 연극은 천사와 관련된 이야기이기 때문이었다.

후쿠자와는 대본을 떠올렸다. 연극 내용을 한마디로 표현한다면 이렇다.

천사에 의한 살인.

열두 명에 달하는 등장인물을 천사가 잇달아 살해한다는 이야기.

그게 이번 연극의 개요였다.

살해당하는 쪽의 등장인물들은 그게 천사의 의한 학살인지 아닌지 모른다. 왜냐하면 살인은 나이프, 추락사, 교살, 독살 ——등으로 이루어지는데, 수단 자체는 매우 평범하기 때문이다. 그리고 아무도 살해당하는 순간을 보지 못한다. 한 사람씩 죽어 가기 때문에. 그래서 등장인물들은 그게 천사의 초자연적인 숙청인지, 인간의 연속 살인 사건인지 모른다.

등장인물 중 한 명은 말한다. 만약 천사의 짓이라면 손에 들고 있는 신검(神劍)으로 단번에 죽이겠지. 굳이 고립된 인간을 물리적 수단을 사용해 죽일 이유가 없다. 그러니까 이것은 천사의 숙청처럼 꾸민 살인. 열두 명 중 누군가가 일으킨 연속 살인 사건이다, 라고.

또 다른 사람은 이렇게 말한다. 만약 사람의 짓이라면 이 안의 누군가가 범인인 셈이다. 하지만 그런 일은 있을 수 없다. 우리에겐 동료를 죽일 이유가 전혀 없다. 반면에 천사에겐 있다. 우리는 천사에게 등을 돌린 죄인이고, 죄인을 숙청하는 것은 천사에게 주어진 사명이니까. 곧 뒤집어 말하면, 우리 열두 명은 같은 죄인이자, 천사를 두려워하는 감정으로 묶인 일종의 공동체다. 도망자인 맹우(盟友)를 죽여 대체 무슨 소용이 있단 말인가.

주인공인 청년 무라카미는 열두 명을 하나로 모으는 리더 같은 존재다. 청년 무라카미가 무대 위에서 외친다. 신이시여. 저희는 죄를 저질렀습니다. 당신은 그 벌로서 저희의 날개를 빼앗고 이 땅으로 내쫓으셨습니다. 그걸로 저희는 속죄를 받은 것이 아닙니까. 왜 저희에게 또 이토록 잔혹한 벌을 내리십니까.

열두 사람의 죄인들도 전에는 천사였던 것이다.

그들은 인간을 동경해 사람과 공존하려 하였기 때문에, 신의 분노를 사 천사의 힘을 빼앗긴 채 지상으로 내쫓겨 인간이 되었다.

이 연극——『낮은 꿈, 밤은 현실』이라는 제목의 이 연극은 천계에서 내쫓겨 인간이 된 옛 천사들이 신의 용서를 얻기 위해 오래된 극장에 모인다는 줄거리였다.

그리고 동시에 등장인물들이 한 명, 한 명 죽어 가는데, 범인은 천사인가 아니면 열두 명 중 한 명인가——그 수수께끼를 등장인물들이 푸는 일종의 미스터리이기도 했다.

추리 사이사이에 등장인물들의 인간관계, 사랑과 증오가 뒤섞인다.

연인, 자매, 원수——서로 같은 천사에서 인간이 되었다는 연대감을 느끼면서도, 동시에 서로 상대가 살인자가 아닐까 의심을 하면서, 옛 천사들은 오래된 극장 안을 헤맨다.

그런 그들의 목적은 극장 안에서 산다는 어떤 이능력자을 찾는 것이었다.

"근데 이능력자가 뭐야?"

문득 란포가 그렇게 물었다.

대답해 주어야 하나? 후쿠자와는 순간 고민했다. 사람들에게는 거의 알려져 있지 않은 이능력자의 존재를 어떻게 설명하면 좋은가——그런 걸로 고민을 한 것이 아니라, 단순히 연극이 상연 중이었기 때문이다. 작은 목소리라도 제일 앞줄에서 이야기를 하면 아무래도 눈에 띈다.

"보다 보면 안다." 결국 후쿠자와는 그렇게만 말했다.

이 연극의 특이한 점이라면, 매우 드물게 이능력자까지 언급을 한다는 것이었다. 이능력자의 존재를 밝히는 일이 금기는 아니지만, 이능력자의 존재에는 항상 어두운 그림자가 따라다녔다. 대전의 영향으로 합법적인 일을 하는 이능력자는 줄었고, 대신 대부분은 세상에 관여하지 않든가, 암흑사회에 소속되어 있었다. 게다가 국내에는 이능력자를 관리하는 정부의 특무 기관도 존재했기 때문에, 함부로 선전을 했다간 자칫 문제가 된다. 때문에 이능력자라는 존재를 소문이나 동화 속 존재로서가 아니라, 실제로 존재한다고 알고 있는 사람은 결코 많지 않았다.

그만큼 불가침 영역인 이능력자를 당당히 연극의 테마로 사용하는 것은 매우 이례적이었다.

그런 상황이기 때문에 극중에서는 자세하게——하지만 어디까지나 픽션으로서——이능력자에 대해 해설해 주었다.

말하길, 한 사람당 한 개의 능력.

말하길, 본인이 자각하여 의도적으로 조종할 수 있는 사람도 있는가 하면, 제어를 하지 못해 자동으로 발동되는 사람도 있다.

말하길, 태생적인 이능력자도 있는가 하면, 어느 날 갑자기 이능력을 꽃피우는 사람도 있다.

말하길, 이능력을 지니고 있다고 해서 꼭 그 사람이 행복해 진다고는 말할 수 없다.

무대 위의 등장인물들은 그 이능력자를 찾았다. 한 사람, 또 한 사람. 동료가 사라져 서로를 믿지 못해 계속 의심하면 서도, 한 가닥의 희망을 찾아 극장을 헤맸다.

단 한 명인 이능력자만이 그들의 죄를 용서할 수 있는 존재 였기 때문이다.

극중에서 이능력자란 천계에서 내쫓겼던 옛 천사가 다시 천계로 돌아갈 수 있도록 용서를 받은 모습이라고 설명되었 다. 원래 천사가 지녔던 무한한 능력의 일부를 되찾아, 다시 신을 알현할 수 있도록 용서받은 존재. 속죄를 끝낸 새로운 천사. 그게 이능력자라고 한다.

그것은 역시――창작이다. 후쿠자와는 그렇게 생각했다. 직업이 직업이다 보니, 후쿠자와는 이능력자를 몇 명인가 만 나 보았다. 조금 전, 비서를 죽인 살인 청부업자도 아마 이 능력자다. 그렇지 않고서야 묶인 상태에서, 그것도 앞이 보 이지 않는 상태로 복수해야 할 상대를 정확하게 총으로 쏘는 일이 가능할 리가 없다.

그런 사람이 속죄를 끝낸 천사라고 한다면, 천계는 상당히 혼란스러운 장소가 될 테지.

하나――이 연극의 각본을 집필한 사람은 이능력자를 알고 있다. 그리고 극장에서 그런 내용을 상연하는 데에는 무언가 의도가 있을 가능성이 높았다.

그게 이번 살인 예고와 관련이 있는 것일까.

V라고 이름을 밝힌 살인자.

이능력자를 찾아 헤매는 연극.

후쿠자와는 관객 쪽을 둘러보았다.

너나할 것 없이 모두, 입을 닫고 열심히 무대 위를 바라보았다. 표정을 짓는 것도 잊고, 자신이 자신이라는 것도 잊고, 연극에 푹 빠져 있었다. 연극이 지닌 힘은, 자신의 육체가 지금 이곳에 있다는 사실조차도 잊게 해 줄 정도였다. 연극은 이곳이 아닌 어딘가로 사람을 데려가 준다. 값비싼 돈을 내고 이곳까지 온 관객은 모두 그 사실을 잘 안다. 그래서 이곳으로 온 것이다. 무대 연출 효과에, 각본의 묘미에, 연기자들의 연기——특히 주인공인 청년 무라카미의 영혼을 쥐어짜는 듯한 박진감 넘치는 연기에——탑승하여, 잠시 자신의 육체를 벗어난다. 그것이 연극을 보는 이유였다.

하지만 후쿠자와는 그럴 수가 없었다. 지금은 자신의 육체를 벗어나 있어서는 곤란하다. 의식을 집중하며 관객석을 바라보았다.

설마 범인이 당당하게 관객석에 편히 앉아 있을 거라고는 생각하기 힘들었지만…… 익명의 관객으로서 극장에 들어와 현장에 몰래 숨어드는 것은 그야말로 상투 수단이었다. 후쿠자와는 이상한 행동을 하는 사람은 없는가, 도중에 부자연스럽게 자리를 뜨는 사람이 없는가를 찾으며 가장 앞줄에 앉아 목을 돌려 관객석을 돌아보았다.

어둠 속에서 눈을 가늘게 뜨고 주시해 보니, 수상하다고까지는 하기 힘들지만 연극에 집중하지 못하는 관객이 드문드문 보였다.

아이를 데리고 온 주부. 애인과 같이 온 젊은이. 벌레를 씹은 듯한 표정을 지은 노인. 수마에 사로잡혀 꾸벅거리는 중년 여성. 무대 위에 배우를 보지 않고 계속 극장 안을 주시하는 외투 차림의 남자.

후쿠자와는 마지막의 양복을 입은 사람이 조금 신경 쓰였다.

외모는 특별히 눈에 띄지 않을 정도로 평범한 남자로, 남색 양복에 챙이 있는 둥근 모자 차림에, T 자형 지팡이를 들고 있는 서양풍 신사였다.

뭐가 신경 쓰이는지는 스스로도 잘 몰랐다. 굳이 수상한 점을 들자면, 가장 앞줄에 앉아 있다는 것. 등을 곧게 펴고 미동도 하지 않는 것. 말라 보이는 외모에 비해 외투가 너무 크다는 것.

그런 생각을 하며 주시하는데, 남자는 신사풍의 외모와는 달리 연극을 보는 시선이 너무 날카로워 보였다. 배우의 내면까지 꿰뚫어 보는 듯한, 당장에라도 먹잇감에게 달려들 듯한, 맹금류 또는 표범 같은 시선. 아무래도 연극의 내용을 즐기며 보는 눈이 아니었다.

녀석이 기습한다고 했을 때, 이 위치에서 뒤쫓을 수 있을 것인가.

후쿠자와는 조용히 시선으로 거리를 쟀다. 적이 취할 수 있는 수많은 동작을 생각하고, 머릿속에서 어떻게 행동하면 좋을지 계산했다.

그때.

"저어, 물어봐도 돼?" 갑자기 란포가 말했다. "이 손님들, 전부 돈을 내고 보러 온 거지?"

"상연 중엔 조용히 해라." 후쿠자와는 란포를 타일렀다. 하지만.

"왜 이렇게 뻔한 이야기를 돈까지 내면서 보러 와?"

란포는 당연하다는 듯한 표정을 지으며 물었다.

어딘가 모르게——불길한 예감이 들었다.

"이거 결말까지 뻔히 다 보이잖아! 저 녀석이 범인이야! 시작한 지 5분만 지나도 알 수 있는 얘기잖아, 이런 건!"

양옆의 관객이 작게 술렁였다. 하지만 란포는 전혀 신경 쓰지 않았다.

"맨 처음 살인할 때 주인공과 같이 있을 수 있었던 이유는 촛불을 사용한 시한(時限) 트릭을 사용했기 때문이야! 아저씨도 촛불이 두 개밖에 없었던 거, 봤지?"

란포의 주변 사람들이 조금씩 술렁이기 시작했다. 무대 위의 배우가 힐끔 란포를 쳐다보았다.

"아아, 바보 같아! 지금 상의하고 있는 저 녀석이 범인인데! 처음에 찍은 사진이 근처에 있잖아? 저걸 보면 단번에 알 수 있어. 참 왜 저렇게 꾸물거리지?"

몇몇 관객이 작은 목소리로 수군거리기 시작했다. 저 아이는 대체 뭐지? 근데…… 어? 저 녀석이 범인? 설마. 근데 확실히 그러면 모순이 없지 않아?

"이봐." 후쿠자와가 작은 목소리로 제지했다. 하지만 란포는 멈추지 않았다.

"아~ 안 돼. 가면 안 돼. 다음엔 자재실에 간 두 사람이 죽어. 조금 전에 우연히 증거가 될 수 있는 거미줄을 봐 버렸거든. 봐. 지금 진범이 이유를 대면서 방을 떠났잖아. 지도를 가지고 온다고 대충 둘러대면서. 그러니까 지금, 놓치면 안된다니까!"

란포가 불만스럽다는 듯이 다리를 퍼덕거렸다. 거의 동시에,

"지도를 가지고 올게."

무대 위의 배우가 그런 대사를 하는 동시에 무대 옆쪽 장막 너머로 사라졌다.

"이것 봐! 참, 엄청 답답해!"

술렁임이 점점 더 커졌다. 어? 진짜 저 사람이 범인이야? 어? 근데 굉장히 착한 사람인데, 왜? 애인에게 한 말이 거짓말이었어?

속삭이는 목소리가 관객석에 퍼져 나갔다.

후쿠자와의 위가 계속 욱신거렸다.

"그쯤 해 둬라. 해도 되는 말이 있고 안 되는 말이 있는 법이다." 후쿠자와가 약간 강한 목소리로 제지했지만,

"왜? 왜 전부 이 연극을 보는 거지? 엄청, 엄청 답답한데!"

란포의 눈은 뜨겁게 열을 띠었다.

"왜? 나는 아무것도 몰라. 다른 사람을 전혀 이해 못 하겠어! 왜 어른은 다들 이래? 왜 세상은 다들 이런 거야? 왜 아무도 설명을 안 해 줘?!"

란포는 그렇게 소리쳤다.

그 외침은 지금 순간적으로 머릿속에 떠오른 것이 아니었다.

오랫동안 란포의 마음속에 쌓이고 쌓인 의문과 답답함이 마중물을 만나 폭발한 것이었다.

"다들 무슨 생각을 하는지 모르겠어. 무서워. 괴물에게 둘러싸여 있는 것 같아! 그렇게 말을 해도 사람들은 아무도 나를 이해해 주지 않아! 날 이해해 주던 아빠랑 엄마는 죽어 버렸어!"

그것은 절규였다.

이 세상 어디로도 향할 길이 없는 통곡이었다.

무대 위에서는 주인공이 아무리 찾아도 없는 이능력자를 향해 구원해 달라는 대사를 말하고 있었다. 그 대사를 그대로 따라하듯 란포가 외쳤다.

"이능력자가 있다면 도와줘! 천사가 있다면 날 좀 도와줘! 왜 나는 혼자야?! 왜 이렇게 괴물 같은 나라에서 혼자 살아가야만 하는 거냐고!"

"그만해라!"

후쿠자와가 양손으로 란포를 붙잡았다.

적개심이 그대로 드러난 눈으로 란포가 후쿠자와를 노려보았다.

"가르쳐 주마. 네가 납득할 수 있는 대답을 해 줄 테니, 그만해라."

"………."

란포는 대답하지 않았다.

마침 그때, 무대가 어두워졌다. 그리고 하나둘 관객석의 조명이 켜졌다.

"지금부터 15분간 휴식을 하겠습니다. 후반 상영은 6시 20분부터——."

극장 내의 방송이 관객석에 울려 퍼졌다.

후쿠자와는 진행표의 일정이 떠올랐다. 그러고 보니 화장실에 갈 수 있도록 이 즈음에 휴식 시간이 마련되어 있었다. 관객석이 웅성거리며 드문드문 사람들이 자리에서 일어섰다.

"이리 와라."

후쿠자와가 란포의 손을 잡아끌었다. 란포는 불쾌한 듯 시선을 돌린 채 움직이려고 하지 않았다.

"오라니까!"

란포를 억지로 일으켜 세운 후쿠자와는 소년을 억지로 끌어당기며 걸었다.

로비의 휴게실. 북적이는 사람들에게서 떨어진 벽 쪽의 박스석.

란포는 삐친 표정으로 앉아 있었다. 그리고 맞은편에는 후쿠자와가 서 있었다.

란포는 아주 불만스러운 듯, 자신의 옷자락을 매만졌다. 후쿠자와는 그런 란포를 아무 말 없이 내려다보았다.

두 사람은 그 자세 그대로 5분간 아무 말도 하지 않았다.

"괜찮아." 이윽고 란포가 침묵을 견디지 못하겠다는 듯이 중얼거리며 말했다. "화내도 돼. 일을 하다가 여러 사람들에게 항상 이런 식으로 혼났으니, 대충 어떻게 될지 알아. 뭐라고 할지도."

"자각은 있다는 건가." 후쿠자와는 낮은 목소리로 말했다.

"혼날 짓을 했으니 혼나는 거면, 그나마 마음이 편해. 알기 쉬우니까."

"……그렇군."

후쿠자와는 생각했다. 자신은 이 소년에게 무언가를 가르쳐 줄 만한 사람이 아니다. 후쿠자와는 계속 누군가를 가르치고 이끌어야 할 순간을 피하며 살아왔다.

후쿠자와는 자신의 그런 삶을 지금 처음으로 후회했다.

무언가 전해 주어야 한다.

지금 이 소년은 벼랑에서 떨어질 듯 말 듯한 상황에 처했기 때문이다.

"부모님에 대해 이야기 좀 해 다오." 후쿠자와는 신중한 목소리로 그렇게 말했다. "네 부모님은 너의 재능에 대해 뭐라고 말을 했나?"

"재능?" 란포는 눈썹을 가운데로 모았다. "그런 게 있었으면 지금 일 때문에 이렇게 고생을 하겠어?"

"그럼…… 네 장래에 대해 뭔가 말씀을 해 주신 건 없나?"

"으응? ……아빠는 말버릇처럼 가끔 '너는 장래에 나나 엄마를 뛰어넘어 다른 사람에게 큰 칭찬을 받는 사람이 될 게다. 하지만 지금은 때가 아니야. 겸손하게 침묵해라. 잘난 척하지 말고, 그냥 보고 침묵하고, 무언가를 알았다고 해서 다른 누군가에게 상처를 주지 않도록 조심해라.' ……라고 했어. 무슨 의미인지는 잘 모르겠지만."

역시나.

후쿠자와는 조용히 고개를 끄덕였다.

역시 란포의 아버지는 알았다. 란포에게 비범한 재능이 있다는 사실을. 관찰하고, 기억하고, 진실을 순식간에 꿰뚫는 특별한 능력이 있다는 것을.

그리고 그것을 봉인했다.

란포가 길을 잘못 들지 않도록. 누군가를 상처 입혀 세상을 적으로 돌리지 않도록. 충분한 분별과 지식을 얻어 성숙할 때까지, 평범한 인간으로서 정의와 미덕을 배울 수 있도록.

그것은 보호였다. 비범한 재능을 기묘한 세계로부터 지키기 위한 투명한 고치였다.

란포를 평범한 사람으로 키운다는 것. 그것은 그야말로 경이적인 일이었다. 란포가 보는 세계가 아주 당연한 것이며, 평범한 상식과 무엇 하나 다르지 않다고 생각하게 만드는 것은 너무나도 힘든 일이었다.

그런데 란포의 부모님은 해냈다. 두 사람이 지닌 초월적인 두뇌로.

그것이 '사랑'이 아니라면, 대체 무엇일까.

그리고 두 사람은——란포가 올바로 성숙하여 충분한 경도를 지닌 상태로 세상과 맞서기 훨씬 전에, 찢기듯이 이 세상을 떠났다.

그 뒤에는 마구 찢긴 고치 안의 미성숙한 천재 유충만이 남았다.

후쿠자와가 꽉 쥔 손에는 땀이 흥건했다. 후쿠자와는 어떤 강적과 마주했어도 이렇게까지 상대를 두려워한 적이 없었다. 고치를 잃은 란포는 지금 그야말로 바깥 세상에 짓눌려 망가지기 직전이었다. 조금이라도 힘을 잘못 주면 되돌릴 수 없는 사태를 맞이하고 만다.

후쿠자와는 망설이면서도 입을 열었다.

"너에게는——특별한 재능이 있다. 관찰하고 추리하는 재능이다. 내가 예전에 무슨 일을 했는지 간파한 사람은 여태껏 한 명도 없었다. 사장님을 죽인 진짜 범인도, 너 이외에는 아무도 알아채지 못했다. 너는 특별하다. 란포. 마음만 먹으면 너는 부모님보다도 더 위대한 사람이 될 수 있을 거다."

"말도 안 돼." 란포는 한마디로 그렇게 부정했다. "아빠랑 엄마는 정말 대단한 사람이야. 그런 두 사람보다 훌륭한 사람은 존재하지 않아. 그런데 아빠도 엄마도, 나한테 특별한 재능이 있다는 소린 한마디도 안 했거든. 난 그쪽을 더 믿어."

고집이 세군.

부모님이 쌓은 방어벽은 매우 두터웠다. 그 벽은 지금까지 란포를 세계에서──란포를 이해하지 못하고 화를 내는 평범한 사람들의 세계에서──지켜 주었다.

하지만 그 방어벽 때문에 란포는 지금 바깥세상으로 나오지 못하고 있다.

"조금 전, 연극을 보고 너는 극중의 범인을 맞췄지?" 후쿠자와는 계속 말을 이어갔다. "그 범인을 그 시점에 맞힐 수 있는 사람은 아마 관객 중 너뿐일 거다. 나도 대본으로 결말을 읽기 전까지는 몰랐고 말이야."

"뭐어?" 란포는 명백하게 의심스러운 표정을 지었다. "거짓말 마. 나도 알았던 걸 몰랐다고? 그런 걸 어른이 모를 리가 없어."

서로의 의견이 계속 공전을 거듭했다. 란포는 자신이 특별하지 않다고 생각하기 때문에 평범한 다른 사람을 이해하지 못했다. 그리고 다른 사람을 이해하지 못하기 때문에 부모님이 말하는 대로 자신은 특별하지 않다고 생각했다. 그것은 서로 손을 맞잡아 완성된 강한 논리이기 때문에, 완전히 새로운 무언가를 비춰 주지 않으면 무너뜨릴 수 없었다.

완전히 새로운 무언가.

누가 뭐래도 납득할 만큼 란포가 지금까지 생각도 못 했던 신요소.

"내 말 좀 들어다오." 후쿠자와는 끈기 있게 말했다. "너는 주변 사람들이 어리석다고 생각한 적 없나? 사실은 아무것도 모르는 바보 같은 사람들이라고 한순간도 의심한 적 없나?"

"………."

란포는 잔뜩 의심스러운 눈으로 후쿠자와를 흘겨보았다. 그리고 잠시 뜸을 들이다가 대답했다.

"……있어."

"그거다. 그걸 믿어라. 너는 특별하고 다른 사람은 어리석다. 나를 포함해서 말이지. 네가 혼자인 이유는 천재이기 때문이다. 그걸 살려라. 그 재능이 있으면 네가 못 할 일은 아무것도 없다."

"날 한껏 띄워 주면서 조종하려 해도 소용없어." 란포는 앉은 채로 휘익 고개를 돌렸다. "엄마가 다른 사람을 어리석다고 생각하지 말라고 했단 말이야. 나만 특별하다니, 어떻게 그런 일이 있을 수 있어? 도시에는 사람이 이렇게 많은데, 왜 나만 특별해?"

"그건……."

이제 아주 조금밖에 안 남았다.

여기서 실수를 할 수는 없었다.

결단을 내려야 할 때가 가까웠다. 후쿠자와는 달변가가 아니다. 교묘한 말로 다른 사람을 조종할 만한 그런 사람도 아니다. 여기까지 온 이상 후쿠자와에게 남겨진 수단은 하나밖에 없었다.

성실함.

"네 말대로다." 후쿠자와는 말했다. "일찍이 나의 이 허리에는 도검이 있었다. 정부 계열의 무술 유파를 어릴 때부터 연마한 나는 정부에 속한 무사 중에서도 '오검(五劍)'이라고 불리는 검객이었다. 내 검은 국가의 안녕을 위해 존재한다고 진심으로 생각했었지. ──그래서 검으로 사람을 죽였다."

후쿠자와는 먼 산을 바라보며 말했다. 란포는 그런 후쿠자와의 표정을 주시했다.

"암살은 너무나도 쉬웠다. 기량의 차이가 너무 압도적이어서 고전을 한 적이 없을 정도였지. 하지만 자신이 다음에 사람을 죽일 임무를 진심으로 기다리고 있다는 사실을 깨달은 순간, 갑자기 두려워졌다. 나라를 위해 사람을 베는 것인가, 사람을 베는 순간을 위해 칼을 드는 것인가. 나는 자신의 마음속을 들여다볼 수 없게 되었다. 그때부터 나는 영원히 검을 들지 않겠다고 결심했다."

후쿠자와는 담담하게 말했다.

왜 자신은 이런 이야기를 하는 것인가.

지금까지 결코 아무에게도 하지 않았던 이야기를 이런 어린아이에게.

하지만 말이 멈추지 않고 흘러나와서, 후쿠자와는 가슴속 깊은 곳에 담아 두었던 이야기를 계속 털어놓았다.

"힘은 제어되어야 한다. 그리고 제어되지 않는 힘은 버려야 한다. 자신의 재능을 보고도 못 본 척하는 너는 피를 원하며 칼을 휘둘렀던 예전의 나와 다를 바가 없다. 부모님이 안 계신 지금, 너는 스스로 그 힘을 깨달아야만 한다."

말을 잘하는 능력이 있었으면 했다.

군중을 들끓게 하는 그런 말주변을 원하는 것이 아니었다. 민초를 선동하는 교묘한 능력을 원하는 것도 아니었다. 단지, 눈앞의 어린아이에게 단순한 사실을 이해시킬 수 있을 정도의 작은 거짓말을 능숙하게 할 수 있었으면 하고 바랐다.

"아저씨가 무슨 말을 하고 싶은지는 알겠지만." 란포는 앉은 채로 후쿠자와를 노려보듯이 빤히 바라보았다. "그럼 가르쳐 줘. 나는 뭐야? 아빠랑 엄마는 왜 그런 말을 했어? 지금 내가 이러고 있는 이유를 완벽하게 이해 좀 시켜 줘. 그럼 믿을 테니까."

란포는 더 이상 삐쳐 있지 않았다. 그 대신 진심으로 대답을 듣고 싶어 했다. 지금까지는 볼 수 없었던 모습이었다.

가르쳐 줄 수 있는 사람은 자신밖에 없다.

──곧 상연이 재개됩니다. 관람객 여러분은 객석으로 돌아와 주십시오.

극장 안에 방송이 울려 퍼졌다. 얼마 남지 않았던 사람들이 자리로 돌아가기 위해 걷기 시작했다. 란포가 힐끔 사람들을 바라보았다.

시간이 없었다. 이 기회를 놓치면 란포는 영원히 답을 찾으려 하지 않을 테니까.

"그건."

후쿠자와는 입을 열었다가 멈췄다.

뭐든 좋다. 뭐 없을까? 다음에 할 말은.

비장의 무기였던 성실함도 드디어 끝을 맞이했다.

후쿠자와는 달변도 아니었고, 남을 잘 설득하지도 못했다. 거짓말은 더 서툴렀다.

그때──란포가 둥글게 말아 쥐고 있던 대본이 문득 눈에 들어왔다.

극단 사람에게 받았지만, 란포가 귀찮다며 금방 읽다가 포기한 대본이었다.

거의 반사적으로 후쿠자와의 입이 움직였다.

"이능력자다."

란포가 어리둥절한 표정을 지었다.

"……뭐?"

"이능력이다." 후쿠자와는 말했다. 자신이 무슨 말을 하는지, 스스로도 제대로 이해하지 못한 채. "네가 특별한 이유는 이능력자이기 때문이다. 부모님이 돌아가셨을 때, 너는 이능력에 눈을 뜨고 말았다. 그래――그런 거다."

"이능력? ……어째서?"

란포는 진심으로 이해가 안 된다는 표정을 지으며 눈을 휘둥그렇게 떴다.

후쿠자와는 태어나서 거의 처음으로 경험을 해 보았다. 즉――자신이 무엇을 말하는지도 모른 채, 아무튼 생각나는 대로 입을 계속 움직이는 경험을.

"그러니까, 너는 이능력자다. 그 능력은 '한 번 보는 것만으로도 진실을 꿰뚫어 보는 능력'. 연극에서도 말했지 않나. 이 세상에는 이능력을 지닌 사람이 존재한다고. 그리고 이능력이 당사자를 꼭 행복하게 해 주지는 않는다고. 네가 괴로운 이유는, 네 눈에 다른 사람이 괴물처럼 보이는 이유는, 너의 이능력 때문이다."

"……???"

란포가 당황스러워했다. 계속 눈을 껌뻑이면서 조용히 혼란스러워했다.

"너는 이능력을 제어해야만 한다."

그때, 후쿠자와는 자신이 평소에 열심히 단련했다는 사실에 감사했다.

후쿠자와는 지금 자신이 무슨 소리를 하는지도 잘 이해되지 않았다. 심장이 빠르게 뛰었다. 손은 식은땀으로 흥건했다.

하지만 후쿠자와의 표정은 아주 평온했다. 마치 평소와 마찬가지로 신문을 읽고 있는 것처럼 평탄하고 평온한 표정이었다.

진검승부 때에는 마음에 틈새가 발생한 즉시 목숨이 달아난다. 시선을 읽혀 기선을 제압당해서는 안 된다. 그래서 자연히 고통스럽고 겁이 나도 표정은 항상 지금의 후쿠자와처럼 평온을 유지해야 했다.

즉, 지금 후쿠자와의 얼굴은——잔뜩 허세를 부린 표정이었다.

"너는 이능력자이기 때문에 특별하다. 그 증거로 지금부터 그 이능력을 제어하는 방법을 가르쳐 주마. 어떤 물건의 힘을 빌리면, 너는 자유자재로 이능력을 발동할 수 있다. 그것을 사용하면 너는 자신을 불행하게 만들 수도 있었던 이능력을 제어할 수 있게 된다."

"……?? 어떤 물건, 이라니……?" 란포는 고개를 너무 갸웃한 나머지 몸이 대각선으로 기울었다.

생각해 둔 게 아무것도 없다.

후쿠자와는 시선을 이리저리 움직이면서 그럴 듯한 것을 찾았다.

뭐든 좋다. 뭐 없나?

란포가 정신을 집중하게 만들 수 있는 것. 무언가가——.

품 안에서 손에 살짝 무언가가 닿았다.

그렇지.

"이거다." 후쿠자와는 품에서 그것을 꺼냈다.

"……그게 뭐야. 안경……?"

"교토에서 어떤 고귀한 혈통을 지닌 분에게 하사받은 장식품이다." 거짓말이었다. 근처 잡화점에서 끝까지 안 팔리고 남은 물건이었다. "이걸 쓰면 네 이능력이 발동되어 곧장 진실을 꿰뚫어 볼 수 있게 된다. 반대로 쓰지 않았을 때엔 다른 사람의 어리석은 모습도 별로 신경 쓰이지 않을 거다. 이걸 너에게 주마."

"……으응……."

란포는 석연치 않은 표정을 지으며 검은 테 안경을 받아 들었다.

"아무리 봐도 싸구려 안경인데……."

정답이다.

"방금까지도 이능력의 존재를 몰랐으니, 그렇게 보이는 것도 당연하지."

그렇게 말한 뒤, 후쿠자와는 숨을 조용히 들이쉬었다.

"하아. ……이걸 쓰라고?"

란포가 안경다리를 열고, 목을 빼며 안경을 관자놀이 부분에 걸려고 했는데, 그 순간에 맞춰서.

"할!!"

후쿠자와의 큰 목소리가 울려 퍼졌다.

란포는 거의 순간적으로 의식이 화악 날아가 버렸다.

기다. 그것도 조금 전과는 규모도 지향성도 달랐다. 명확하게 란포의 정신을 노리고 발한 것으로, 원래라면 목숨을 놓고 싸울 때에 발하는 일격이었다. 이 일격을 맞으면 상당한 무술 훈련을 받은 사람이라도 머리가 새하얗게 되어 몸의 제어를 하기 힘들 정도다. 하물며 란포 같은 어린아이는 기를 제대로 맞으면 잠시도 버티지 못한다.

란포는 안경을 쓰기 직전의 자세 그대로 기절하고 말았다. 그리고 의자에 쓰러졌다.

그때에 안경이 쑤욱 얼굴에 맞춰 들어갔다.

"······하아······."

몇 초 후, 란포는 의식을 되찾았다. 그리고 천장을 올려다본 채, 눈을 껌뻑였다.

"봐라. 세계가 달라 보이지?" 후쿠자와가 말했다.

"응······? 지금 대체······ 이게 이능력을 제어해······? 아무것도 안 바뀐 것 같은데······. 아니, 아니네······? 뭔가 달라······? 머리가 둥실거리는 것 같은······."

"안경이 너를 받아들였다." 후쿠자와가 중후한 목소리로 그렇게 말하며 고개를 끄덕였다. 그 표정은 신성한 산에 산다는 신선 그 자체. 하지만 내심으로는 자신의 대사가 우주급으로 뜬금없다는 생각이 들어서, 머리가 어질어질했다.

"그걸로 이능력의 힘을 제어해라. 오늘 이때부터 너는 이능력 탐정 에도가와 란포다. 이능력으로 진실을 밝혀라. 어둠에 숨어 있는 악을 쓰러뜨려라. 너라면 할 수 있다. 너는 세계 제일의 명탐정이니까."

"······우와······ 명, 명탐정······?"

"그래. 명탐정이다."

이제 막 태어난 병아리에게 각인을 시키듯이, 후쿠자와가 반복해서 말했다.

"지금은 모든 것이 명확하지 않나? 전혀 세상을 두려워할 게 없다. 다른 사람은 괴물이 아니야. 너보다 바보일 뿐."

란포는 숨을 잠시 쉬지 않았다.

그사이에 안경 테를 매만지면서 무언가를 생각했다.

"하지만…… 아니, 그래……? 그때도, 그때도, 그때도그때도, 그냥 사람들이 다 바보였을 뿐이야? 아무것도 몰랐을 뿐인 거야……?"

"그래. 란포, 잘 들어라. 세상은 그냥 어리석을 뿐이다. 사물을 제대로 판별할 줄도 모르는 유아들이다. 너에게 나쁜 마음을 가지고 있는 사람은 아무도 없다. 유아가 누군가를 증오하는 걸 봤나? 누군가를 혼란시키려고 함정을 파고 그러나?"

"……아니."

란포는 풀썩 고개를 숙이고 중얼거렸다.

"그것도…… 그것도…… 지금까지의 고통은 전부…… 듣고 보니…… 그렇구나……."

란포는 등을 둥글게 말고 몸을 숙인 상태로 천천히 고개를 들었다.

시간을 들여서.

고치를 찢고 나오듯이.

"그래. 그런 거였구나. 나를 증오하는 사람은 없었던 거야."

"그렇다."

란포는 벌떡 일어섰다.

얼굴의 표정이, 웃음을 띠었다.

어딘가에서, 눈에 보이지 않는 전원이 딸각 하는 소리를 내는 듯했다.

"앗하하하하하하! 앗하하하하하하하하하하하하하! 아, 다들 유치원생 같은 유아들이었구나! 그래, 물론 그게 당연한 거지! 세계는 전혀 기분 나쁘지 않아! 단지 조용하게, 당연하게, 가뿐하게, 어리석었을 뿐이었어!"

란포가 기쁘게 웃었다. 등을 쭉 펴고. 이제 막 떠오른 태양의 압도적인 빛이 세상을 비추듯 온몸의 힘을 발산하면서. 그 표정은 후쿠자와가 지금껏 본 적이 없을 만큼 밝았다. 그야말로 탄생의 기쁨을 만끽하는 모습이었다.

그리고 선언했다.

"어리석은 유아들이라면——치켜 줘야지!"

란포는 갑자기 후쿠자와를 돌아보았다.

"아저씨! 먼저 극장에 들어가! 나는 해야 할 일이 있거든. 지금이라면 아직 살인을 막을 수 있을지도 몰라!"

"——뭐?!"

"예고는 실현될 거야. 살인은 반드시 실행돼! 그건 정말 노골적일 만큼 명확해! 그걸 반대로 이용하겠어! 그러니까 먼저 가! 아저씨는 현장의 제일 가까운 곳에 꼭 있어 줘야 하니까!"

란포는 후쿠자와의 등을 쭉쭉 밀었다. 후쿠자와는 도저히 영문을 알 수 없었다. 란포를 설득하기 위해 궤변을 늘어놓았는데, 어느새인가 란포는 거대한 분수령을 넘은 듯했다. 그런데 갑자기 뭐지?

이제 곧 살인이 일어나는 건가?

"이봐, 하지만 그래서는."

"됐으니까, 어서! 자자자, 어서 가!"

란포는 계속 후쿠자와의 등을 떠밀었다. 후쿠자와는 갑작스럽게 상황의 주도권을 잃고, 저항다운 저항도 하지 못한 채 극장 홀 안으로 떠밀려 갔다.

하지만——만약 정말로 살인이 일어난다고 한다면, 란포를 혼자 두는 것은 위험하지 않을까?

마침 연극의 시작을 알리는 종이 울렸다.

"나한테는 이미 보여. 적의 목적도, 계획도 전부! 그러니까 난 괜찮아. 먼저 가서 관객의 움직임을 봐 줬으면 좋겠어!"

후쿠자와는 망설였다. 란포가 의욕을 불태우는 것은 좋았지만, 만약 란포의 말대로라면 이 극장 안에 살인범이 숨어들었다는 말이기 때문이었다. 그 행동을 저지하려고 하는 행동이 위험하지 않을 리가 없었다.

후쿠자와는 란포의 표정을 보았다.

그 표정에는 힘이 있었다. 뛰어넘은 표정이었다. 인생에 몇 번 만나지 못하는 거대한 벽이자, 산이자, 속박이었던 무언가를 뛰어넘는 사람의 얼굴이었다.

그렇다면 이것은 벽을 뛰어넘은 자의 첫 번째 일이라는 말이다.

믿어 주어야 한다──그렇지 않으면 무례한 짓이겠지.

"알겠다. 하지만 조심해라." 후쿠자와는 고개를 끄덕였다.

"걱정 마!" 란포는 투명한 목소리로 말했다. "왜냐하면 나는 어리석은 사람들을 지키는 세계 최고의 명탐정이니까!"

❧❧❧❧

후쿠자와는 혼자서 어두운 극장 홀 안으로 들어갔다.

잇달아 격에 맞지 않은 짓을 해서 그런지 어딘가 모르게 머리가 무거웠다.

자신이 한 짓이 올발랐는지, 지금도 자신이 없었다. 최근 몇 년간은 다른 사람을 위해 이처럼 막무가내로 참견한 적이 없었기 때문이다. 며칠 후에는 사실 말도 안 되는 실수를 한 것이고, 란포를 완벽하게 망가뜨리는 거짓말을 한 것이라고 깨닫게 될지도 모른다. 그렇기에 현재로선 뭐라고 확실히 말을 할 수 없었다.

하지만 란포의 미소는 너무나도 눈부셨다.

지금으로선 그것을 근거로 자신의 행동이 옳았다고 생각할 수밖에 없었다.

후쿠자와는 객석 통로를 걸으면서 주변을 둘러보았다. 이미 연극이 시작됐기 때문에, 관객은 모두 무대 위를 바라보는 중이었다. 무대 안쪽의 흰 스크린에는 배경이 되는 풍경이 계속 비춰졌다. 이 연극에서는 책상이나 선반 등, 무대 위의 소품은 실물이 사용되지만, 보조적인 배경은 그림이 아니라 스크린에 투영되는 영상으로 표현되었다. 경비와 수고를 줄이기 위해서이겠지만, 그 영상 자체가 흐르는 모래처럼 가끔 일그러지며 무대 효과의 일부를 담당했다.

지금 그 스크린 앞에서는 주인공인 청년 무라카미가 혼자서 허공을 바라보며 연기를 하는 중이었다.

허공에 대고 한탄을 하는 연기였다. 살육을 계속하는 천사에게 호소를 하는 장면인 모양이었다.

란포의 말대로라면 이 연극의 어느 시점에 살인이 실행된다. 란포는 후쿠자와에게 현장 가장 가까이에 있으라고 말했다. 그 말을 믿는다면 현장은 이곳, 눈앞의 무대 위라는 말이 된다.

하지만 범인이 정말로 몇백 명이나 되는 사람들 앞에서 당당하게 범행을 저지를까? 대체 무슨 방법으로?

입장할 때 소지품 검사를 했기 때문에 총 같은 무기를 가지고 들어오기는 불가능하다. 독침을 쏘는 총이라도 몰래 가지고 들어왔다는 건가? 그래도 무대 위까지는 거리가 상당하다. 그것으로 사람을 죽이려면 전국 시대 닌자 수준의 실력이 필요하다.

그럼 무대 위로 달려 올라가 직접 범행을 저지르는 건가?

그렇다면 가장 앞줄에 자리를 잡은 후쿠자와가 저지하러 달려갈 수 있기 때문에 차라리 좋다.

어느 쪽이든 간에 지금이 아주 중요할 때였다. 지금 이곳에서 무언가가 일어나려 했다. 그러니 관객의 움직임을 한시도 놓칠 수 없었다.

후쿠자와는 귀를 기울였다. 이야기를 하는 관객은 없었다. 들리는 것이라고는 몸을 살짝 움직이는 소리와 기침. 가장 큰 소리는 물론 무대 위 청년의 목소리였다.

"우리를 용서해다오. 빛의 고리를 지닌 전쟁의 천사여! 그러고 싶지 않다면 그 모습을 우리에게 드러내라!"

청년 무라카미는 무대 위의 중심에서 그렇게 외쳤다. 오랫동안 방랑하여 크게 지친 사람이라는 설정이었기 때문에, 관두의 같은 옷은 낡고 닳아 지저분했다. 하지만 그 눈은 도달하지 않는 통곡 때문에 반짝반짝 빛나서, 마치 생명력의 덩어리 같았다.

"내 목숨은 아깝지 않다. 그러니 심판을 대행하는 것이라면 내 가슴을 꿰뚫어라! 일찍이 나의 소유였던 그 천검(天劍)으로!"

후쿠자와는 자신의 자리로 걸어가면서 연기를 보았다. '최고의 연극을 위해서라면 다른 사람의 목숨도 빼앗을 수 있다'라고 흉흉한 소리를 한 것도 이해가 될 만큼 연기는 훌륭했다. 무라카미의 연기는 다른 사람보다 한 수 위였다. 영혼이 부서질 듯한 통곡. 당장에라도 피눈물을 흘릴 것 같은 눈동자. 한탄하는 목소리에는 생기가 넘쳤고, 대사보다도 대사와 대사 사이의 틈새로 관객을 빨아들였다. 분장실에서 봤던 그 버릇없는 젊은이의 모습은 찾아볼 수 없었다. 표정이 전혀 달랐다. 아주 작은 습관도 달랐다. 아주 많이 닮은 쌍둥이라고 한다면 믿어 버릴 수도 있을 듯했다.

청년 무라카미가 양손을 들었다.

"다 안다! 네가 그 모습을 드러내지 않는 이유를! 너는 나만 죽이지 않고 남길 생각이지? 쓰러져 가는 동료들이 서로가 서로를 의심하고, 인간이 지닌 추한 본성으로 서로를 증오하는 모습을 나한테 보여 주고 싶은 거지? 그렇다면 폭로해 주마. 너의 죄를! 천계에 도달하는 열쇠를 발견하여 연옥의 빙하보다도 추한 그 질투로 인한 죄를 백일하에 드러."

청년 무라카미의 대사가 끊어졌다.

칼이 가슴을 꿰뚫었다.

팔 길이 정도 되는 흰 칼이었다. 가슴 밖으로 날이 나와 있었다. 의상이 비틀리듯이 꿰뚫려 찢어졌다.

칼이 안으로 들어갔다. 커헉. 그런 소리가 난 뒤, 가슴에서 새빨간 피가 분출되었다.

청년 무라카미가 앞으로 쓰러졌다.

아무도 움직이지 않았다. 반응을 하지 못했다. 아니——미처 현실이라고 인식하지 못했기 때문이다. 모두가 이 장면을 보고 연극의 일부라고 생각했다.

하지만 후쿠자와의 뇌수는 저릿할 만큼 차가워졌다.

대본에 이런 연출은 없었다.

청년 무라카미가 쓰러진 것과 거의 동시에 후쿠자와는 달렸다.

단숨에 무대로 질주해 단차를 가볍게 뛰어넘었다. 조명이 빛나는 무대 위로 올라가 청년 무라카미에게 곧바로 달려갔다.

청년 무라카미는 무대 위에서 앞으로 쓰러져 있었다. 등 쪽의 의상도 붉게 물든 상태였다. 무대의 바닥에는 붉은 피가 흥건했다.

손끝으로 그 피를 만져 보았다. 그리고 후쿠자와는 그 감촉을 확인했다. 피의 촉감과 냄새가 어떤지, 후쿠자와는 아주 잘 알았다. 이건 연극용 피가 아니었다. 진짜 피였다.

청년 무라카미는 이미 숨을 쉬지 않았다. 얼굴은 창백했고, 살짝 몸을 움찔거렸다. 후쿠자와는 청년 무라카미의 팔을 잡아 보았다. 심장 박동은 거의 사라져 가는 중이었다. 등 쪽으로 흘린 피를 봤을 때, 그곳을 칼날이 관통했다면 치명상을 입었을 게 틀림없었다.

그런데——.

칼은 어디 있지?

"구급차!" 후쿠자와는 극장 사이드에 있던 배우를 향해 소리쳤다. "밖에 있는 경찰에게 알려 극장을 봉쇄해라!"

관객석에 술렁거리는 소리가 퍼져 나갔다.

무슨 일이 벌어진 거지? 대체 무슨 짓을 당한 거야?

후쿠자와는 주변을 돌아보았다. 무대 주변은 미리 전체적으로 조사를 해 두었다. 칼을 날릴 수 있는 장치는 전혀 없었다.

청년 무라카미는 칼에 가슴을 관통당했다. 후쿠자와는 한시도 나타난 칼을 놓치지 않았다. 그런데 주변에는 흉기라고 할 만한 것이 아무것도 없었다. 마치——.

마치 보이지 않는 천사가 칼로 찌른 것 같았다.

'천사가 연기자를 진정으로 죽음에 이르게 하겠습니다'.

무대 위에는 흉기가 없었다. 엎드려 있는 청년 무라카미의 아래쪽도 확인해 보았지만, 아무것도 없었다.

그렇다면 위인가.

재빨리 머리 위를 올려다보았다. 캣워크라고 하는 천장의 가교(架橋) 안쪽, 일렬로 늘어서 빛나는 흰 조명에 가려 거의 보이지는 않았지만, 금속 바구니 같은 사각의 무언가가 빛에 반사되어 보였다. 무슨 장치인가? 위치로 따지면 청년 무라카미의 바로 위였다. 저기서 칼을 떨어뜨린 건가?

하지만 아주 잠깐 보였던 장치는 금방 천장의 어둠 속으로 사라졌다. 안쪽에 누가 있는 건가? 아니, 그렇다면 아무리 어두운 천장 근처라도 보일 텐데. 그럼 범인은 대체——.

문득 란포가 했던 말이 떠올랐다.

——관객의 움직임을 봐 줬으면 좋겠어!

후쿠자와는 재빨리 고개를 돌렸다.

무대 위에서는 객석의 구석구석까지 아주 잘 보였다. 이 상황에 대해 눈치를 챈 사람은 거의 없었다. 반 정도는 무슨 일인지 몰라 멍한 표정이었고, 나머지 반은 갑자기 연극을 방해하며 무대에 뛰어든 후쿠자와를 수상하다는 듯이 쳐다보았다.

이 안에 있는 건가?

"모두, 자리에서 일어서지 마라!"

후쿠자와는 그렇게 소리쳤다.

"이건 연출이 아니다! 모두 그 자리에 그대로 있어라! 옆 사람을 확인해라! 도망가는 사람, 몸을 숨기는 사람이 있으면 보고해라!"

갑자기 웅성거리는 소리가 들리기 시작했다. 불안이 얼어붙어 있던 관객들 사이로 퍼져 나갔다.

경찰——? 저 사람은 대체 무슨 소릴 하는 거야——? 설마 이건—— 하지만——.

그 분위기를 깬 것은 비명이었다.

"꺄아아아아아! 도키오!"

무대 사이드에서 비명과 함께 여성이 달려 나왔다. 극단의 여배우 중 한 명으로 후쿠자와가 이야기를 들었던 여성이었다. 그 여성은 소리를 지르며 쓰러진 청년 무라카미에게 급히 다가왔다.

"말도 안 돼──이게 뭐야?! 이럴 수가──꺄아아아아아아아아!!"

지금까지의 그 어떤 사람보다도 날카롭고 큰 목소리가 극장 홀을 뒤흔들었다. 그게 계기였다. 객석의 분위기가 연극에서 현실로, 일상에서 비일상으로 전환되었다. 몇 명인가가 공명하듯이 소리를 질렀다.

"배우가, 찔렸다! 살인이다, 살인이야!"

"잠깐, 움직이지 마라!"

몇 명인가가 누가 먼저랄 것도 없이 출구를 향해 달렸다. 후쿠자와의 목소리도 그들에겐 닿지 않았다.

눈앞에서 사람이 찔렸다. 방법은 모른다. 그런 이상 관객이 안전할 거라는 보증은 그 어디에도 없었다──그것이 인간의 직감이다. 일단은 그게 올바른 생각이다.

후쿠자와가 이번엔 무대 위에서 객석으로 달려갔다. 이런 상황을 이용해 범인이 도망칠 가능성이 있었다. 살인이라는 사실이 확인되면 현장은 금방 봉쇄된다. 범인이 도망칠 수 있는 기회는 지금밖에 없다.

도망치는 사람이 용의자다.

출구를 향해 달리는 관객을 붙잡고 넘어뜨려 바닥에 엎드리게 했다. 하지만 출구를 향해 가는 사람은 계속 늘기만 했다. 혼란은 멈추지 않았다. 후쿠자와는 인파에 짓눌리면서도 진정하라고, 냉정해지라고 계속 외쳤다.

혼란은 객석을 휘돌며 사람을 동물의 무리처럼 바꾸어 놓
았다——.

후쿠자와가 기운 없이 로비의 휴게실 의자에 걸터앉아 있
었다.

극장의 모습은 확 변했다. 극장 관계자와 지원을 나온 시
경찰이 시끄럽게 이리저리 오가며 심각한 얼굴로 이야기를
나누었다.

이미 극장의 봉쇄는 모두 끝났다. 지원을 나온 제복 경찰이
건물 자체를 봉쇄해 버렸기 때문이었다. 홀에서 도망쳤던 관
객도 극장 관계자에게 발견되어 다시 안으로 되돌아갔다. 범
인이 극장 안에 있다 해도, 이제는 외부로 도망갈 수 없게 되
었다는 말이었다.

극장 측의 대응은 빨랐다. 에가와 여사가 만일의 사태에 어
떻게 해야 할지 극장 관계자에게 미리 전달해 둔 듯했다. 칼
에 찔린 청년 무라카미는 구급차에 실려 갔다. 하지만 얼마
안 있어 다른 배우가 구급차에 실려 가던 중 사망했다는 소
식을 전했다.

치명상이었다. 후쿠자와는 청년 무라카미가 찔리는 순간을
확실하게 보았다. 그 칼의 폭, 그리고 출혈량.

마치 보이지 않는 검으로 사람을 꿰뚫은 것 같았다.

대체 무슨 일이 일어난 거지——?

후쿠자와는 혼자서 눈썹을 일그러뜨렸다. 란포는 어디로 간 걸까. 연극이 재개되기 전에 모습을 감춘 뒤, 란포는 어디로 갔는지 보이지 않았다. 살인을 막겠다고 큰소리를 친 란포와 헤어진 지 불과 몇 분 후에 일어난 참사였다. 역시 란포도 제시간에 맞추지 못한 건가. 확실히 너무 짧은 시간 안에 일어난 사건이라, 대처할 시간이 없었던 것은 사실이었다.

하지만 그건 그렇다고 해도, 왜 란포는 그 이후로 모습을 드러내지 않는 걸까.

후쿠자와의 가슴을 불길한 예감이 짓눌렀다.

만약.

란포가 범인을 뒤쫓지 못했기 때문에 살인이 일어난 것이 아니라면.

란포가 뛰어난 두뇌를 이용해 범을 쫓아갔는데, 그곳에서 무슨 일이 벌어졌다고 한다면.

란포는 범행을 막으려고 했다. 즉, 범인을 방해하려고 한 것이다. 그것은 즉, 범인의 입장에서는 란포가 방해꾼이라는 말과 같았다.

칼. 피. 혼자서 살인범에게 맞섰지만, 폭력에 저항할 힘이 없는 소년.

역시 가만히 있을 수가 없었다. 로비에서 기다리고 있으면 돌아올 줄 알았는데, 지금은 란포를 찾으러 나서야 할 때였다.

후쿠자와는 극장의 겨냥도를 머릿속에 떠올렸다.

건물의 출입구는 세 개. 관객이 출입하는 정문 입구. 배우와 극장 관계자가 출입하는 분장실 입구. 그리고 무대 기재가 반입되는 반입구.

정문 입구는 로비를 빠져나간 곳에 있는 극장 홀, 매표소와 이어져 있다. 분장실 입구는 분장실, 리허설실, 사무실, 회의실과 이어진다. 그리고 반입구는 창고, 자재실, 창고 너머 극장 무대의 뒤쪽으로 통한다. 이 세 군데의 출입구는 오가는 것이 불가능하지는 않지만, 기본적으로는 격리된 공간이었다. 관객 영역, 극단 영역이 분리되어 있다는 말이다.

란포가 사라졌다고 한다면 이 세 군데의 출입구 중에 가장 사람들 눈에 띄지 않는 자재실, 창고 부근이 수상했다. 정문 입구에는 관객 이외에도 출입하는 사람들이 드문드문 있었고, 분장실 근처에는 순서를 기다리는 배우들의 눈이 있었기 때문이었다. 게다가 자재실과 창고는 그 불가사의한 살인이 일어난 무대 위와 매우 가깝다. 원격 살인 장치를 준비했다면, 그리고 란포가 그것을 저지하려고 했다면, 그곳은 반입구 쪽일 가능성이 높았다.

후쿠자와는 극장 홀의 관객석을 빠져나가 무대 쪽으로 향해 갔다.

관객석에는 관객들이 불안한 표정으로 앉은 채, 술렁이며 사태의 추이를 지켜보았다. 일시적인 혼란은 가라앉았지만, 아직도 비일상의 한가운데에 있다는 불안을 씻어 내지 못했다. 몇몇 극장 관계자가 앉아 있는 관객들 한 명, 한 명에게 무언가 보지 못했는가, 없어진 사람은 없었는가 등의 질문을 하였다.

범인은 이 안에 있을까. 아니면 극단원들 중 누군가인가. 또는 극장 관계자인가. 한 사람, 한 사람 멱살을 붙잡고 신문하고 싶은 충동을 억누르면서, 후쿠자와는 살인 현장을 지나 무대 뒤쪽으로 가 보았다.

무대 뒤쪽은 넓은 공간으로, 나무 상자와 나무판, 조명 기구가 쭉 놓여 있었다. 바닥에 깔린 철선 두 개는 세트를 빠르게 이동시키기 위한 레일이었다.

후쿠자와는 무대에서 천장을 올려다보았다. 사건이 발생했을 때, 처음으로 무대 위로 달려간 후쿠자와는 조명 너머에서 무언가 금속 바구니 같은 것을 보았다. 만약에 그것이 위에서 칼을 떨어뜨리는 원격식 장치였다면, 그 이해할 수 없는 살해 방법도 충분히 설명이 가능했다.

하지만 천장 가교에는 아무것도 없었다. 혹시 몰라 무대 뒤쪽도 찾아봤지만 역시 아무것도 없었다. 그때 봤던 사각형 반사체는 그냥 잘못 본 것에 불과한 것일까. 아니면 살해 후 곧장 범인이 철거한 것일까. 하지만 칼을 떨어뜨리고 바로 위로 끌어올릴 수 있는 대형 기구를 가지고 도망치려면 상당히 힘이 든다. 누군가가 그렇게 물건을 옮기고 있었다면, 반드시 후쿠자와의 눈에 띄었을 것이다.

더욱 안쪽으로 가려던 때, 로비 쪽에서 갑자기 술렁이는 소리가 들리기 시작했다. 경찰이 달려와 무대 근처에 있던 극장 관계자에게 당황스러운 표정을 지으며 무언가를 속삭였다.

"이봐, 왜 그러지?"

후쿠자와가 다가가 묻자, 얼굴이 창백해진 제복 경찰은 후쿠자와의 얼굴을 기억하고 있었는지, 그게 말이죠, 하고 빠르게 말을 해 주었다.

"도——도망자가 있습니다. 관객이 한 명 사라졌습니다!"

"뭐?!"

로비에서 경관 몇 명이 불안한 모습으로 이야기를 했다. 서로 메모장을 보여 주며 상황을 확인하고 있는 듯했다.

"이봐." 후쿠자와가 발소리를 내며 다가가 말을 걸자, 경찰한 명이 고개를 들었다.

"안녕하세요, 경호원 선생님. 수고가 많으십니다."

경호원 선생님……. 그야 그렇지만, 오래된 시대극의 악역 같아서 마음에 들지는 않았다.

하지만 지금은 호칭 가지고 불평할 때가 아니었다. 후쿠자와는 단도직입적으로 물었다.

"관객이 도망갔다고 들었는데."

"네, 그렇습니다. 정말 곤란한 상황입니다." 경찰은 자신의 뺨을 빙글빙글 쓰다듬었다. "미리 말씀드리지만, 저희가 한 봉쇄는 완벽했습니다. 건물 안에서는 아무도 나갈 수 없습니다. 물론 화장실을 간다고 하거나, 몸이 안 좋아 의무실에 들른다고 하는 사람들에게는 허가를 해 주고 있지만, 자리를 뜨는 것 자체는 문제가 없습니다. 그런데."

"자리로 돌아오지 않은 사람이 있는 건가."

"그렇습니다. 자리에도 없고, 화장실을 조사해도 없는 겁니다. 물론 다른 장소를 찾아도 마찬가지고요."

"그 손님의 인상과 자리는?"

경찰은 들고 있던 좌석표를 사용해 좌석의 위치를 가르쳐 주었다. 제일 앞자리였다.

"외투, 남색 양복, 둥근 모자 차림의 신사풍인 중년 남성입니다. 극장 측의 말로는 다리가 안 좋은지 나무 지팡이를 들고 있었다고 합니다."

후쿠자와는 곧장 한 사람이 떠올랐다.

——그 남자다.

제일 앞줄에 있었던 사람. 배우를 주시했던 신사풍의 남자. 은근히 자꾸만 신경 쓰였던 남자였다.

"예약 기록을 보니, 이름은 아사노 다쿠토(浅野匠頭). 나이는 서른다섯. 일행은 없고 혼자 예약을 했습니다."

아사노 다쿠토? ——아사노 다쿠미노카미(浅野内匠頭)인가?

"가명이다." 후쿠자와는 즉각 그렇게 말했다. "젠장. 나도 더 녀석에게 주의를 기울였어야 했는데."

한 번은 의심했던 상대다. 하지만 란포를 설득하고, 그 후에 곧장 살인이라는 사태가 일어나 관객에 별로 주의를 기울이지 못했다.

"그 녀석은 언제 자리에서 일어섰지?"

"공연이 시작될 때에는 자리에 있었습니다." 경찰은 메모장을 젖히면서 대답했다. "하지만 후반 상영 때는 모든 사람이 자리에 앉았는지 확인을 하지 않았기 때문에, 이미 그 시점부터 없었을지도 모릅니다."

후반──청년 무라카미가 살해됐던 때다.

즉, 살해하는 순간에 자리를 이동해 무언가 장치를 조작했을 가능성이 있다는 말이었다.

후쿠자와는 기억을 떠올리려고 했다. 무대 위에 달려 올라갔을 때의 일을. 고개를 돌려 객석을 돌아보았을 때, 시야에 양복을 입은 남자가 있었는가 없었는가.

어땠지?

후쿠자와는 혀를 찼다. 기억이 나지 않았기 때문이다. 그때 후쿠자와가 주목했던 곳은 출구였다. 제일 먼저 도망치는 사람이 범인이라고 생각해, 그쪽에만 계속 주의를 기울였다. 객석 가장 뒤쪽에 있는 출구를 너무 노려본 나머지 제일 앞줄을 미처 관찰하지 못했다.

후쿠자와는 생각했다. 란포라면, 슬쩍 본 것만으로도 순간적으로 기억해 누가 있고 없고를 확인했을지도 모른다.

──관객의 움직임을 봐 줬으면 좋겠어!

란포의 말이 머릿속에 떠올랐다.

그때 란포는 이미 알고 있었을지도 모른다. 관객 중에 범인이 있다는 사실을. 그래서 후쿠자와에게 그렇게 말한 것이 아닐까. 만약 그렇다면 명백한 자신의 실수다.

양복을 입은 신사가 사라졌다. 그리고 란포도 사라졌다.

설마 란포는 녀석에게──.

"나는 건물 안을 수색하겠다. 무슨 일이 있으면 연락하게."

네. 그렇게 대답하는 경찰에게서 몸을 돌려 후쿠자와는 빠르게 걸었다.

자신의 책임이다. 후쿠자와는 이를 꽉 물었다. 자신이 란포를 부추겼다. 그 결과 란포는 단독 행동을 했고, 어디론가 사라졌다. 원래는 살인의 저지도 란포의 보호도 모두 자신의 임무였다.

아무리 란포가 똑똑하다고 해도, 호신술도 배우지 못한 어린아이다. 네가 범인이라고 진실을 밝힌다고 하더라도, 그 범인이 화를 내며 마구 때리면 승산이 없다. 란포가 아무리 두뇌명석한 명탐정이라도, 혼자서는 힘을 발휘할 수 없다. 방패가 되어 폭력을 막고 범인을 응징해, 안전하게 추리를 할 수 있도록 환경을 만들어 줄 수 있는 무력이 없으면 란포는 아무것도 못 한다.

탐정은 무장을 할 필요가 있다.

"아아, 겨우 찾았네. 후쿠자와 씨."

빠르게 걷는 후쿠자와의 정면에서 잔달음으로 달려오는 여성의 모습이 보였다.

이 극장의 지배인――에가와 여사였다.

"아아, 참. 얼마나 찾았는 줄 알아요? 이렇게 키가 큰데도 없어지면 정말 찾기가 힘들군요. 두말 말고 잠깐 이리로 와 줘요."

에가와 여사는 달려오자마자 후쿠자와의 소매를 잡아끌었다.

"뭡니까? 미안하지만 지금 바쁩니다. 란포를 찾아야 해요."

"그 란포 때문에 그래요." 에가와 여사가 빠르게 말했다. "이쪽으로 좀 와요. 다른 사람이 들으면 안 된다고 하니까."

"네……?"

에가와 여사는 후쿠자와의 얼굴을 보더니, 비밀 이야기를 하듯 작은 목소리로 말했다.

"전언이 있어요. 란포에게서."

<hr />

에가와 여사가 후쿠자와를 데리고 간 곳은 무대 조작실이었다.

무미건조한 그곳에는 좁은 실내에 조작판, 녹화녹음기 등이 가득했다. 그리고 벽에 설치된 창문으로는 살인 현장인 무대를 내려다볼 수 있었다. 창문으로 무대를 내려다보면서 조명이나 영상 등을 조정하는 것이다.

에가와 여사는 무대 조작실 밖을 둘러본 뒤, 아무도 없다는 사실을 확인하고 문을 닫았다.

"왜 여기에 온 거죠?" 후쿠자와가 물었다.

"사실은 제가 묻고 싶은 말이 산더미처럼 많아요." 에가와 여사가 말했다. "그 아이는 대체 정체가 뭐죠? 정말 얼마나 놀랐는지……. 저에 대해서 어떻게 알았을까요?"

"무슨 의미입니까?" 후쿠자와는 의중을 떠보는 듯한 시선으로 에가와 여사를 바라보았다. "란포는 범인을 찾고 있었을 겁니다. 란포가 무슨 말을 하기라도 했습니까?"

"네? ……아, 혹시 제가 범인이라고 의심한 거예요? 우후후, 참, 그런 의미가 아니에요. 제 개인 신상을 알아봐서 놀랐다는 거죠. 아무튼, 란포가 당신에게 말을 전해 달래요. 그런데 다른 사람이 엿들으면 안 된다고 하더라고요."

에가와 여사는 은근히 상기된 모습이었다.

후쿠자와는 아무 말 없이 다음 말을 재촉했다.

"란포는 제 개인에 대해 여러 가지를 꿰뚫어 본 다음 말했어요. '범인은 둘이다'라고요. 그리고 범인을 밝혀내려고 하니 도와 달라고도요."

——뭐라고?

범인이 둘? 그리고 범인을 잡기 위해 이 여자 지배인에게 협력을 요청했어?

"란포는 이렇게 말했어요. '이 사건은 두 종류의 범행으로 이루어졌어. 별것 아닌 것과 대단한 것. 예를 든다면 새우와 도미 같은 거지. 새우 쪽을 잡기는 쉬워. 그리고 새우만으로 만족해도 돼. 새우도 꽤 맛있으니까. 하지만 도미도 잡고 싶다면 어쩔 수 없이 새우를 사용해야 해' 라고요."

알기 어렵다.

란포가 긍정적이 된 것은 좋지만, 자유분방한 성격은 그대로인 듯했다.

아무튼, 범인이 둘이라는 것은 알았다. 그리고 란포는 더 거물인 쪽──란포가 말하길 도미──을 잡기 위해 행동을 하고 있다는 모양이었다. 거기까지는 이해를 했다.

하지만, 그렇다면──란포는 무사한가?

"란포는 지금 어디 있습니까?"

"글쎄요. 지금 어디 있는지는 몰라요. 하지만 조금 전에 이곳에서 그랬어요. 후쿠자와 씨에게 전해 달라고요. '자신의 자리로 돌아가. 그러면 천사가 모든 것을 가르쳐 줄 테니까' ……라고 하네요."

후쿠자와는 무심코 창문을 통해 무대를 내려다보았다.

공연 중에 후쿠자와가 앉았던 좌석이 보였다. 지금은 후쿠자와가 앉았던 좌석도, 란포가 앉았던 좌석도 공석이었다.

"천사라고요?"

"네. 저어, 후쿠자와 씨. 진짜 그 아이는 정체가 뭐예요? 본인은 이능력자로, 명탐정이라고 하는데, 이능력자면 창작품에나 나오는 동화 같은 거잖아요?"

란포는 진짜 이능력자가 아니다. 하지만 어떻게 보면 동화 같은 이야기이다.

그렇기에 후쿠자와는 불안했다. 자신이 말했던 이능력자 운운을 진심으로 믿고, 란포는 위험을 향해 제 발로 걸어 들어가는 것이 아닐까.

"이능력자야 어쨌든, 명탐정이라는 건 저도 믿어요. 정말로 팬이 될 것 같아요."

너무 확 변해서 후쿠자와는 무심코 에가와 여사를 가만히 쳐다보았다.

란포는 이 여자 지배인에게 무슨 말을 해서 설득을 한 거지?

"그리고 마지막 전언이 있어요. '나는 무사하니까 괜찮아. 전부 해결해 보일 테니까, 관객석으로 서둘러서 가 줘'라네요. 그러면 더 이상의 피해는 막을 수 있다면서요."

나는 무사하니까 괜찮아, 라.

역시 란포는 자신이 지금과 같은 상황에 놓일 것이란 사실을 미리 꿰뚫어 보고 있었다. 그래서 에가와 여사에게 전언을 남긴 것이다. 자신은 무사하다고. 그렇다면 란포의 말대로 관객석으로 가야 한다.

이제 막 태어난 명탐정을 믿을 수밖에 없다.

관객들은 아직도 크게 웅성거렸다.

높은 천장에 달린 조명을 받으며, 모두 불안한 표정으로 속삭였다. 경찰이 객석을 계속 돌아다니고 있었기 때문에 안전상의 위험을 느끼는 관객은 없는 듯했지만, 그래도 갑자기 비일상적인 상황에 맞닥뜨렸으니 당연한 일이다. 불안을 느끼지 않는 관객은 없다고 해도 과언이 아니다.

후쿠자와는 객석을 돌아보면서 자신의 자리를 향해 갔다.

객석 제일 앞줄을 살펴봤지만 역시 신사풍의 남자의 모습은 보이지 않았다. 그 신사풍의 남자를 수색하러 가야 하는 것일지도 모르지만, 후쿠자와에게는 란포가 말했다는 '전부 해결해 보일 테니까, 관객석으로 서둘러서 가 줘'라는 말이 더 신경 쓰였다.

객석에도 란포의 모습은 보이지 않았다. 후쿠자와는 란포가 먼저 와서 기다렸다가, 자신이 도착하면 그 자리에서 사태의 진상을 가르쳐 줄 생각인 줄 알았다. 도착이 늦는 건가. 아니면 예정이 바뀐 걸까.

어쨌든 믿기로 한 이상 객석에 앉아 잠시 기다려 볼 수밖에 없다.

후쿠자와가 의자에 걸터앉은 순간.

극장 내의 조명이 꺼졌다.

갑자기 아무것도 보이지 않았다. 객석은 공연을 위해 조명을 다 끌 수가 있는데, 갑자기 왜 지금 이렇게 꺼 버린 거지? 누가 끈 걸까? 아무리 후쿠자와라도 예고도 없이 어두워져서는 눈이 익숙해지는 데 몇 초 정도의 시간이 걸린다.

하지만 후쿠자와의 눈이 어둠에 적응하기보다도 먼저.

무대 중앙에 강렬한 조명이 쏟아졌다.

동시에 웃음소리가 울려 퍼졌다.

"아~ 하하하하하하하하하하하하하하하하하하하!!"

무대 중앙에 사람이 서 있었다.

위에서 쏟아지는 빛의 기둥 같은 스포트라이트의 아래.

유쾌하게 웃는 몸집이 작은 사람.

"이거 정말로 바보 같고 어리석은 모습이네! 열등한 일반인이 불안한 얼굴로 쭉 늘어서 있다니! 여기서 보면 불안한 얼굴의 전시장 같아서 재미있어! 가격표까지 보이는 것 같아!"

후쿠자와는 머릿속이 새하얘졌다.

뭐가 대체, 뭐지? 어떻게 된 거지?

란포는 후쿠자와가 준 안경을 쓰고 있었다. 란포는 검은 테 안경을 의기양양하게 쭈욱 밀어 올렸다.

란포가 왜 저기에 있지? 그리고 지금 뭘 하는 거지? 몇백 명이나 되는 관객이 있는데, 스포트라이트는 대체 누가 비춰 준 거냐. 조명은 극장의 전문가가 관리하고 있을 텐데——.

"이게 무슨 일이냐는 표정이네? 나는 구세주다! 명탐정이자, 이능력자이자, 신의 아들. 즉, 이 연극의 마지막에 나타나 모든 수수께끼, 모든 불안을 한마디로 해결해, 모두가 아아 다행이다, 라고 하면서 돌아가게 해 줄 *데우스 엑스 마키나다! 아아, 너희들은 정말 행복하겠어. 정말 부러워. 내가 선보이는 전인미답, 공전절후의 기적을 목격하는 첫 번째 증인이니까! 인생에서 두 번은 볼 수 없는 최고의 해결편이야! 화장실 가고 싶은 사람은 지금 얼른 갔다 와. 기다려 줄 테니까!"

멍한 표정을 짓는 관객들.

위가 아파 오기 시작한 후쿠자와.

누가…… 누가 그렇게까지 하라고 했나…….

관객들은 모두 눈을 동그랗게 뜨고 눈앞에서 벌어지는 뭐가 뭔지 모르는 일을 바라보았다. 지금, 몇백 명이나 되는 관객의 마음이 하나가 되었다.

──저게 뭐야?

란포는 관객이 침묵하자 자신의 말에 귀를 기울이기 시작한 신호라고 생각한 것인지, 만족스럽게 안경을 밀어 올리며 말을 계속했다.

"너희의 마음은 잘 알아! 해결편이 없는 사건은 변소의 낙서만도 못한 졸작이지! 그래서 내가 이렇게 순서와 구성을

---

* 데우스 엑스 마키나(Deus ex machina) : 고대 그리스 연극에서 쓰인 무대 기법의 하나. 기중기와 같은 것을 이용하여 갑자기 신이 공중에서 나타나 위급하고 복잡한 사건을 해결하는 수법이다.

무시하고 나타나 모든 비밀, 모든 수수께끼를 너희들 앞에 개진해 줄 생각인 거다! 왜냐하면 나는——."

이능력자니까!

안경을 들어 올리고 슬쩍 후쿠자와 쪽을 바라보면서 얼굴 가득 미소를 짓는 란포.

아예 기절을 해 버리면 마음이 편해지겠지만…….

란포와는 오늘 아침에 막 만난 참인데, 이미 지금까지의 인생에서 경험한 마음고생보다 세 배는 더 많은 마음고생을 한 것 같은 기분이 들었다.

축 늘어질 정도로 지친 덕분에, 후쿠자와도 겨우 머리가 현실을 뒤쫓았다.

아무리 란포의 목소리가 잘 울리는——잘 울린다기보다는 시끄럽다——편이라고 해도, 400명을 수용할 수 있는 대형 홀 전체에 맨 목소리로 이만큼 쩌렁거리는 소리를 내기란 불가능하다. 게다가 천장에서 쏟아지는 조명은 란포의 위치에서 마음대로 조작할 수 없다. 저건 조작실에서 전문가가 조절해 줄 필요가 있다.

후쿠자와는 홀의 위쪽 창문을 올려다보았다.

어두운 창문 너머. 무대 조작실의 조작판 앞에서 에가와 여사가 엄지를 척 들며 미소를 짓는 모습이 보였다.

——저 두 사람, 편을 먹은 것이다.

란포는 아마도 옷에 끼우는 소형 마이크를 에가와 여사에게 받아 그걸 통해 말하고 있는 거겠지.

그리고 에가와 여사는 아마 미리 논의한 대로 타이밍에 맞춰 조작판을 조작해 조명을 켜 준 것이다. 즉, 모두 란포의 계획대로다.

"자, 그럼 바로 해결편을 시작하겠습니다. 도중에 일어난 어떻게 되든 상관없는 살인 사건의 줄거리는 정말 어찌 되든 상관없는 일이니 패스할게. 명탐정도 아니고 이능력자도 아닌 가여운 너희들의 관심사는 역시 마지막 즈음에 칼에 찔려 죽은 주인공이겠지. 그 사건의 진상을 지금부터 가르쳐 주겠다."

후쿠자와의 마음속에서 불길한 예감이 최고조에 달했다.

란포는 여기서 수수께끼 풀이를 할 생각이다.

무대의 한가운데에서.

웅성거리던 관객의 분위기가 바뀌었다.

저 소년은 이제부터 무대 위에서 이 사건을 해결해 보이겠다는 것인가.

스포트라이트 아래에서 평범한 어린아이가 잘난 척을 하는 황당한 상황인데도 불구하고, 관객은 그 한 가지 때문에 집중력을 되찾기 시작했다. 무슨 일이 벌어지고 있는지는 소년이 모든 것을 말한 뒤에 판단하자. 나무라든 제지하든, 모든 것은 그다음이다.

어느새 관객은 쥐 죽은 듯이 조용해졌다.

마치 중단되었던 연극이 다시 시작된 것처럼.

노리고 한 것인지 우연인지는 모르겠지만, 란포는 조용해

진 객석을 둘러보고 씨익 웃은 뒤, 그럼 잘 들어 줘, 하고 말했다.

"조금 전에 소곤거리는 소리를 들었는데, 너희 중에는 천사가 죽였다고 생각하는 사람도 꽤 있는 것 같더군. 딱 적절한 타이밍에 마치 하늘에서 보이지 않는 검이 내려와 주인공을 찌른 것처럼 보였기 때문인 것 같더라고. 일단 좋은 기회이니 확실하게 말하자면——."

란포는 한 번 뜸을 들인 다음 말했다.

"천사는 존재해."

객석이 웅성거렸다.

그러자 그만 웅성거리라는 듯 란포가 손을 올린 뒤 단, 하고 말했다.

"그 증거로 사전에 극장에 도착한 예고장에는 '천사가 연기자를 진정으로 죽음에 이르게 하겠습니다' 라고 확실하게 예고되어 있었어. 이 사건은 명백하게 극중의 '천사' 의 존재를 전제로 실행된 거지."

관객이 술렁거렸다.

당연하다. 예고장은 공개된 적이 없으니까.

후쿠자와는 머리를 감싸쥐었다.

살인 사건이 일어날 거라고 이전부터 예고되어 있었다는 사실은 관객의 입장에서 봤을 때, 자신이 놓인 상황이 완전히 달라진다는 것을 의미했다.

그런 걸 밝혀도——괜찮은 건가?

하지만 란포는 불안해하는 관객은 상관도 하지 않고 말을 계속했다.

"단, 천사는 너희가 생각하는 그런 녀석이 아니야. 연극에서도 말했잖아? 천사란 등장인물들에게는 보이지 않는 존재야. 그렇지만 천사는 등장인물들의 행동을 모두 볼 수 있지. 즉, 관객을 말하는 거야. 관객은 사건의 거의 모든 것을 알고 있지만, 결코 무대 위의 인물에게 손을 댈 수 없어. 그게 이 연극의 메타포지. 그러니까 천사는 절대 가해자일 수가 없어. 굳이 따지자면 천사는…… 피해자인가?"

란포는 그쯤에서 말을 끊었다. 그리고 비밀을 밝히는 것처럼 의미심장하게 뜸을 들이면서 관객을 바라보더니, 무대 위에서 천천히 관객을 향해 걸었다.

마치 연극처럼.

"이 사건과 연극의 이야기는 아주 긴밀하게 연결되어 있어. 이 연극은 반전극이야. 하늘에서 땅으로 쫓겨난 천사가 하늘로 돌아가려고 하지만, 그걸 심판하는 천사가 저지하려고 해. 한편 천사의 심판은 눈속임일 뿐, 피해자인 인간이 심판을 사칭하지. 천사와 인간이 뒤바뀌고, 심판하는 자와 심판받는 자가 뒤바뀌어. 그런 연극이야. 그리고 그 구성은 그대로." 란포는 숨을 들이쉰 뒤, 말했다. "살인 사건에도 적용되고 있어."

란포는 손가락을 슥 내밀더니, 관객석의 가장 앞쪽 줄을 가리켰다.

"저기에 빈자리가 있지?"

관객이 란포가 가리키는 곳을 보았다.

란포가 가리키는 곳은 가장 앞줄의 빈자리였다. 그 도망친 용의자──신사풍의 남자가 앉아 있던 자리였다.

"시 경찰은 저곳에 앉아 있던 남자를 가해자라고 생각해 조사하는 중이야. 왜냐하면 사건이 일어난 뒤 곧장 모습을 감췄으니까. 물론 진범이 도망쳤다고 생각하는 게 보통이긴 하지. 하지만 조금 전에도 말했지만 이 사건은 반전극이거든. 이편과 저편의 구조가 바뀌고, 피해자와 가해자가 반전돼. 즉──저곳에 있던 사람은 가해자가 아니라 피해자야."

란포는 그렇게 말한 뒤, 아무 말 없이 관객의 모습을 주시했다.

모두 아무 말 없이, 숨 쉬는 것조차 잊고 란포의 말을 집중해서 들었다.

"이 봉쇄된 극장 안에서도 시 경찰이 아직 찾지 않은 장소가 있어."

그렇게 말하더니, 란포가 이번엔 객석을 등지고 걷기 시작했다.

"왜냐하면 그곳은 범인이 숨기에 가장 적절하지 못한 장소이기 때문이야. 보는 눈이 굉장히 많은 곳이거든. 관계자 이외의 사람이 들어가 있으면 아주 눈에 띄지. 지금 나처럼. 그래──이곳."

란포는 무대의 가장 안쪽까지 걸어갔다.

그곳에는 배경 영상용 흰색 스크린이 있었다.

란포는 그 천막을 단숨에 걷었다.

"피해자는 처음부터 이곳에 있었어."

그곳에는 기절한 채 묶여 있는 신사풍의 남자가 누워 있었다. 객석에서는 깜짝 놀란 일부 관객이 비명을 질렀다.

무언가 약물이라도 주입받은 것일까. 남자의 창백한 얼굴에는 땀이 배어 있었고, 닫힌 눈꺼풀은 열릴 생각을 하지 않았다. 하지만 살아 있기는 한 모양이었다.

"이게 반전이야. 가해자가 피해자가 됐으니까. 자…… 이쯤 되면 당연한 의문이 하나 떠올라. 이 사람은 누구고, 왜 유괴되어야만 했을까? 그거야 물론 가해자한테 물어보면 알수 있는 일이겠지. 그렇지, 가해자 씨?"

란포는 허공을 향해 소리쳤다.

당연히 대답은 없었다.

"관객이 해결을 바라고 있어. 범인이 없으면 살인 사건은 완결되지 않잖아? 완결되지 않은 사건은 2류도 못 돼!"

란포가 큰 소리로 외쳤다. 마치 배우처럼. 게다가 꽤 그럴듯하다.

오늘 연극을 보고 배운 건가. 아니면——그렇게 해야만 하는 이유라도 있는 것일까?

"이건 반전극이야. 가해자는 피해자가 됐어. 그럼, 피해차는 뭐가 되지? 자아, 이제 막을 올려야 할 때가 다가왔네. 이게 해결편이야. 더 이상의 줄거리는 존재하지 않아. 당신의 대본은 이제 아무런 도움도 안 돼!"

란포가 그렇게 외친 뒤 쿵, 하고 발로 바닥을 강하게 내리쳤다.

그 신발 소리가 극장 안을 가득 울렸다.

"모습을 드러내라. 타락 천사야! 신의 아들이 명한다! 다른 사람의 눈은 속여도 내 눈은 속일 수 없어! 이게 해결편이야! 이제 이것 이외의 결말은 없는 거지! 하늘과 아들과 무고한 대중 앞에 진실을 드러내라!"

목소리의 울림은 점차 잦아들었고, 극장 안은 쥐 죽은 듯 정적에 휩싸였다.

순간의 정적.

그 정적을 깬 것은 다른 목소리.

"이게 결말인가…… 멋지군!"

무대에 갑자기 나타난 그 목소리의 주인.

극장이 경악한 관객의 목소리로 웅성거렸다.

낭랑하게 울리는 목소리. 손끝에서 발끝까지 생명력이 넘치는 동작.

그 모습은 틀림없이 비극의 주인공——.

"설마 존재하지 않아야 하는 이능력자가 해결사 역할을 하며 나타날 줄이야. 이렇게까지 자리를 깔아 줬는데 나타나지 않을 수는 없지. 그런데 어떻게 알았지? 경호원도 시 경찰도, 심지어 동료도 눈치채지 못했는데."

죽었다던 청년 무라카미는 마치 무대 위의 배우로서 되살아난 것처럼 연극용 미소를 지었다.

란포는 안경을 위로 밀어 올리면서 말했다.

"그게 내 이능력이거든. 피도 진짜, 칼도 진짜, 달려온 경호원도, 깜짝 놀란 동료 배우도 진짜야. 하지만 내 이능력을 속일 순 없지. 살인 사건은——처음부터 존재하지 않았어."

"언제부터 눈치챘지?"

낭랑하게 울리는 청년 무라카미의 질문.

"처음부터."

반면에 그렇게 단언한 란포의 목소리는 별 감정도 없이 뚱할 뿐이었다.

"맨 처음 당신과 분장실에서 만났을 때, 얼굴이 창백했었잖아. 그리고 물을 유난히 많이 마셨지? 그건 그 전에 피를 뺐기 때문이야. 피는 몸 밖으로 나가면 금방 열화돼. 게다가 살해당한 당신을 둘러싼 사람들은 경호원과 시 경찰. 모두 피에 익숙한 프로들이지. 그렇기 때문에 제3자를 속이기 위해서는 가짜 피가 아니라, 당신의 새 피를 사용할 필요가 있었어. 게다가 무대 위의 몇 겹이나 겹쳐 입은 헐렁한 옷은 안쪽에 칼이랑 피 봉투를 숨기기에 딱 적당하고 말이야."

"그렇군."

무대 위의 중앙으로 쏟아지는 스포트라이트를 가운데에 두고, 란포와 청년 무라카미가 대치했다.

둘은 서로 조용히 상대를 노려보았다.

"죽은 척을 하는 것은 피처럼 사전에 준비를 할 수 없는 만큼 조금 어려웠겠지만, 역시 배우라고 해야 할지. 화장으로 얼굴을 꾸미고, 나머진 연기력으로 넘어간 거야. 그리고 맥박을 속이기 위해서 이걸 사용했어. 반입구의 쓰레기통에 보이지 않게 버려져 있더라고."

란포가 품에서 꺼낸 것은 고무로 만든 피부색의 막인가 뭔가였다.

"배우가 체형을 바꿀 때나 얼굴의 조형을 바꾸어서 변장을 할 때 사용하는 압박 실리콘. 이거의 다섯 배가 되는 양이 찢겨 버려져 있더라고. 대충 보니, 팔, 손목, 가슴, 목. 맥박을 측정할 때 확인하는 곳을 커버할 정도의 양이었어."

후쿠자와는 기억을 더듬었다.

맥박을 쟀을 때, 피부의 감촉이 이상했던가? 지금 새삼 생각해 보면, 아주 조금 이상했던 것 같기도 하고, 그냥 평범한 피부 같은 감촉 같기도 했다. 하지만 적어도 말할 수 있는 것은 그때 최대의 관심사는 청년 무라카미의 생사였다. 잠시 닿은 피부의 감촉에는 전혀 주의를 기울이지 않았다.

무엇보다 속아 넘어간 가장 큰 이유는 청년 무라카미의 빈사에 가까운 표정 때문이었다. 죽음에 익숙한 후쿠자와도, 다음으로 달려온 여배우도 그 표정에 속았다. 얼핏 봤을 때,

'이미 늦었다'라고 느낄만한 표정이었다. 박진감 넘치는 연기였다. 그 연기가 없었으면 후쿠자와도 진실을 깨달았을지도 모른다.

란포는 크고 맑은 목소리로 말을 계속했다.

"나머진 실려 간 병원에 연락을 하면 그만이었지. 외상을 입어 사망한 긴급 환자 중에 확실히 무라카미 도키오라는 이름은 있었지만, 인상을 물어봤더니 60대 할아버지였어. 아마 실려 간 병원에서 비슷한 증상의 환자와 신분증을 바꾼게 아니었을까? 경찰이 조사하면 금방 밝혀지겠지."

"공범이 있어서 말이야." 청년 무라카미가 미소를 지었다.

"그렇겠지." 란포가 당연하다는 듯이 고개를 끄덕였다. "각본가?"

"그래." 청년 무라카미가 말했다. "둘이서 계획했어. 지금은 아마 집에 있을 거야."

경찰 몇 명이 당황해서 홀 밖으로 나갔다. 공범인 각본가를 잡으라는 지시가 나온 모양이었다.

"버려진 압박 실리콘, 병원, 자신의 피. 증거는 찾을 필요도 없이 산더미처럼 많아. 나머진 진술뿐이지. 그래서──." 란포는 한 번 말을 멈췄다가 장난스럽게 웃었다. "음울한 취조실에서 장난기 하나 없는 경찰에 둘러싸이는 것보다, 당신에게 어울리는 진술 장소를 준비했어. 바로 이렇게."

란포가 말을 하면서 손가락을 흔들었다.

무대의 조명이 꺼지고, 극장 홀 안이 어둠에 휩싸였다.

놀랄 틈도 없이, 가는 원기둥 같은 조명이 청년 무라카미의 머리 위로 쏟아졌다.

란포는 밖의 어둠에 묻혀 보이지 않았다. 마치 무대 위에는 청년 무라카미만이 남은 듯했다.

목소리 없는 시선이 한데 모였다.

"——나는."

청년 무라카미는 중얼거리듯이 말했다. 그러다가 목소리를 높이며 말했다.

"나는 배우다! 자신이 아닌 다른 사람이 되고, 존재하지 않는 인생을 살며, 인간이란 무엇인가를 드러내는 것이 내 역할이다! 주연이든 단역이든, 악역이든 선역이든, 그런 거 아무것도 관계가 없다. 나는 그곳에서 생애를 보내지. 나에게는 그런 일 외에는 할 줄 아는 것이 없다. 그런 삶을 살 수밖에 없단 말이다!"

관객은 무대 위의 청년 무라카미에 푹 빠져 들었다.

무수히 많은 사람을 연기하고, 무수히 많은 역할의 대사를 말해 왔던 청년 무라카미가 지금, 허구가 아닌 영혼에서 우러나오는 진심을 말했다. 그 통각을 동반하는 듯한 절실한 그에게서 관객은 눈을 떼지 못했다.

"삶을 연기하는 이상 피할 수 없는 것이 있다. 그것은 죽음이다! 죽음은 생의 반대가 아니라, 생의 심벌이자, 목표이기 때문이지. 하지만 죽음은 모순이 있다. 지금 살아가는 사람들 가운데에, 죽음을 경험한 사람은 아무도 없다는 모순이다! 때문에 나에게 있어 궁극적인 일은 사람이 죽는 모습을 연기하는 것이었다. 장치로서의 죽임이나 약속된 죽임이 아니라, 진짜 죽음을 연기하는 것. 그것을 관객에게 전달하는 것. 그것이 나에게 있어 '연기를 한층 발전시키는' 일이었다. 그리고 그 결과가 이것이다."

청년 무라카미는 객석을 향해 한 발 앞으로 나가 외쳤다.

"잘 보았는가? 죽음은 항상 우리의 머리 위에 있다! 목소리도 없이 조용하게 우리가 그곳으로 가길 기다리지! 연극과 영상 이야기는 필사적으로 그것을 표현한다. 구성과 편집과 음악과 멋진 대사를 사용해서. 하지만 결코 죽음 그 자체를 표현하지 못한다! 내가 죽음을 연기한 첫 배우다! 그것을 당신에게, 오늘 이곳에 와 준 모든 사람들이 보아 주길 원했다!"

관객은 할 말을 잃었다.

후쿠자와도 관객과 아마 같은 마음이었다.

그게 동기였던 건가.

살인 예고를 가짜로 꾸미고 관계도 없는 사람을 말려들게 했다. 피해를 위장해 경찰을 속였다. 자신의 피를 빼고, 대본을 하나 더 준비해 동료를 기만하면서까지——.

그렇게까지 할 가치가 있는 것인가.

겨우 그 정도의 일이.

아니면 배우란 원래 그런 생명체인가.

"후회는 하지 않는다." 청년 무라카미는 망설임 없이 말했다. "이게 내 삶의 방식이다. 배우는 어디에 가든 할 수 있으니까. 목숨이 끝날 때까지, 나는 오늘의 성과를 양식 삼아 누군가의 마음을 계속 연기하겠다."

침묵이 찾아왔다.

아무도 말을 할 수 없었다.

잠시 뒤, 시 경찰들이 천천히 무대 위로 올라왔다. 그리고 청년 무라카미에게 수갑을 채웠다.

청년 무라카미는 저항하지 않았다. 그 표정은 매우 맑기까지 했다. 당연하다. 그는 목적을 달성했으니까.

"아주 훌륭해." 무대 위를 떠나려는 청년 무라카미의 등 쪽에서 란포가 문득 그렇게 말을 걸었다. "나는 잘 모르겠지만, 아무나 할 수 있는 일은 아닌 것 같아. 근데 말이야, 관객들의 얼굴을 한번 봐 봐."

무대의 조명 빛을 받은 관객들의 표정이 흐릿하게 떠올랐다.

청년 무라카미가 보기엔 무수히 많은 얼굴이 쭉 늘어서 떠오른 것처럼 보일 테지.

그 표정은――모두 똑같았다.

"극장을 찾아온 사람들은 나이도 성별도 모두 다르지만, 두 가지 공통점이 있어. 하나는 당신이 속한 극단의 연기를 좋아해서 보러 왔다는 것. 또 하나는 눈앞에서 사람이 살해당하는 순간을 봐야만 했다는 것."

청년 무라카미는 잠시 숨을 쉬지 못했다.

그리고 시선은 관객에게 고정되어 있었다.

"당신은 자신의 직업을 엔터테인먼트라고 했었지? 손님에게 저런 표정을 짓게 하는 일을——과연 오락업이라고 할 수 있을까?"

청년 무라카미의 눈동자에 처음으로 약한 감정이 떠올랐다.

"——그런가."

성량이 풍부한 무대 배우라고는 생각하기 힘든 작은 목소리가 무대 위에 떨어졌다.

"나는——자신을 위해서 연기를 했을 뿐이구나."

힘을 잃은 채 청년 무라카미는 퇴장했다.

무대의 조명이 사라졌다. 아무도 뭐라 말을 하지 못했다.

막이 내려오지도 않았고, 커튼콜도 없었다. 그리고 관객의 박수도 없었다. 너무도 조용하게——극은 끝을 맞이했다.

<hr>

로비로 나가 보니, 란포가 당당한 모습으로 의기양양하게 서 있었다.

"어땠나."

후쿠자와는 걸으면서 란포를 향해 조용히 물었다.

"——엄청."

란포는 대담하게 웃으며 그렇게 말한 뒤, 조금 뜸을 들이더니 로비 안에 다 울리는 목소리로 선언했다.

"개운해!"

그렇겠지…….

사건이 있을 때와는 달리 로비는 해방된 관객들로 가득했다. 전화로 가족에게 연락하는 사람, 사건의 자초지종을 흥분한 모습으로 설명하는 사람, 그냥 멍하니 기억을 되새기는 사람. 그리고 바쁘게 이리저리 오가는 시 경찰과 사무 처리에 쫓기는 극장 관계자들.

화내는 사람, 슬퍼하는 사람, 당혹스러워하는 사람.

그런 사람들 가운데에서 후쿠자와는.

——다행이다.

후쿠자와의 마음은 매우 개운했다.

아무도 죽지 않았다는 것.

란포가 사건을 해결했다는 것.

그것 이외의 다른 것은 사소한 것들이었다.

로비에서 눈물을 흘리는 여자 세 명이 있었다. 아무래도 청년 무라카미의 팬인 듯했다. 스쳐 지나가는데, 살아 있어서 정말 다행이라고 흐느끼는 목소리가 들렸다. 후쿠자와의 심경도 그와 비슷했다.

지금 와서 생각해 보면, 란포의 기상천외한 무대 추리는 더이상 없을 만큼 합리적인 대응이었다. 예를 들어 진실과 범인을 간파했다고 하더라도, 범인이 도망가고 관객이 살인을 목격한 심적인 충격을 계속 지닌 채, 상황 증거만을 남기고

막을 내린다──그렇게 결말이 난다면 관계자의 마음속에 남을 충격이 너무나도 컸을 게 분명하다.

이번에는 그냥 진실을 꿰뚫기만 해서는 안 되었다. 그때 그 순간, 관객이 아직 모두 모여 있었던 그때에, 관객의 눈앞에 청년 무라카미를 끌어내어 자백을 하도록 만드는 것이 절대 조건이었다. 그렇게 하려면 천생 배우인 청년 무라카미에게 '지금 이런 상황이 되었으니, 이제 모습을 드러낼 수밖에 없다'고 생각하게 만들 필요가 있었다. 그러기 위해서는 관객의 눈을 이용하는 것이 최상이었다.

란포의 독무대는 바로 그것을 위한 것이었다.

"무대 위에서 진실을 밝힌 그 발상은 아주 훌륭했다." 후쿠자와는 말했다.

"그렇지?" 란포는 의기양양한 표정을 지었다. "한번 해 보고 싶었어. 큰 소리로 좋아하는 걸 외치기. 다들 멍한 표정을 지었지? 이제 다들 내가 얼마나 대단한지 알았을 거야! 하아, 역시 명탐정 해결편은 될 수 있는 한 많은 사람들한테 보여 주는 게 최고라니까! 그게 세계의 진리 아니겠어?!"

후쿠자와는 어딘가 모르게 불길한 예감이 들었다.

"이봐. 그럼 네가 사건 해결을 무대 위에서 한 이유는──."

"눈에 띄고 싶어서."

란포는 태연한 표정으로 대답했다.

아주 당연하다는 듯이.

"……………………………아, 그러냐."

"그건 그렇고 이 안경 대단해! 이걸 쓴 순간 머리가 맑아져서, 추리가 술술 되더라고! 역시 이능력 발현체, 교토의 존귀한 보물! 정말 기분이 개운해. 나는 겨우 내가 어떤 사람인지 이해했어! 이 안경과 내 이능력이 있으면 맞서지 못할 적이 없을 거야!"

란포는 검은 테 안경을 꼼꼼히 살피면서 매우 기뻐했다.

물론 그건 착각이다. 란포에게 준 검은 테 안경에는 아무런 영험도, 이능력도 없었다. 모두 란포의 두뇌가 한 일이다.

란포는 맨 처음 분장실에서 청년 무라카미를 봤을 때, 아주 적은 정보만으로 모든 진실을 꿰뚫어 보았다. 그것은 '이능력으로 진실을 간파한다' 같은 단락적 현상보다도 훨씬 눈이 번쩍 뜨이는 위업이었다.

문득 후쿠자와는 아직 밝혀지지 않은 의문이 있다는 사실을 깨달았다.

"조명 뒤, 천장 근처에 금속으로 된 사각형 비슷한 게 보였는데, 그건 뭐였지?"

"아~. 그거? 그건 이거야."

란포는 근처 벽에 세워져 있던 무언가를 들어 올렸다.

"──은종이?"

"응. 그냥 사각판. 촬영 때 사용하는 반사판의 자투리지. 이건 조사를 잠시 혼란시키기 위한 소품 같은 거야. 실제로 이건 무대 사이드 쪽 도구 근처에 뚝 떨어져 있었어."

후쿠자와는 신음 소리를 흘렸다.

확실히 이거라면 가볍기 때문에, 끈인가 뭔가로 당겨서 떨어뜨리면 금방 가져갈 수 있다. 천장 위에서 이 은종이를 봤기 때문에, 후쿠자와는 외부의 장치로 사람을 죽인 것이라고 생각했다고도 할 수 있었다. 일시적으로 사람들을 속이기 위한 것이었다고는 하지만, 나름대로 세세하게 신경을 써서 꾸민 범행이었던 것이다.

"하나 더. 에가와 여사는 어떻게 설득했지?"

에가와 여사의 변모에는 후쿠자와도 꽤 당황했다. 조명을 조작하면서 웃는 얼굴로 엄지를 들어 보이다니. 란포는 어떻게 에가와 여사를 같은 편으로 끌어들인 것일까.

"따로 설득은 안 했는데. 처음 봤을 때부터 그 사람이 사실은 무대 연출을 하고 싶어 했다는 건 알았거든. 조명이라든가 음향 같은 무대 연출가 말이지. 게다가 재능도 있어 보이길래 그런 말을 한 다음 도와 달라고 부탁을 했을 뿐이야. 그 사람이 그러는데, 내일부터 그쪽을 목표로 삼고 노력하기로 결정했대."

그래서 잔뜩 상기되어 있었던 건가. 사건의 진상을 단숨에 간파하는 란포에게 재능이 있다는 말을 들었으니, 그렇게 되는 것도 당연한 건지 모른다.

"선생님 여러분, 정말 수고하셨습니다!"

시 경찰의 경찰관이 시원스럽게 걸어와서 경례했다.

"선생님 여러분의 활약을 보고 정말 감동했습니다! 경호원 선생님은 현장에서 뵀을 때부터 틀림없이 아주 멋지게 문제를 해결해 주실 거라고 생각했는데…… 이거 참. 이런 비밀 병기를 준비하고 계셨을 줄이야! 탐정 선생님, 정말 멋졌습니다!"

조금 전에 후쿠자와와 이야기를 했었던 젊은 제복 시 경찰이었다.

경찰관이 선생님이라고 부를 때마다 란포는 의기양양한 표정을 지었고, 후쿠자와는 미묘한 표정을 지었다.

"뒷일은 저희에게 맡겨 주십시오. 일단 서류 작성도 필요하기 때문에 선생님 여러분은 경찰서에 오셔서 사건을 어떻게 해결하셨는지 설명을 해 주셔야 하는데——."

"어떻게 해결했는지?" 란포가 물었다.

"네. 어떤 관찰과 어떤 청취 조사를 통해 사건의 진상을 해명했는지 등을 알려 주셨으면 합니다."

"어어? 그거야 상관없지만…… 조서에 쓸 수 있겠어? 진상을 꿰뚫어 본 이유가 '내가 이능력자였기 때문이다'라고."

"이…… 이능력자? 이능력자라면, 연극에 나오는 그거 말입니까?"

"응." 란포가 고개를 끄덕였다.

아차.

그게 있었구나.

"경찰 나리, 잠깐만. 경찰 쪽엔 내가 가서 설명하지. 보다시피 란포는 소년이거든. 게다가 익숙지 않은 진상 규명으로 많이 지쳐 있어서 말이야. 과정은 이미 전체적으로 다 들어

나도 알고 있으니 오늘은."

"응? 난 멀쩡한데. 오히려 이곳에 왔을 때보다 힘이 넘쳐."
란포가 고개를 갸웃했다.

확실히 란포는 제멋대로 날뛰었던 덕분인지 사건 전보다
피부까지 더 매끈매끈했다.

"와아…… 젊은 명탐정님은 이능력자입니까?" 경찰관이
눈을 동그랗게 떴다.

"응! '사건의 진상을 꿰뚫어 보는' 이능력자, 명탐정 에도
가와 란포야. 잘 부탁해!"

"자…… 잠깐." 후쿠자와가 급히 란포를 제지했다. "란포.
지금까지 아무 말도 안 했었지만, 넌 이능력자가 아니다. 너
는 관찰과 추리를 통해 진상을 간파하는 것뿐이야. 그러니까
너는."

"응?" 란포가 어리둥절한 표정을 지었다. "그게 무슨 소리
야? 그럴 리가 없잖아. 게다가 이능력이라고 말한 사람은 아
저씨면서."

"……그건 그렇지만."

"내가 특별한 이유는 이능력자이기 때문이야. 이능력자도
아닌데 아무도 모르는 걸 꿰뚫어 보다니, 그게 가능하다고
생각해?"

"소관은 가능할 리 없다고 생각합니다."

"그러니까…… 그건."

"아, 저게 경찰차인가? 와~ 굉장하다. 저걸 타고 경찰서에

가는 거야?"

"원하신다면 어디든 데려가 드리겠습니다."

"잠깐. 내 얘기 좀 들어 봐."

"앗하하. 경찰은 이럴 때 나한테 한참 아첨해 두는 게 좋아! 사건을 해결하는 이능력은 경찰이 하는 일을 통째로 빼앗을 수도 있는 신 같은 힘이니까. 아니, 그냥 신인가? 나는 신이다!"

"오오, 이거 참 기쁜 일입니다. 정말 고마운 일이군요."

"이봐, 너희⋯⋯."

후쿠자와는 어이가 없었다.

란포를 돕기 위한 거짓말이 점점 거대해지고 있었다. 이대로 가다간 이야기가 꼬리에 꼬리를 물어 감당 못 할 일로 발전하는 게 아닐지.

하지만⋯⋯.

──정말 기분이 개운해. 나는 겨우 내가 어떤 사람인지 이해했어!

처음 만났을 때, 세상에 잔뜩 불만을 품으며 몸을 잔뜩 움츠렸던 란포와는 달리, 활짝 구김 없이 웃는 란포의 모습은 너무나도 밝고 아름다웠다.

뭐, 좋다.

이능력이 아닌 단순한 추리력이라고 하더라도, 란포가 비범한 존재라는 사실에는 변함이 없다. 란포의 추리력은 이능력자가 도리어 눈을 휘둥그렇게 뜰 정도로 비범한 능력이다.

그렇다면 란포가 자신을 이능력자라고 소개하는 것 자체가
겸손이라고 해도 과언이 아니었다.

 게다가 제아무리 란포라도 앞으로 맞이하게 될 모든 사건
을 백발백중 맞히기란 불가능하다. 그렇게 되면 그때 스스
로 깨닫든가——그 자리에서 자신이 진실을 가르쳐 주면
된다.

 후쿠자와는 그때야 비로소, 자신의 생각이 기묘한 방향으
로 향하기 시작했다는 사실을 깨달았다.

 ——다음에 란포가 또 어려운 사건을 해결하려 할 때.

 ——그 자리에 있는 자신이.

 "경찰서에 갈 거지?" 란포의 목소리를 듣고 후쿠자와는 현
실로 되돌아왔다. "경찰차에 타는 건 기대되지만, 서류 작성
때문에 질문을 듣는 건 귀찮은데. 얼른 가서 파바밧 해치우
고 2초 만에 돌아가자. 아저씨랑 같이 있으면 쓸데없이 길어
질 것 같으니, 난 먼저 가 있을 게."

 후쿠자와는 대답하지 않았다.

 "저어, 아저씨? 그렇게 할게."

 "……응? 그래."

 란포는 잠시 후쿠자와를 올려다본 뒤, 흠, 그럼 갈까 하고
경찰관의 등을 두드렸다.

 말도 안 돼.

 자신이 란포와——앞으로도 행동을 같이 한다고?

 같이 사건을 해결?

말도 안 되는 일이다.

물론 란포의 두뇌는 비범하다. 누군가가 그 재능을 지켜 주고, 살려 주어야 한다. 하지만 후쿠자와는 그 사건 이후로 계속 혼자 살아 왔다. 다른 사람의 도움은 필요 없었다. 다른 사람과 팀을 이루어야 한다는 생각을 한 적도 없었다. 누군가에게 의지한다는 것은 스스로에게 무언가 부족하다고 인정하는 것이나 마찬가지였다. 자신의 부족함은 그냥 내버려둔 채 다른 사람에게 의존하면 반드시 자신이 일그러진다.

동료의 부탁으로 다른 사람을 베는 악마가 될 수도 있다.

자신이 다른 누군가와 함께 행동하다니──하물며 조직을 만들어 그곳의 수장이 된다니, 도저히 상상이 안 갔다.

오늘 란포는 재능을 꽃피웠다. 많은 관객이 그 모습을 보았다.

이렇게 된 이상, 란포에게 전화 담당이나 건설 현장에서 일을 시키려고는 하지 않을 것이다. 언젠가 누군가가 란포의 두뇌를 사용해 뜻을 이루려 하겠지. 그것이 좋은 일일지, 나쁜 일일지는 알 수 없다. 어쩌면 자신도 모르는 사이에 란포가 강도단이나 비합법 조직의 두뇌로서 높은 지위에 앉을 날이 올지도 모른다.

하지만 그것은 오늘이 아니라 먼 훗날. 그러니 자신과는 관계없는 일이다.

"에가와 여사와 사후 처리에 대해 상의를 하겠다." 후쿠자와가 란포에게 말했다. "먼저 경찰서에 가라. 경찰관 나리,

란포를 부탁하네."

"알겠습니다." 경찰관이 미소 지었다.

"자, 가자, 어서!" 란포가 기쁘게 출구를 향해 걸었다.

후쿠자와는 그 등을 멍하니 바라보았다. ──그때, 란포가 출구 근처에서 돌아보더니,

"후쿠차와 씨." 하고 말하며 웃었다. "고마워."

그리고 란포가 경찰차에 올라타 그 모습은 더 이상 보이지 않았다.

그리고 후쿠자와는 청년 무라카미를 만나러 갔다.

분장실이 즉석 취조실로 사용되는 중이었다. 분장실에는 망을 보는 경찰관 세 명과 청년 무라카미가 있었다.

청년 무라카미는 방의 중앙에 앉아 있다가, 후쿠자와를 보자 힘없이 웃으며 고개를 숙였다.

"지금까지 정말 많은 경험을 했지만, 수갑을 차긴 처음입니다." 청년 무라카미는 자신의 손을 구속한 수갑을 보고 웃었다. "모든 건 경험이겠죠. 이걸로 연기의 폭이 넓어질 겁니다."

후쿠자와는 어이가 없었지만, 동시에 감탄하기도 했다. 배우는 아무래도 이해하기 어려운 업을 안고 사는 모양이었다.

"두세 가지 물어볼 게 있다."

"뭐든 물어보십시오, 경호원 선생님."

"배에서 어떻게 칼이 밖으로 나왔는지, 장치를 한번 보고 싶은데."

"아~ 그거 말입니까. 그건 저기에 있습니다."

후쿠자와는 청년 무라카미가 턱으로 가리키는 곳을 보았다.

분장실의 벽에 금속판을 굽혀 둥글게 만, 얇은 원형 기구가 세워져 있었다. 원의 둘레는 딱 사람의 몸통 정도로, 피아노 선 같은 끈이 장치의 한가운데에서 밖으로 나와 있었고, 끝에 고리가 달려 있었다.

청년 무라카미는 설명했다. 이 장치를 몸통에 설치하고 옷으로 가렸다고. 옷 안쪽으로 이어져 있는 피아노선을 손가락으로 당기면, 금속판이 배의 측면에서 튀어나오는 장치였다. 금속판은 얇고 표면이 매끈하게 닦여 있었기 때문에, 강한 조명 아래에서는 폭이 넓은 칼처럼 보인 것이었다. 알고 보면 간단한 장치였다. 객석에서 소품이 어떻게 보이는가를 정확하게 알고 있는 무대 배우이기에 가능한 속임수였다.

"처음으로 달려오는 사람을 속일 수 있나 없나가 가장 큰 관문이었어요." 청년 무라카미는 미소 지으며 말했다. "맥박이나 피야 어쨌든 경호원 선생님은 시체를 많이 보셨을 테니까요. 그래서 저의 빈사 연기에 선생님이 속아 넘어갔을 때는 내심 박수갈채를 보냈습니다. 평생의 자랑이죠."

그 결과 관객을 속이고 경찰을 혼란시켰으니, 어이가 없을

따름이었다. 다른 사람에게 설교하길 별로 좋아하지 않는 후쿠자와는 단 한마디,

"정말 구제불능이군."

라고만 말했다.

누가 아니랍니까. 청년 무라카미가 웃었다.

"하나 더 묻고 싶은 게 있다." 후쿠자와가 말했다. "묶여 기절해 있던 양복을 입은 남자에 대해서다. 그 남자는 정체가 뭐지? 왜 붙잡은 건가?

"아, 그 녀석 말입니까? 그 사람은…… 이 계획의 또 다른 목적이라고 들었습니다."

청년 무라카미는 어깨를 으쓱 들어 올리며 말했다.

"──들었습니다라고?"

"네. 원래 이번 사건은 각본가인 구라하시와 둘이서 계획한 것이지만, 그쪽은 그쪽 나름대로 목적이 있었던 모양이에요. 자세하게는 듣지 못했지만…… 양복을 입은 남자는 좀처럼 모습을 드러내지 않는 사람으로, 그 녀석을 만나는 것도 이번 일의 목적 중 하나라고 하더군요. 그런데 설마 묶어서 잡는 짓까지 할 줄은."

"뭐?"

후쿠자와가 눈썹을 찌푸렸다. 마침 그때.

"피의자를, 피의자를 불러라!"

후다다닥 다급한 발소리가 다가오더니, 분장실의 문이 난폭하게 열렸다.

숨을 헐떡이며 나타난 사람은 조금 연상으로 보이는 형사.

"이봐, 왜 그러지?"

"겨, 경호원 선생님! 큰일입니다. 피의자는 계속 이곳에 있었습니까?!"

"보시는 대로 계속 감시하에 있었다만——."

후쿠자와는 청년 무라카미를 힐끔 쳐다보았다. 청년 무라카미는 무슨 사태인지 모르겠다는 듯, 불안한 얼굴로 형사와 후쿠자와의 얼굴을 번갈아 바라보았다.

"각본가가——자택에서 살해당했습니다!"

"뭐라고?!"

형사가 숨을 헐떡이며 말했다. 그 눈은 겁에 질려 있었다.

"문이 잠긴 방 안에서 등부터 배까지 칼에 찔려 죽었습니다——그런데 현장에는 흉기도 다툰 흔적도 전혀 없었습니다! 마치 보이지 않는 누군가에게 찔린 것 같습니다——!"

⚜⚜⚜

에도가와 란포는 혼자서 경찰차 뒷좌석에 앉아 있었다.

그곳에서 창밖으로 흘러가는 야경을 멍하니 바라보았다.

어느새인가 시간은 완전한 밤. 요코하마의 거리는 검푸른 어둠에 물들었고, 그곳에서 떠오른 희고 노란 불빛이 창문 위를 물엿처럼 흘러갔다.

란포는 팔꿈치를 대고 그 거리를 바라보았다. 도시의 밤은 밝다. 란포가 자랐던 시골은 불빛이 없었기 때문에, 지금쯤이면 모두 잠을 잘 준비를 시작할 때였다.

——도시 쪽이 더 좋아.

란포는 멍하니 그렇게 생각했다. 조용하고 음울한 것보다는 떠들썩하고 귀찮은 편이 훨씬 나았다.

시골은 싫다. 시골 사람도, 학교도. 대부분 다 싫었다.

자신이 좋아했던 것은 부모님뿐이었다.

"저어, 경찰 아저씨." 란포가 운전을 하는 젊은 시 경찰에게 말을 걸었다. "얼마나 가야 도착해?"

"금방입니다." 싹싹한 경찰관은 밝은 말투로 대답했다.

흐음…… 하고 건성으로 대답을 한 뒤, 란포는 다시 시선을 창밖으로 돌렸다.

"하하, 그건 그렇고 정말 대단했습니다. 소관은 감동마저 느꼈을 정도입니다! 그야말로 작은 명탐정! 경호원 후쿠자와 선생님과 명탐정 콤비 결성이군요. 내일 조간은 그걸로 결정이군요!"

"당연하지. 근데 그 아저씨는 나랑 콤비를 결성할 생각이 없을 거야."

"네? 왜죠? 소관은 딱…….."

"그 아저씨는 다른 사람을 무서워하거든." 란포는 무뚝뚝하게 대답했다.

잠시 동안 경찰차 안에 침묵이 찾아왔다.

"네. 그 선생님은 무술의 달인이시고 굉장히 무섭다는 평판을 들고 계십니다만……. 시 경찰이나 군의 높으신 분들도 그 선생님과 이야기를 할 때는 긴장해서 등을 꼿꼿이 세운다고 들었습니다."

경찰 조직에는 검도나 유술 유단자가 많다. 때문에 무술의 사형, 사제 관계나, 그 길의 달인에 대한 존경은 때때로 직위나 계급보다도 더 강한 영향을 미쳤다.

후쿠자와 정도의 무도가면, 경찰 조직에 대한 영향력도 결코 작다고 할 수 없었다. 후쿠자와는 어떻게 보면 악당도 경찰도 모두 두려워하는 존재였다.

"그 아저씨의 두려움은 그런 것과는 조금 달라."

"아하하…… 그런가요? 그런데 이제 막 만난 후쿠자와 선생님을 그렇게나 자세히 아시다니, 역시 이능력자라고 해야하겠군요. 분명히──'진실을 꿰뚫어 보는 능력'?"

"응." 란포는 대범하게 고개를 끄덕였다. "근데 경찰 아저씨는 안 믿지?"

"아니요, 아닙니다. 그럴 리가 있겠습니까." 경찰관은 당황해서 그렇게 말을 한 뒤, 난처한 웃음을 지었다. "헤헤……이미 다 꿰뚫고 계신 겁니까?"

"그런 거야 이능력자가 아니라도 알아. 조금 전에 경찰 아저씨, '이제 막 만난 후쿠자와 선생님'이라고 말했잖아? 즉, 그 말은 오늘 오전에 있었던 사장 살인 사건 때, 아저씨랑 내가 처음으로 만났다는 사실을 본부에 문의해서 조사를 해 봤다는 얘기야. 내 실력을──알고 싶어서."

"역시 대단하시군요. 미처 알아보지 못해 죄송합니다."

"참, 뭐야. 계속 의심을 하니 마음에 안 드네⋯⋯. 그럼 이 능력자라는 걸 증명해 볼까?" 란포는 품에서 검은 테 안경을 꺼냈다. 후쿠자와가 준 고귀한 안경이다.

"오오, 정말 괜찮으시겠습니까? 이거 경찰이 된 보람이 있군요. 훌륭하신 이능력 탐정의 추리를 특등석에서 볼 수 있을 줄이야."

란포는 못 말린다는 표정을 지으며 안경을 썼다. 그리고 창밖을 바라보면서 말했다.

"이 차는 경찰서로 가는 거 아니지?"

차 안에 침묵이 휩싸였다.

백미러 너머로 란포와 경찰관의 시선이 교차했다.

잠시 시간이 지난 뒤, 경찰관이 참 할 말이 없군요, 하고 말하면서 뺨을 긁었다.

"먼저 말씀을 드렸어야 하는데 죄송합니다. 조금 전에 무선이 들어왔거든요. 사건이 있으니 다른 장소로 명탐정을 데려오라고 말입니다."

"그렇구나." 란포가 말했다. 그 말투에는 속마음이 섞여 있지 않았다.

"하지만 방금 그것은 이능력이라고 할 수는 없지 않을까요? 아니, 의심을 하는 것은 아닙니다. 단지 경찰서는 역 쪽에 있으니, 지금 자동차가 다른 방향으로 가고 있다는 것 정도는 쉽게 알 수 있지 않을까 해서요."

"그건 그래." 하고 란포가 씨익 웃었다. "더 수준을 올릴까? 그럼 이렇게 하자. 경찰관 아저씨가 이 사건의 수수께끼의 대해 질문을 하면 내가 진상을 이능력을 사용해서 대답할게. 내가 대답에 뜸을 들이면 경찰관 아저씨의 승리. 수수께끼가 풀리면 내 승리. 어때?"

"오오, 아주 흥분됩니다! 이기든 지든 소관의 입장에서는 즐거운 일이니까요. 거절할 이유가 없습니다! 자, 그럼 바로 부탁드려 볼까요?"

질문해 봐. 그렇게 대답하는 란포에게 경찰관이 기쁘게 으음, 하고 무언가를 생각했다. 그리고 말했다.

"아마 누구나 묻고 싶었던 것이라 생각합니다만……." 그렇게 말하면서 경찰관은 핸들을 손가락으로 툭툭 두드렸다. "그 무대 위에 붙잡혀 있던 양복을 입은 남자가 있었지 않습니까. 가명이 아사노 다쿠토였던 그 사람이요. 그 녀석은 어떻게 붙잡혀 그곳으로 옮겨진 걸까요?"

"양탄자야." 란포는 안경을 손가락으로 밀어 올리며 말했다. "홀 입구에 털이 긴 양탄자가 있었잖아?"

경찰관은 위쪽을 올려다보며 손가락으로 턱을 쓰다듬었다. "아…… 네, 있었습니다."

"소동이 일어난 뒤에 보니, 그 양탄자 중에 하나가 없어졌었어." 란포가 말했다. "바닥이 다 드러나 있었지. 그런데 양탄자가 있었던 곳에서 살짝 이상한 냄새가 나더라고. 뭐라고 하더라? 페인트나 플라스틱의 원료가 되는 건데. 이상한 냄새가 나는…….”

“유기용제?”

“아, 맞아, 그거.” 란포는 고개를 끄덕였다. “똑같은 냄새가 양복을 입고 묶여 있던 사람한테서도 살짝 났어. 그러니까 범인은 그 아저씨를 양탄자로 말아서 그곳까지 옮긴 거지. 그 냄새는 아마 접착제 때문에 난 걸 거야. 분무식 접착제를 양탄자에 뿌려서, 도망가려는 그 양복 아저씨를 잡은 게 아닐까 해. 그리고 약으로 기절시킨 다음 양탄자로 빙글 말아서 옮겼겠지. 그렇게까지 한 걸 보면 상당히 달리기가 빠른 사람이었나 봐.”

“네에. 분명히 사건 직후의 무대 위는 구급대니, 배우니, 혈액 처리니 해서 대소동이었기 때문에, 양탄자를 든 사람이 한 명 정도 무대를 가로질렀어도 특별히 주목을 끌진 않았을 거라 생각합니다만……. 그렇다 하더라도 대체 왜죠? 옮긴 사람은 당연히 공범인 각본가이겠지만…… 왜 그렇게 귀찮은 짓을…….”

“각본가가 옮긴 거 아냐.”

“네?”

“각본가는 도와준 적 없어. 아마 각본가는……. 연극이 시작되기 전에 살해당했을 거야.”

란포는 당연한 일이라는 듯 태연한 표정으로 말했다.

경찰관의 안색이 변했다.

“그…… 그럴 리가요. 그럼 대체 누가.”

"나 이외의 사람은 모두 바보고 어리석고 사랑해야 할 사람들이라, 될 수 있으면 도와주고 싶었지만." 란포는 그렇게 말한 뒤, 나른하다는 듯이 목을 돌렸다. "내가 사건을 알기 전에 죽은 사람을 어떻게 해 주기는 좀……. 오로지 사람들을 속이기 위해 살해당한 할아버지도 그렇고."

"할아버지?" 경찰관이 물었다.

"병원에서 배우 대신에 죽은 불쌍한 할아버지 말이야." 란포가 그렇게 말한 뒤 가볍게 눈썹을 끌어 올렸다. "수수께끼를 풀 때는 '아마 실려 간 병원에서 비슷한 증상의 환자와 신분증을 바꾼 게 아니었을까?'라고 말하면서 대충 얼버무렸지만, 부자연스럽잖아? 그렇게 우연적인 요소가 큰 상황에 의지하다니. 이렇게까지 치밀하고 대담한 작전을 세운 범인인데. 적당한 타이밍을 봐서 찔러 죽인 거야. 참 나…… 보통, 겨우 한 사람을 유괴하려고 그렇게까지 하나?"

"단 한 사람을 유괴하기 위해……? 그럼 살인이 목적이 아니었다는 말인가요?"

"응. 이 대규모 계획은 발 빠른 양복 아저씨 한 사람을 유괴하기 위해 조작된 호들갑스럽지만 정교한 함정이었어. 각본가도 그 무라카미 씨라는 배우도, 그 계획을 위해 이용된 장기짝이지. ……이제 내가 이능력자라는 걸 믿을 수 있겠어?"

"그…… 그건."

당황하는 경찰관을 보고 란포가 몸을 앞으로 내밀었다.

"그러니까 이제 어디로 가는지 솔직히 자백하지?"

그리고 란포는 운전석 옆으로 고개를 내밀며, 경찰관의 귀에 대고 속삭이듯이 말했다.

"──옷에서 유기용제 냄새가 나는 경찰 아저씨."

"왜 연락이 안 되는 거지?!"

후쿠자와가 소리쳤다.

극장의 2층. 시 경찰의 대기소 대신 사용되던 세계 극장의 회의실.

"경찰서에 도착했다는 연락도 없습니다, 후쿠자와 선생님. 출발 시간을 고려하면 이미 도착하고도 남았어야 할 시간입니다만──."

극장의 회의실에서는 경찰관 세 명이 늘어서서 전화로 동료와 정보를 교환하는 중이었다.

각본가가 살해당했다는 소식을 들은 순간, 후쿠자와는 곧바로 이해했다. 이 사건은 아직 끝나지 않았다. 아니, 그것이야말로 이번 사건의 본질에 관련된 사건이다.

왜냐하면.

──이 사건은 두 종류의 범행으로 이루어졌어.

──예를 든다면 새우와 도미 같은 거지.

처음부터 란포는 그렇게 말했다. 란포는 사건에 두 가지 측면이 있다는 사실을 이미 눈치채고 있었다. 이 사건이 사람들을 혼란스럽게 한 자작극으로 끝나지 않을 거란 사실을, 또 하나 중대하고 흉악한 측면이 있다는 사실을 처음부터 알고 있었다.

각본가가 살해당했다. 이건 연극 따위가 아니라, 진짜 살인이었다. 그 소식을 듣고 청년 무라카미는 명백하게 당황했다. 각본가가 왜 죽었는지 몰라 진심으로 혼란스러워하며 경찰에게 상황을 설명해 달라고 몇 번이나 부탁했다.

연기가 아니었다. 후쿠자와는 그런 직감이 들었다.

추리나 관찰력은 란포에게 엄청나게 뒤지지만, 후쿠자와도 사람이 당황했는지 안 했는지 정도는 꿰뚫어 볼 수 있는 안목이 있다. 실력이 뛰어난 명배우도 이때만큼은 연기를 잊었다. 애초에, 각본가가 발견된 자택은 극장에서 상당히 멀리 떨어진 곳이었다. 란포의 수수께끼 풀이 이후로 청년 무라카미는 계속 경찰에게 구속되어 있었고, 그 이전의 얼마 되지 않는 시간을 이용해 각본가의 자택을 찾아가 살해를 한 뒤, 다시 극장으로 돌아오기란 시간적으로 불가능했다.

흑막은 누구지?

진범은 누구냐?

란포는 말했다.

──새우 쪽을 잡기는 쉬워.

──하지만 도미도 잡고 싶다면 어쩔 수 없이 새우를 사용해야 해.

아마 란포는 '도미'가 누구인지 이미 간파했다. 그리고 '새우'란 청년 무라카미 쪽이겠지. 란포는 새우를 '별것 아닌 사건'이라고 말했다. 확실히 사건 규모로 따지면 의외로 작다. 아무도 죽지 않았고, 해결 자체도 그다지 어렵지 않았다. 청년 무라카미가 평생을 죽은 사람으로서 숨어 살 수는 없었을 테니까. 그냥 내버려 둬도 언젠가는 진실이 밝혀졌을 게 분명하다.

하지만 그래서는 사건의 절반 정보만 해결한 셈이 된다. 청년 무라카미와 각본가를 이용해 더 큰 사건을 꾀한 진범이 있었다. 청년 무라카미가 살해당하지 않았던 이유는, 그가 진범에 대해서 아무것도 몰랐기 때문이었다. 유일하게 접점이 있던 각본가만이 살해당했다.

사라진 접점을 더듬어 진범을 찾을 수 있는 유일한 방법은
――란포만이 알고 있다.

만약 란포가 무대 위에서 대대적으로 선보인 '해결편'도 또 작전의 일부라고 한다면. 진범을 밝히기 위한――도미를 낚기 위한 란포의 작전이 아직도 계속되고 있다고 한다면.

"란포와 같이 경찰서로 간 경찰관이 이름이 뭐지?" 후쿠자와가 형사에게 물었다.

"미타무라 순사장입니다." 형사는 후쿠자와의 기백에 눌리면서도 대답을 해 주었다.

"왜 연락이 안 되지?"

"이상하네요……. 휴대전화의 전원이 꺼져 있습니다. 무선

을 해도 응답이 없고요."

후쿠자와는 초조했다.

무슨 일인가가 있었던 것이다. 자신이 눈을 뗀 그 짧은 시간 안에.

란포가 제아무리 두뇌가 뛰어난 천재이고, 이미 범인을 밝혀낸 상태라 그 녀석을 끌어내기 위해 움직이고 있다 하더라도.

범인이 폭력을 휘두르면 그걸로 끝이다.

그 녀석은 어린아이이다.

그리고 이 거리의 어둠 속에는 란포 같은 어린아이 정도는 콧노래를 부르며 하룻밤에 1000명이나 죽여도 이상하지 않을 불법적인 폭력이 난무했다.

"조금 찾아보지." 후쿠자와는 재빨리 회의실 밖으로 나갔다.

적어도 이동 중이던 란포에게 무언가가 일어났다고 생각할 수밖에 없었다.

후쿠자와는 빠르게 걸으면서 생각했다. 란포에게도 생각은 있을 게 분명하다. 하지만 란포는 이 거리의 어둠이 얼마나 깊은지 모른다. 자신은 뭐든지 다 안다고 생각하고 있겠지만, 란포는 이능력자가 아니다. 보지도 않은 것을 알 수 있을 리가 없다.

란포가 이능력자라고 거짓말을 한 사람은 다른 누구도 아닌 후쿠자와 자신이었다.

후쿠자와는 성큼성큼 로비를 지나 정면의 입구에 도착했다. 이미 관객도 모두 떠나, 입구 근처는 한산했다.

정문 입구를 나가, 란포를 태운 경찰차가 정차해 있던 근처에 도착했을 때, 후쿠자와의 시야의 끝에 무언가가 들어왔다.

후쿠자와는 그쪽을 바라보았다. 건물 벽 쪽에 흰 무언가. 후쿠자와는 다가가 보았다.

흰 명함이었다. 명함은 작은 돌로 고정되어 있었다. 바람에 날리지 않게 하려고 놓아둔 것인가? 가까이 다가간 후쿠자와는 그것이 자신의 명함이라는 사실을 눈치챘다.

설마.

후쿠자와는 그것을 주워 들었다. 확실히 후쿠자와의 이름과 연락처가 적혀 있었다. 누구에게 건네준 명함이었는지까지는 알 수 없었다.

후쿠자와는 명함을 뒤집어 보았다. 그곳에는 연필로 삐뚤삐뚤한 글씨가 적혀 있었다.

[진범은 미타무라
지팡이를 찾아.]

"이럴 수가. 정말 그 말밖에 할 말이 없군요."

미타무라 순사장은 운전을 하면서 웃는 얼굴로 고개를 저었다.

"설마 이렇게 비범한 이능력자가 우리의 조사 리스트에도 올라가 있지 않은 채 남몰래 존재하고 있었다니."

란포는 대답하지 않았다.

안경 안쪽의 어린 눈동자만이 날카롭게 백미러 너머의 미타무라를 바라보았다.

"이렇게 훌륭한 명탐정을 앞에 두고 변명을 하거나 대항하는 것은 예의에 어긋나는 일이겠죠? ──탐정에게 범행을 들킨 몸이니, 예의에 맞게 진실과 동기를 말해야 하지만……." 미타무라는 웃으면서 말했다. "조금 더 기다려 주십시오. 명탐정을 모시기에 아주 잘 어울리는 장소까지 얼마 남지 않았으니까요."

"좋아. 대신 빨리 좀 가 줘." 란포는 어떻게 되든 좋다는 듯이 말했다. "밤이 돼서 점점 졸음이 쏟아지기 시작하고 있거든."

"예, 노력하겠습니다."

경찰차는 밤거리를 지나 인기척이 없는 어두운 상업 지구로 들어갔다. 빛이 사라진 도로를 지나 경찰차는 새로 지은 듯한 4층짜리 건물 앞에서 정차했다.

"이곳은 겉보기에 조선(造船) 회사 사무실입니다만." 미타무라가 건물을 올려다보며 말했다. "사실은 저희가 소유한 건물입니다. 음, 페이퍼컴퍼니라는 녀석이죠. 자, 발밑을 조심해 주십시오."

미타무라가 하라는 대로 란포는 차에서 내렸다. 그리고 아무도 없는 건물의 정문을 지나 안으로 들어갔다.

그 건물은 얼핏 보기에, 흔한 도시 빌딩이었다. 하지만 건물 내에는 전혀 빛이 없었고, 수위도 없었다. 미타무라와 란포는 비상등밖에 없어 은은한 녹색으로 빛나는 어둠 속을 걸었다.

"자, 이쪽으로 오시죠."

미타무라가 유리문을 열었다.

그곳은 아무것도 없는 방이었다. 벽 한 면이 유리로 되어 있어, 길 너머로 펼쳐진 요코하마의 야경이 잘 보였다.

하라는 대로 방으로 들어간 란포가 도중에 입을 열었다.

"권총인가?"

"네?"

"그러니까 그거. 권총." 란포가 미타무라의 허리 부근을 가리켰다. 확실히 그곳에는 시 경찰의 경찰관에게 지급되는 검은 회전식 권총이 매달려 있었다.

"죽고 싶다는 생각은 한 적이 없지만, 될 수 있으면 아픈 건 싫어. 내 생각엔, 머리를 한 방에 꿰뚫려도 아마 그 순간엔 아플 거야. 죽은 사람이 '사실은 꽤 아팠어'라고 가르쳐 주지 않으니 모를 뿐."

"하하. 이걸로 쏠 생각은 전혀 없습니다." 미타무라는 권총을 매만지면서 웃었다. 그리고 눈을 가늘게 떴다.

"만약—— 시키는 대로만 해 주면 말입니다."

후쿠자와는 아무도 없는 홀의 객석 통로를 빠른 걸음으로 빠져나갔다.

객석에는 이미 아무도 없었기 때문에, 후쿠자와의 발소리만이 기묘하게 울렸다. 후쿠자와의 표정은 험악했다. 하지만 시선에 망설임은 없었다.

지팡이라는 단어를 보고 떠오르는 장소는 딱 한 곳밖에 없었다.

단차를 가볍게 뛰어 무대 위로 올라간 후쿠자와는 무대 위의 옅게 남은 혈흔을 밟고 안쪽으로 나아갔다.

지팡이는 금방 발견했다.

란포가 벗겨 낸 흰 천막 스크린 아래에 아무렇게나 놓인 T 자형 지팡이. 조금 낡긴 했지만, 손잡이는 금박으로 장식이 되어 있어 고급스러워 보였다. 깨끗하게 닦인 쪽 뻗은 지팡이 기둥의 재질은 동백나무인가.

양복 신사가 가지고 있던 지팡이였다.

이 지팡이를 지닌 양복 신사가 어디로 갔는지 후쿠자와는 물어보지 않았다. 들리는 말로는 병원에 갔다고 하는 사람도 있고, 귀찮은 일을 피하기 위해 어디론가 사라졌다고 하는 사람도 있었다. 사라졌다고 한다면 이제 와서 찾아봐야 헛수고다. 그런 것보다 지금은 지팡이다.

들어 보자마자 후쿠자와는 뭔가 이상하다는 사실을 깨달았다. 아주 조금이지만, 중심이 높았다. 무수히 많은 목검과 진검을 쥐어 본 사람이 아니면 눈치채지 못할 정도로 아주 작은 위화감이었지만, 후쿠자와는 충분히 눈치챌 수 있는 정도였다.

손으로 쥔 부분을 조사해 보았다. 장식과 몸통이 연결된 부분. 그곳에는 뚜렷이 보이는 틈이 있었다. 종이 정도의 두께라면 밀어 넣을 수 있을 듯했다.

후쿠자와는 먼저 무기가 감추어진 지팡이가 아닌가 의심했다. 내부에 칼날이 숨어 있는 전형적인 은폐 무기가 아닌가 하고. 경계해야 할 무기이기도 한 동시에 자신도 가끔 사용하는 무기이기 때문에, 후쿠자와는 그런 지팡이에 대해 아주 잘 알았다.

하지만 이건 달랐다. 칼을 숨길 정도의 공간이 없었다. 그렇다면 뭘 위해서——.

눈에 띄지 않는 위치에 있는 틈새 부근을 잡고 손잡이를 비틀자, 역시나 장식이 빠져 내부가 보였다.

"……?"

지팡이의 내부는 텅 비어 있었다.

무언가를 숨겨 놓은 것도 아니었다. 무기나 약품이 들어 있는 것도 아니었다. 그냥 나무를 파낸 빈 공간이 있을 뿐이었다.

란포는 왜 이런 것을 찾으라고 적어 놓았던 걸까.

후쿠자와는 더 자세히 빈 공간을 살폈다. 빈 공간은 의외로 깊었다. 얼마 안 되는 빛에 의지해 깊이를 측정해 보았다. 일반적인 서류를 둥글게 말아 넣어 놓는 것 정도는 가능해 보였다.

──지금은 아무것도 없는 공간.

──서류.

아!

후쿠자와는 이해했다. 이것은 무언가를 빼낸 뒤의 공간이다. 감추어둔 공간에 아무것도 들어 있지 않다고 한다면, 그렇게 생각하는 것이 타당했다. 맨 처음에, 아마도 양복을 입은 신사가 들고 있었을 때에는 안에 서류인가 뭔가가 들어가 있었을 게 분명하다. 어디론가 옮기기 위해서, 아니면 항상 몸에 지니고 다니기 위해서. 그런데 누군가가 신사를 붙잡고 기절시킨 뒤에 안에서 무언가를──크기를 봤을 때 아마 서류이겠지만──빼앗아 갔다. 그리고 필요 없어진 지팡이는 이곳에 내버려 둔 것이다.

양복을 입은 신사에 대한 의문, 사라진 물건에 대한 의문, 빼앗아간 범인에 대한 의문. 몇 가지인가의 의문이 지팡이 하나를 보자 머릿속에 떠올랐다. 하지만 후쿠자와가 가장 필요한 의문에 대한 대답──란포는 어디에 있는가. 그것에 대한 대답은 얻을 수 없을 듯했다.

란포는 자신이 어디에 있는지 알려 주기 위해 '지팡이를 찾아'라고 적어 놓은 게 아니었던 건가. 진범을 밝힌 그 메모는 란포가 남긴 것이라고밖에 생각할 수 없었다.

아직 이 지팡이에 무언가가 더 있는 건가.

후쿠자와는 생각했다. 란포는 이 지팡이를 만져 볼 시간도, 조사할 시간도 없었다. 그래도 무언가가 있을 거라고 확신했기 때문에 후쿠자와에게 지팡이를 찾으라고 지시한 것이다. 아무리 통찰력에 많은 차이가 있다고는 하지만, 란포가 직접 보지도 않고도 얻은 정보를 이렇게 가까이에서 보고도 조사하지 못해서야 어른 실격이다.

지팡이를 보고 떠오른 의문점이라고 한다면, 숨겨진 공간을 찾기가 너무 쉬웠다는 것이었다. 곧장 칼을 빼서 사용해야 하는 은폐 무기라면 그래도 상관없지만, 서류를 숨겨야하는 지팡이라면, 모르는 사람은 쉽게 열지 못하도록 장치가 되어 있어야 한다. 하지만 후쿠자와는 아주 쉽게 이 빈 공간을 발견했다. 이 안에 물건을 빼앗아간 진범도 아마 쉽게 찾았을 게 틀림없다. 양복을 입은 신사의 실수다.

단, 후쿠자와가 보기에, 이 허술한 장치는 지금까지의 인상과 하나도 일치하지 않았다. 양복을 입은 신사는 이렇게 대규모의 속임수를 사용하지 않으면 잡을 수 없는 거물이었고, 이상한 낌새를 느끼자마자 금방 극장에서 도망칠 정도로 용의주도한 인물이었다.

그렇다면, 생각할 수 있는 가능성은——.

후쿠자와는 공간 안쪽을 계속 관찰해 보았다. 내부는 상처

하나 없는 곡면이었다. 손가락으로 만져 보았다. 깨끗하게 갈고 닦인 목재의 감촉. 감촉만 봐서는 거의 완벽한 원이었다.

후쿠자와는 안쪽 공간을 손가락으로 누르고, 잡은 지팡이를 강하게 당겼다. 조금 힘을 주자 내부가 살짝 움직인 듯한 감촉이 느껴졌다. 그래서 더욱 지팡이를 잡아당겼다.

안쪽 공간이 쑤욱 빠졌다.

아무래도 2중 바닥으로 되어 있었던 모양이었다. 위쪽 공간에는 그다지 중요하지 않은 물건을 넣어 두어 훔치려는 사람을 속이는 장치였다. 즉, 이 빠진 공간의 안쪽이야말로 진짜 물건을 숨긴 장소라는 말이었다.

후쿠자와는 빼낸 원통을 바라보다가 무심코 눈썹을 가운데로 모았다.

원통의 안쪽은 전자 기록 소자였다.

그 외의 수상한 점은 발견할 수 없었다. 원통의 표면에 곡면을 따라 전자 기판이 부착되어 있었다. 후쿠자와는 그것이 무엇인지 바로 눈치챘다. 그것은 아주 얇은 메모리였다. 안쪽의 공간은 페이크. 2중 바닥이라기보다는 이 빼낸 원통의 표면 그 자체가 진짜 정보 운반 장치였다.

후쿠자와는 이런 정보 소자를 사용하는 기관에 대한 소문을 들은 적이 있다.

"그렇다면……."

후쿠자와가 중얼거렸다.

그렇다면 양복을 입은 신사는 이능력자라는 말이 된다.

그리고 남자는 그를 쫓는 범죄 조직에게서 몸을 숨겼다. 후쿠자와는 그를 통해 진범의 정체를 유추할 수 있었다.

그래서 후쿠자와는 망설임 없이 걸었다. 란포가 낚으려고 하는 '도미'의 정체가 어렴풋하지만 보이기 시작했다.

"그런데 이곳은 어디야?"

란포는 창밖을 보면서 무심하게 물었다.

"편리하게 사용할 수 있는 저희의 거점 중 하나입니다. 보시다시피 밤에는 보는 눈도, 듣는 사람도 없으니, 뭘 해도 좋은 곳이죠. 은신처로 사용해도 좋고, 비밀 회담 장소로 사용해도 상관없습니다. 게다가──."

"고문 장소로 사용해도 좋고?"

말을 하는 중간에 란포가 그렇게 끼어들자, 미타무라 순사장은 눈썹을 들어 올리며 깜짝 놀란 듯 연기를 했다.

"무슨 말씀이신지. 말하지 않았습니까. 우리는 명탐정을 초대하고 싶었을 뿐입니다. 순수하게. 고문이라니, 전혀 생각도 한 적이 없습니다. 큰 오해를 하고 계신 거죠."

"그런데 건물 안에 총을 가지고 망을 보는 사람이 네 명, 아니, 다섯 명이 있던걸?"

태연하게 어깨를 으쓱 들어 올리며 란포가 그렇게 말하자,

미타무라는 허를 찔린 듯 아무 말도 하지 않았다.

망을 보는 사람들은 완벽하게 숨어 있었다. 모두 외부에서 고용한 해외의 전직 군인으로, 전혀 흔적을 남기지 않고 대상을 감시하는 훈련을 받은 자들이다. 발자국 하나, 기침 한 번 하지 않고 완벽하게 사각에서 감시하고 있었을 텐데.

"이거 참…… 역시 대단하군요." 미타무라가 난처한 듯 머리를 긁었다. "어떻게 꿰뚫어 본 거죠?"

"난 이능력자라고 말했잖아." 란포가 안경을 쓰면서 말했다.

미타무라는 으음, 하고 웅얼거린 뒤, 자신이 무해하다고 말하려는 듯 양손을 펼치고 말했다.

"멋집니다. 하지만 착각은 마십시오. 그들은 당신을 다치게 할 생각이 전혀 없습니다. 원래 이곳에 데리고 올 예정이었던 타깃…… 당신이 무대 위에서 관객 모두에게 선보였던 양복을 입은 인물을 감시하기 위해 준비한 사람들이거든요. 그러니 말하자면, 시간 외 노동을 하고 있는 중이죠. 괘씸한 녀석들이 명탐정을 노리고 올 수도 있으니까요."

"괘씸한 녀석들이라. 누구지? 그런데 나를 이곳에 데리고 온 이유가 뭐야?"

란포는 근처에 있던 의자에 걸터앉으며 물었다.

"현장 사람은 너무 힘이 듭니다. 아시다시피 극장에서 그 엄청난 속임수를 시도했는데, 그것이 엉망이 되어 위쪽 사람들이 노발대발하는 중입니다. 계획을 망친 사람을 잡으라고 하더군요. 어떻게 진실을 간파했는가, 어디에서 정보를 얻었는가, 그것을 알아내라. 그런 심산이지요. 충동적 사고의 결과입니다."

남자가 들고 다니던 지팡이에서 빼낸 기밀 서류도 결국 가짜였고——그렇게 말하며 미타무라는 이거 참 엉망이군요 하더니, 호들갑스럽게 어깨를 축 늘어뜨렸다.

"물론 작전 내용이 어딘가에서 외부로 새어 나갔다면 정말 큰일입니다. 내부 규율 문제니까요. 하지만 명탐정 선생님. 저도 당신도 그렇지 않다는 건 이미 잘 알고 있습니다. 모든 것은 명탐정 선생님의 신들린 이능력으로 해결한 것이죠. 그러니 명탐정 선생님을 아무리 쥐어짜 봐야 정보원은 나오지 않습니다. 그렇지요?"

"……."

아무 말 없는 란포의 표정을 슬쩍 본 뒤, 미타무라가 계속 말했다.

"하지만 높으신 분들도 체면이니, 자존심이니 하는 것이 있으니, 당신을 쉽게 풀어 줄 수는 없습니다. 전 중간에 끼어 버린 상황이죠. 이대로 가면 우리는 위의 지시로 어쩔 수 없이 당신에게 고통을 줄 수박에 없는 상황입니다. 그건 싫죠? 저도 싫습니다. 그래서 말인데."

미타무라는 어둑어둑한 방에서 한 발 앞으로 나섰다.

창밖의 야경에서 쏟아지는 빛이 실내에 긴 그림자를 드리웠다.

앉아서 눈을 감고 있던 란포를 향해 미타무라가 속삭이듯
이 말했다.

"──우리와 함께 일하지 않겠습니까?"

뒤틀린 침묵이 실내를 가득 채웠다.

"우리는 뜻이 있는 자이자, 악한 자를 이 나라에서 일소하
길 원하는 사람들입니다. 그러니 당신처럼 우수한 이능력자
는 대환영입니다. 어떻습니까."

미타무라의 표정은 역광 때문에 어두워 보이지 않았다.

단지 차갑고 옅은 웃음을 짓고 있는 낌새만이 어둠 속을 떠
돌았다.

"……응?"

앉아 있던 란포가 그 시선을 보고 고개를 들더니 말했다.

"아, 미안. 이야기가 길고 너무 재미없어서 하나도 못 들었
어. ……다음부터는 조금 더 귀를 기울이고 싶게 말을 해 주
면 안 될까?"

미타무라의 표정이 굳었다.

방 안의 공기가 긴장감에 휩싸였다.

후쿠자와가 서둘러 간 곳은 시 경찰의 지하 구속소(拘束所)
였다.

경찰서에 인접한 1층짜리 사각 건물이다. 이미 이야기를

해 둔 수위에게 인사를 한 뒤, 후쿠자와는 지하로 이어지는 긴 계단을 내려갔다.

그곳은 보통 체포된 피의자를 일시적으로 구속하는 유치장과는 달리, 범죄자를 외부로 내보내지 않기 위한 목적을 달성하기 위해 세워진 시설이었다. 문은 두꺼운 철제 2중문이고, 구속용 개인실에는 창문도 없었다. 그리고 벽은 모두 강화 철골로 보강되어 있었다.

그 안에 후쿠자와가 만나고자 하는 사람이 있었다.

"안 잤나."

콘크리트로 뒤덮인 아무것도 없는 실내. 구속복을 입은 채로 몇 겹이나 되는 쇠사슬에 묶인 소년은 조용히 고개를 들었다.

감정이 소멸된 깊이를 알 수 없는 다갈색 눈동자.

후쿠자와는 살짝 엿볼 수 있는 창문으로 살인 청부업자의 표정을 바라보았다.

소년은 오늘 아침, 비서를 쏴 죽인 그 살인 청부업자였다.

살인 청부업자 소년은 붉은기가 도는 단발 안쪽에서 살짝 후쿠자와를 바라보았다. 그 눈동자에는 감정의 파편조차도 느낄 수 없었다.

"구속소는 느낌이 어떠냐."

"다른 곳보다는 나쁘지 않아. 환기가 돼서 말이지."

수많은 악당, 자객과 대치했던 후쿠자와도 소년의 눈동자만큼은 쉽게 익숙해지기가 힘들었다.

대부분의 실력 있는 살인 청부업자는 사람을 벌레처럼 깔보며, 자비심의 흔적조차 없을 만큼 차가운 눈동자를 지녔다. 하지만 이 소년의 눈은 달랐다. 차갑다는 느낌조차 들지 않았다. 아니, 온도 그 자체가 존재하지 않는 허무한 눈동자였다. 자비나 친절은 물론, 증오나 저주, 쾌락, 희망과 절망까지 포기했을 만큼, 인생의 모든 감정을 '버린' 인간만이 보여 줄 수 있는 눈동자였다.

후쿠자와는 생각했다. 아마 이 소년은 살인에서 쾌락을 얻는 등의——옛날의 자신과는 달리——일은 한 번도 없었을 거라고. 따로 할 일이 없으니, 사람을 죽였을 뿐이었겠지.

"묻고 싶은 게 있어서 왔다." 후쿠자와는 작은 창문 안을 향해 말했다. "이걸 봐라."

후쿠자와는 작은 창문으로 지팡이 내부에 있던 원통형 기억 소자를 보여 주었다.

소년의 눈이 데굴 하고 움직여, 그 기억 소자를 바라보았다.

"이건 어느 국가급 기관이 사용하는 기억 소자다. 해독하려면 전용 기계가 필요하기 때문에, 안의 정보를 훔치기란 아주 어렵지. 이건 증인 보호 프로그램(WPP)의 보호하에 있는 인물이 사람들 몰래 보호 기관과 정보를 교환하기 위한 장치다——즉, 범죄 조직에게 쫓기는 중요 인물이 가지고 있는 것이다. 그리고 그 중요 인물에게는 공통된 특징이 있다. 모두가 이능력자라는 것이지."

후쿠자와는 살인 청부업자를 주시했다.

살인 청부업자의 시선은 변함이 없었다.

"이제부터가 본론이다. 너 정도의 실력이라면 외부의 조직에게 의뢰를 받고 움직이기도 했을 텐데. 요즘 이능력자를 잡아 달라는 의뢰를 받은 적 없나?"

소년은 대답하지 않았다.

"어떠냐?"

"……의뢰인에 대해서는 말할 수 없다." 소년은 쉰 목소리로 대답했다.

"의뢰가 아니라도 된다." 후쿠자와가 말했다. "요즘, 밖에서 혼자 있는 이능력자를 생포할 수 있는 사람을 찾고 있다는 이야기를 들어 본 적 없나? 보호 기관이 신분을 숨겨 주고, 본인도 신출귀몰하여 모습을 볼 수조차 없는 표적. 그 녀석을 몰래 발견하여 생포하는 거지. 차원이 다른 보수가 주어지는 일로, 정체를 숨긴 의뢰인이 의뢰했다고 하더군. 의뢰인은 천사인가, 'V'인가——그런 종류의 이름을 사용하지 않을까 한다."

V라는 말을 들은 순간, 소년의 어깨가 움찔 하고 움직였다.

이 살인 청부업자라면 무언가 알고 있을 게 분명하다. 그게 후쿠자와의 예측이었다.

이능력자의 존재를 공개적으로 인정하지 않는 정부가 비밀리에 보호를 결정한 이능력자. 양복을 입은 신사도 그중의 한 사람일 가능성이 높았다.

그들은 이 도시에서 특별히 중요한 인물이었다. 해외의 군벌, 국내 범죄 조직 등, 무수히 많은 적이 그들을 노렸다. 왜 그렇게 많은 적이 노리는지는 모르지만, 그들 자신이 국가의 근간을 이루는 비밀을 쥐고 있기 때문이라는 설도 있다.

그 정도 되는 상대를 유괴하는 일은 너무 어려워서, 흔한 범죄자들이 떼로 덤벼 봐야 신발 하나 발견하기 힘들다. 설사 발견했다고 하더라도, 보고 기관의 경계망을 정면에서 뚫을 수 있는 사람은 초일류 자객뿐이다.

그리고 이번 흑막 조직―― 'V'는 자신의 손을 더럽히지 않는다. 반드시 외부 사람을 이용한다.

그렇다면 이 실력이 뛰어난 살인 청부업자에게도 일에 관한 아주 작은 정보 정도는 귀에 들어가지 않았을까. 이렇게 뛰어난 실력을 지니고 어떤 조직에도 속하지 않은 편리한 살인 청부업자를 'V'가 그냥 내버려 뒀을 리가 없었다.

"……녀석에 대해서는 이야기하고 싶지 않다." 소년이 겨우 입을 열었다. 목소리는 소년이었지만, 말투는 늙은 노인처럼 감정이 담겨 있지 않았다. "당신은 녀석들의 목적에 대해 알고 있나?"

모른다. 후쿠자와는 그렇게 대답했다.

후쿠자와가 알고 있는 것이라고는 양복을 입은 신사 한 명을 유괴하기 위해 극장 하나를 통째로 말려들게 할 만큼 거대한 범죄 계획을 세웠다는 점뿐이었다.

"대의(大義)다." 살인 청부업자 소년이 말했다. "돈을 위해 죽인다. 미워서 죽인다. 그런 거라면 이해할 수 있다 .하지만 녀석들은 대의를 위해 죽인다. 그런 녀석들과는 얽히기 싫다. 대의를 목적으로 한 살인을 세세하게 파고들면 결국엔 '아무나 죽여도 좋다' 는 결론에 이르게 되니까."

그것은 후쿠자와의 가슴을 에어 내는 말이었다.

자칫하면 신음 소리를 흘릴 뻔했다.

"그 녀석들을 적으로 돌리라는 얘기가 아니다." 후쿠자와는 목소리만 평정을 유지한 상태로 그렇게 대답했다. "내 동료가 그 조직에게 유괴를 당해서 말이다. 녀석들이 사용하는 감금 장소를 찾고 싶은데, 짚이는 곳은 없나?"

소년의 눈동자가 데굴 하고 움직여 후쿠자와를 쳐다보았다. 커다란 눈동자였다.

"……가르쳐 줄 이유가 없다."

"그야 그렇겠지." 후쿠자와는 고개를 끄덕였다. "만약 가르쳐 준다면, 오늘 아침에 네가 비서를 쏴 죽인 일을 몸싸움을 벌이다 일어난 우연한 사고라고 증언해 주지. 그러면 아마 내일쯤엔 여기서 나갈 수 있을 거다."

소년의 눈동자에 작은 감정이 깃들었다. 깜짝 놀란 모양이었다.

"……진심인가?"

후쿠자와는 아무 말 없이 고개를 끄덕였다.

"의외군." 소년은 고개를 저었다. "겉보기에 당신은 정의를 배신하는 거래를 하지 않을 것 같았는데 말이야."

후쿠자와 자신도 역시 의외라고 생각했다.

범죄자와 협력하는 듯한 거래를 한 적은 지금껏 한 번도 없었다. 하지만 후쿠자와는 스스로도 깜짝 놀랄 만큼 쉽게, 거래를 하겠다고 결심했다.

내일이 되면 후회할지도 모른다. 이 결단을 언젠가는 회한과 함께 떠올릴지도 모른다. 하지만 지금 이 순간, 후쿠자와의 마음에는 그 어떤 모순도, 주저도 없었다.

란포를 도와야 한다.

왜냐하면 그 소년은——바보니까. 세상물정을 너무 모르고, 무모하고, 생각이 짧은 어린아이다. 자신마저도 흑막을 끌어내는 데에 사용할 생각을 할 만큼.

이 구속 시설에 이르는 과정 동안, 후쿠자와는 그런 생각에 이르렀다.

란포는 적을 낚기 위해 일부러 자신을 유괴하게 만들었다. 그리고 후쿠자와에게 그런 자신을 구하게 만들 셈이었다.

란포가 생각하기에, 그것은 틈이 없는 완벽한 작전일지도 모른다. 절대 겉으로 모습을 드러내지 않는 흑막을 낚기 위한 유일한 묘안이었을지도 모른다.

만약 란포가 그렇게 생각했었다면.

역시 너무나도 바보다.

후쿠자와가 란포를 뒤쫓지 못하면, 뒤쫓더라도 적에게 무력으로 당하면, 란포는 살해당한다. 적은 진실을 아는 자를 살려 둘 정도로 만만한 녀석들이 아니다. 란포가 묘안이라고 생각하는 것은——후쿠자와가 생각하기에 전혀 묘안이 아니었다. 한겨울에 늪지에 가서 수영을 하는 것처럼, 터무니없이 어리석은 일이었다.

그렇기에, 그냥 못 본 척 내버릴 수 없었다.

"어떠냐. 거래를 하겠나?"

살인 청부업자 소년은 잠시 후쿠자와를 바라본 뒤 말했다.

"이 시설은 그다지 불편하지 않아." 소년은 방을 둘러보면서 말했다. "게다가 나가려고 하면 혼자 힘으로도 얼마든지 탈출할 수 있다. 그러니 대가가 적합하지 않군."

이 감옥에서 자력으로 탈출하려면, 완전 무장한 병사들이 소부대 정도는 있어야 했다. 하지만 후쿠자와는 직감했다——이 소년은 거짓말을 하지 않았다.

"그럼 적합한 대가가 뭐지?"

소년은 가만히 입을 다문 채 바닥을 내려다보았다.

몇 초의 침묵 후, 소년이 입을 열었다.

"계속 혼자서 살인 청부업자로 일했다." 소년이 말했다. "동료나 상사가 있었으면 좋겠다고 생각한 적도 없다. 하지만 당신 같은 무술의 달인이 신조를 꺾으면서까지 도와주려고 하다니——그 부하는 정말 행복한 녀석이다. 조금, 부럽군."

그건 오해다. 후쿠자와는 그렇게 말하려고 했다.

란포는 부하가 아니다. 자신은 상사에 어울리는 인간이 아니었다. 오히려 소년처럼 조직이라는 것을 피하며 살아온 인간이다.

하지만 후쿠자와의 입에서는,

"그런가."

하려고 했던 말과는 다른 말이 나왔다.

소년은 조용히 고개를 끄덕였다.

"녀석들이 거래에 사용하는 건물에 대해서라면 몇 개인가 들어서 알고 있다. 유괴 장소에서 가까운 곳부터 찾아봐라."

후쿠자와가 뭐라고 말을 하면 좋을지 망설이자, 소년이 고개를 들고 말했다.

"이 시설은 침구도 있고 환기도 되지만, 애석하게도 밥이 너무 맛없다." 소년이 말했다. "당신은 시 경찰의 상부와도 잘 아는 사이라고 들었다. 안에다가 하나 넣어 줄 수 있을까? 그게 대가다."

후쿠자와는 살짝 눈을 가늘게 뜬 뒤 말했다.

"뭐지?"

소년은 아주 살짝 입술을 끌어올리며 미소 지었다. 그리고 대답했다.

"카레."

"이보세요, 명탐정——란포 씨. 이건 당신에게 있어 아슬

아슬한 거래라는 사실을 잊지 마십시오. 거래에 응할 것인가, 얼어터질 것인가, 둘 중 하나입니다. 교섭을 할 만한 여유는 별로 없다고 생각합니다만."

미타무라가 한 발 앞으로 걸음을 내디뎠다.

란포는 의자에 앉은 채, 다리를 흔들거리며 태연한 표정으로 대답했다.

"교섭? 교섭 같은 건 할 생각 없어. 흥미가 없는 이야기는 내 머리에 들어오질 않거든. 전부 소가 우는 소리처럼 들려서. 음메~ 음메~ 하고."

미타무라의 눈썹이 순간 잔뜩 일그러졌다.

그러다가 미타무라는 감정을 억누르듯이 미간을 부드럽게 펴면서 대답했다.

"란포 씨, 교섭 담당이 저라서 정말 행운이었군요. 다른 녀석이라면 손톱부터 순서대로 톱으로 잘라내도 이상하지 않을 장면이었습니다. 당신의 멋진 이능력을 제가 봤기 때문에 이토록 진지하게——."

"오오, 또 울었다. 음메~."

"……!"

미타무라가 반사적으로 허리의 권총에 손을 댔다.

분노를 제어하고 있는지 미타무라의 손이 떨렸다. 팔에 힘을 잔뜩 준 자세로 멈춘 채, 미타무라가 말했다.

"저는…… 어른이 어른을 대하듯 당신과 대화를 나누고 있습니다. 그리고 저는 극장에서 작전을 감시한 사람으로서,

사건의 뒤처리를 할 책임이 있습니다. 당신이 죽으면 사건은 모두 어둠에 묻힙니다. 그런데도 불구하고 저는 이렇게까지 진실을 피력하며 어른으로서 교섭에 임하고 있는 중입니다. 이게 성의가 아니면 뭐란 말입니까."

"그렇게 핏대를 세우며 말해 봤자야. 한마디로 말하면 '우리를 위해 일하지 않으면 죽이겠다' 잖아? 그런데 성의는 무슨. 그게 아니라도 나는 위에 붙을 사람을 가리는 타입이거든." 란포는 어깨를 으쓱 들어 올렸다. "애당초, 이 천재적이고 우수하고 퍼펙트한 명탐정이자 이능력자인 내가? 아무런 대책도 없이 이런 도시 외곽까지 느긋하게 협박을 당하러 왔을 거라 생각해?"

"――!"

미타무라가 반사적으로 권총을 겨눴다.

란포는 자신을 향한 총구를 가만히 바라보기만 했다.

"……거짓말 마라. 이미 신체검사도 끝냈다. 하지만 발신기 같은 것은 없었다."

"그런 건 필요 없어."

란포는 희미하게 웃었다. 미타무라의 턱 근육에 잔뜩 힘이 들어갔다.

"좋아. 그럼 나도 본심을 말하지. ――나는 지금, 너 같은 꼬마에게 작전이 저지당해 심히 기분이 좋지 않다. 게다가 불손한 태도가 하나하나 기분에 거슬린다. 이능력으로 진실을 꿰뚫어 보는 게 뭐 어쨌다는 거냐?! 총알 하나 막지 못하는 약한 이능력인데 말이지."

미타무라가 엄지로 권총의 공이치기를 당겼다. 찰깍 하는 소리가 났다.

"그런데도 성실하게 대한 이유는, 모두 우리의 최상의 목적을 위해서다. 이 나라에서 고름을 모두 빼내기 위해서. 혼돈을 부르고, 중심을 썩게 하는 나라의 기생충. 즉, 이능력자를 모두 죽이기 위해서 말이다."

"아하. 'V'——이능력자를 구축하기 위해 결성된 이능력 조직이라." 란포가 작게 웃었다.

"목적을 위해 이용 가치가 있는 것이라면 뭐든지 이용하는 것. 그것이 이능력자이든, 증인 보호 프로그램을 방패막이로 삼은 남자이든. 그것이 우리의——."

권총의 총구가 흔들렸다.

방아쇠에 걸린 손가락에 힘이 들어갔다.

"왜 이렇게 굼뜨지? 쏘려면 빨리 쏴."

란포가 총구를 바라보며 말했다.

"단, 5초 정도 기다렸다가 쏴 줘. 내 예상으로는 말이지, 앞으로 3초, 2초……."

실내에 강렬한 빛이 비쳐 들어왔다.

유리 창문이 터지듯 안쪽으로 깨졌다.

검은 그림자가 실내를 향해 날아들었다. 그림자가 착지하고 반쯤 회전했다.

"?!"

미타무라는 마비된 사람처럼 그 자리에 가만히 서 있었다. 총을 겨누는 것조차 할 수 없었다.

창문으로 뛰어든 그 그림자에게서 사자도 죽일 것 같은 엄청난 살기가 방출되었기 때문이다.

그리고 다음 순간, 미타무라는 방의 구석까지 날아가 버렸다.

"컥……!"

벽에 부딪친 미타무라의 멱살을 그림자가 붙잡았다.

그림자는 미타무라의 발이 땅에 닿기도 전에 또 그를 집어 던졌다.

몸의 잔상이 호를 그렸다.

던지기 기술──보통은 업어치기라고 불리는 유술이었다. 하지만 천장에 부딪친 뒤 그대로 속도를 유지한 채 땅으로 곤두박질치게 만드는 기술을 보통은 업어치기라고 하지 않는다. 열차와 몸통 박치기를 한 듯한 충격을 받아 미타무라는 순식간에 의식을 잃고 말았다.

하지만 그림자는 옷을 둥실 나부끼면서 방의 중앙에 착지했다.

야경 빛을 받아 길게 그림자를 늘어뜨리면서 조용히 일어서는 소리 없는 무인.

"후쿠자와 씨!"

란포는 기쁘게 소리쳤다.

"남은 적은 몇 명이지?"

"다섯 명!"

그렇게 외치자마자 방 밖에서 발소리가 가까워 왔다.

방에는 들어올 수 있는 문이 하나.

처음에는 군인이 방 안으로 달려 들어왔다.

그런데 들어오자마자 앞으로 내세운 권총을 축으로 군인은 세로로 회전했다.

손목뒤집기──돌진하는 상대의 기세를 그대로 회전력으로 바꾸어 던지는 기술이다. 후쿠자와는 공중에 있는 군인의 손을 더욱 비틀며 벽에다 날려 버렸다. 군인은 방아쇠를 당기기는커녕 후쿠자와의 모습도 보지 못한 채 벽에 부딪쳐 졸도했다.

후쿠자와는 복도로 나갔다. 그러자 좌우에서 소총으로 무장한 군인 두 사람이 동시에 달려왔다.

군인 두 사람은 소총을 겨눴다.

그런데 후쿠자와의 모습이 사라졌다.

그리고 손목을 잡혔다고 생각한 순간, 군인 두 사람은 바닥을 뒹굴었다. 군인들은 혼란스러운 가운데에서도 총을 쏘려고 했지만, 이미 소총을 빼앗긴 뒤였다.

목을 향해 날아온 팔꿈치가 두 발.

단순한 체격이나 완력으로는 후쿠자와보다 군인들이 위였다. 하지만 기절하기 직전, 군인이 느낀 감정은 적을 너무 쉽게 봤다는 후회였다.

——사람과 싸우고 있는 것 같지 않다. 맹수나 악귀 같은 것과 싸우는 것 같지도 않았다. 예를 들자면 중력이나 반작용 같은, 물리 법칙 그 자체와 싸우는 듯한 기분이었다.

총기류를 들고 있다고 물리 법칙에게 이길 수는 없는 일이었다.

후쿠자와는 조용하게 달렸다. 다음으로 무장한 군인이 다급히 소총을 겨눴다. 하지만 총을 겨누고 조준을 하는 동작보다도, 후쿠자와가 몇 미터 정도의 거리를 좁히는 속도가 더 빨랐다.

턱을 향해 바탕손 일격이 한 방.

턱이 부서지는 소리가 울렸다.

천장 근처까지 날아 올라간 적의 몸을 춤을 추듯 빠져나간 후쿠자와가 계속 앞으로 전진했다.

복도의 모퉁이를 지난 후쿠자와 앞에 기관단총을 겨눈 군인이 있었다. 계속 후쿠자와가 오길 기다리고 있었던 것이다.

"이거나 먹어라!"

매초 일곱 발의 총알을 뱉어 내는 기관단총이 불을 뿜었다 ——그랬어야 했다.

하지만 총알은 발사되지 않았다.

군인이 총을 떨어뜨리고, 손을 잡은 채 웅크렸다. 만년필이 손바닥을 관통했기 때문이었다.

품에서 신속하게 만년필을 꺼내 던진 후쿠자와의 소매가 둥실 하고 공기를 머금어 부풀었다가 천천히 원래대로 돌아왔다. 고류 무술의 기술 중 하나로, 수많은 일상품을 무기로 바꾸어 사용할 수 있는 수리검 투척술을 사용한 것이었다.

이걸로 다섯 명.

"아직도 더 할 셈인가?"

후쿠자와가 손을 붙들고 얼굴을 일그러뜨린 군인에게 걸어가 다가갔다.

"⋯⋯프릭⋯⋯!"

군인은 겁에 질려 뒷걸음질을 치더니, 무기도 동료도 모두 버리고 도망쳤다.

후쿠자와는 군인의 뒤를 쫓지 않고, 등이 보이지 않을 때까지 조용히 바라보기만 했다.

후쿠자와는 기절한 군인들의 몸을 넘어 맨 처음에 들어갔던 방으로 돌아갔다.

"굉장해, 진짜 굉장해!" 방에서 기다리고 있던 란포가 기쁜 표정을 지으며 흥분했다.

"다치진 않았나?"

"와, 상상 이상이었어! 최고, 진짜 최고! 시간에 늦지 않은 건 내 계획대로였지만 말이지. 덕분에 흑막을——."

후쿠자와는 란포의 눈앞까지 걸어갔다. 그리고 숨을 들이쉬더니,

"뭐 하는 짓이냐!!"

란포의 얼굴을 손바닥으로 강하게 때렸다.

파열이 일어나는 듯한 날카로운 소리가 울렸다. 그리고 란포가 쓰고 있던 안경이 저 멀리 날아갔다.

"뭐가 계획대로지?! 뭐가 시간에 늦지 않았다는 거냐! 내가 뛰어들었을 때, 네 눈앞에 있었던 건 뭐지? 총구 아니었나?!"

란포는 충격으로 몸을 반쯤 돌린 채 움직이지 못했다.

얻어맞은 뺨에 붉은 자국이 떠올랐다.

"——아."

"이 세상에 절대란 건 없다! 내가 1초만 더 늦게 눈치챘어도, 이 장소에 1초만 더 늦게 도착했어도! 너는 총에 맞아 죽었을지도 모른다!"

란포는 손을 뺨에 대고 멍한 표정을 지었다.

"하——하지만 그거야 반드시——와 줄 거라고."

"아니. 너는 자신의 힘을 증명하고 싶었을 뿐이다!"

후쿠자와의 분노한 목소리가 란포에게 쏟아졌다.

너무나도 큰 목소리에 방 안의 유리가 다 흔들렸다.

"힘을 과시하는 건 상관없다. 두뇌로 난적에게 도전하는 것도 상관없다! 하지만 그 승부의 판돈으로 자신의 목숨을 거는 것만큼은 그만둬라! 너는 아직——."

후쿠자와는 몰랐다.

왜 자신이 이렇게 화를 내는 것인가.

왜 자신이 이렇게 필사적인가.

왜──.

"너는 아직──어린아이란 말이다!"

후쿠자와의 가슴이 아파 왔다. 거의 물리적인 통증에 가까워 후쿠자와는 얼굴을 찌푸렸다.

왜 이 아이를 혼자 둔 걸까.

왜 같이 행동해 주지 못한 걸까.

란포는 이렇게나──어리고, 약한 사람인데──.

"으──아, 흑──."

얻어맞아 새빨갛게 부어오른 란포의 얼굴이 구깃 하고 일그러졌다.

번쩍 뜨인 눈이 마구 흔들리더니, 눈가에 급격히 눈물이 고였다.

순간 후쿠자와는 크게 후회했다.

너무 심했다. 란포가 혼나는 데에 익숙할 거라고는 생각하기 힘들다. 하물며 이렇게 큰 소리로 화를 내며 뺨을 때렸으니──.

"그치만, 그치만──."

란포는 고개를 숙이고 몸을 떨었다.

바닥에 뚝뚝 큰 눈물방울이 떨어졌다.

후쿠자와는 숨을 내쉬었다. 말로 할 수 없는 감정이 마음을 채웠다.

란포. 부모님을 잃고, 아무에게도 이해를 받지 못한 채 얼

어붙을 듯한 고독을 헤쳐 온 천재 소년.

지킬 것도 없이, 광대한 세계에 내던져진 어린아이.

후쿠자와 자신도 어쩔 줄을 몰랐다. 이 소년의 영혼을 어쩌면 좋은가. 어떻게 대해야 하는가.

몰랐기 때문에, 머리를 슥슥 가볍게 두 번 쓰다듬어 주었다.

란포는 후쿠자와의 몸에 매달렸다.

계속, 계속 흘러넘치는 눈물이 옷에 얼룩을 만들었다.

"미안해——미안해——죄송, 해요——!"

둘 곳 없는 양손을 공중에 그대로 둔 채, 후쿠자와는 난처한 표정을 지으며 창밖을 바라보았다.

창문 너머. 끝없이 펼쳐진 밤의 침묵.

깔끔하게 닦인 듯 희고 둥근 달과 눈이 마주쳤다. 후쿠자와는 살짝 눈짓을 보냈다.

그러자 달이 미소를 지어 주었다.

그리고.

사건은 전체적으로 란포의 활약 덕분에 막을 내렸다.

다음 날. 신문의 지면에는 청년 무라카미의 광적인 연기만

이 대대적으로 보도되었다. 각본가, 그리고 병원의 노인 살인은 미타무라 순사장의 개인적인 범행으로 처리되었다.

그 이유는 미타무라 순사장이 구류 중에 시체로 발견되었기 때문이었다. 그는 보이지 않는 누군가에게 찔려 죽었다고밖에 표현할 길이 없는 상황에서 살해당했다. 각본가가 살해당한 상황과 거의 비슷했다. 적 조직의 이능력자가 입을 막기 위해 죽였을 가능성이 높았다.

흑막을 쫓던 길은 표면상 차단되었고, 사건은 반쯤 미궁에 빠졌다.

단, 후쿠자와와 란포를 포함한 극히 적은 관계자는 진상을 알았다.

국내의 이능력자를 죽이기 위해 암약하는 지하 조직——'V'. 그 첨병들.

그들과의 싸움은 앞으로도 계속될 수밖에 없었다.

그리고 후쿠자와에게 강하게 뺨을 맞고 혼난 란포는 그 후 어떻게 되었는가 하면——.

"후쿠자와 씨, 다음 일은 아직이야? 빨리 가자. 내 이능력으로 단숨에 해결해 버릴 테니까."

——완벽히 후쿠자와에게 정을 붙였다.

왜인지는 모르겠지만.

"알았으니까 소매에 매달리지 마라. 늘어난다."

후쿠자와가 조용히 타이르자, 란포는 네~ 하고 말하면서 순순히 소매를 놓았다.

그 뒤로 1년의 세월이 지났다.

후쿠자와는 결국 차마 쫓아낼 수 없어, 어쩔 수 없이 란포를 잠시 잡일 담당으로 고용하기로 했다. 의식주를 해결해 주는 대신, 이런저런 일을 하는 법을 가르쳐 주고, 사회적인 규범을 가르쳐 주고, 그에 더해 학문을 공부하도록 만들어 줄 생각이었다. 아무튼 이 세상의 근본은 학문이다. 살아가는 데 산소가 필요한 것처럼, 살아가기 위해서는 학문을 익혀야 했다. 그게 후쿠자와의 신조였다.

그런데 어떻게 됐는가 하면――.

후쿠자와는 할 일이 없어졌다.

후쿠자와는 의뢰인을 경호하는 것이 일이다. 하지만 잡일 담당으로 데리고 있는 란포가 경호 대상에게 해를 끼치려는 사람이 누구이며 지금 어디에 있는가에 대해 전부 밝혀냈다. 경호를 하기도 전에.

후쿠자와는 그 의견을 무시할 수가 없어서, 재촉하는 대로 위험을 제거했다.

그러면 어떻게 되는가. 의뢰인을 경호할 필요가 없어졌다.

나중에는 란포만 있으면 된다는 말까지 들었다.

결국 후쿠자와는 실직 직전까지 내몰렸다.

하지만 파리가 날리던 후쿠자와의 본업을 다시 일으켜 세운 사람도 란포였다. 너무나도 한가했던 후쿠자와에게 들어온 새로운 의뢰. 그것은――.

란포에게 들어온 탐정 의뢰였다.

초현실적인 힘으로 진상을 간파하는 소년 탐정에 관한 소문은 극장 사건 이후로, 조금씩 세상에 퍼져 나갔다. 경찰 관계자를 비롯해, 다양한 사회층, 다양한 직종의 사람들에게 의뢰를 받은 란포는 그때마다 현장을 본 즉시 진상을 밝혀내 사건을 해결했다.

후쿠자와로서는 마음이 복잡했다.

란포 혼자서 사건 현장에 보내도 상관없었지만, 대부분은 후쿠자와도 동행했다. 극장에서 일어났던 사건――세상 사람들은 '천사 살인'이라고 불렀다――때, 란포를 혼자 행동하게 놔두는 것이 얼마나 무모하고 위험한지 알았기 때문도 있었다.

하지만 후쿠자와가 동행하는 가장 큰 이유는 단순히 '후쿠자와 이외의 사람이 란포를 제어할 수 없었기 때문'이었다.

제멋대로 자기 좋을 대로만 하는 란포가 무슨 이유에선지 후쿠자와가 하는 말만큼은 순순히 잘 들었다. 첫 사건 때 화를 내며 뺨을 때려 줬을 때, 어지간히도 마음에 느끼는 것이 많았던 모양이다. 물론 그 이외의 무언가가 란포의 마음에 영향을 주었을지도 모른다. 아무튼 란포는 후쿠자와의 주변에서 계속 맴돌면서, 후쿠자와 씨, 후쿠자와 씨 하고 작은 강아지처럼 재롱을 부렸다. 그러면서도 후쿠자와가 명령을 하면 한 시간이든 두 시간이든 아무 말도 하지 않았다. 덕분에 최종적으로는 란포에게 탐정 의뢰를 한 의뢰인들이 입을 모아 '제발 부탁이니, 후쿠자와 씨도 같이 와 주세요. 돈은 두 배로 드릴 테니까요.' 라고 요청할 정도였다.

정신을 차려 보니, 후쿠자와와 란포는 일대에서 모르는 사람이 없는 탐정 파티로서 이름을 날리고 있었다.

제멋대로에 제어불능이지만 천재적인 추리력을 지닌 탐정 소년과.

말이 없고 무뚝뚝하지만, 근접 전투에서는 초인적인 힘을 발휘하는 장년(壯年)의 무인.

두 사람이 간파하지 못하는 음모는 없었다. 두 사람에게서 도망칠 수 있는 범죄자도 없었다. 그리고 두 사람이 해결하지 못하는 사건도 없었다. 살인자는 두 사람의 발소리만 들어도 무서워했고, 부호들은 모두 두 사람에게 고개를 숙였으며, 경찰조차도 어려운 사건이 있으면 남몰래 두 사람에게 도움을 청했다.

이능력 탐정이라는 이름으로 두 사람은 무수히 많은 사건을 해결했다. 두 사람 앞에는 적수가 없었다. 무패와 영광의 나날이 계속됐다.

그리고 그 때문에,

──결단을 내려야 할 때가 가까웠다.

"이곳인가."

후쿠자와가 어둑어둑한 지하 통로 한가운데에서 새삼 확인하듯 물었다.

"응, 맞아."

옆에 있던 란포가 안경을 밀어 올리며 말했다.

후쿠자와는 어느 날, 란포에게 탐정 일을 해 달라고 의뢰를 했다.

의뢰 내용은 어떤 인물을 찾는 것.

그 인물은 신출귀몰하고 어떤 조사 기관에도 꼬리를 잡히지 않았다. 그러면서도 정부와 암흑사회 양쪽과 모두 접점이 있었으며, 이 요코하마를 휘도는 수많은 음모, 작전과 밀접한 관계가 있는 사람이었다.

"열겠다."

지하 통로에 설치된 철문을 여는 후쿠자와의 다른 한 손에는 고급스러운 지팡이가 들려 있었다.

그 지팡이는 유일하게, 그 인물과 연결시켜 줄 수 있는 가느다란 실이었다.

란포의 추리력이 없었다면 이 가는 실을 더듬으면서 그 인물에 다다르기란 불가능했다.

어둑어둑한 실내를 빠져나간 뒤, 더욱 계단 아래쪽으로 내려갔다.

끝까지 내려가 보니 밝은 강당이 나왔다. 일렬로 쭉 늘어선 긴 의자와 책상이 보였고, 정면 벽에는 칠판과 교탁이 놓여 있었다.

"어서 오십시오, 반코도(晚香堂)에."

실내에 밝은 목소리가 울려 퍼졌다.

"용케도 이곳을 찾았군."

후쿠자와가 가볍게 인사를 한 뒤, 손에 들고 있던 지팡이를 들어 보였다.

"오오, 그건 언젠가 내가 잃어버렸단 지팡이 아닌가. 일부러 가져와 준 건가. 참 기특하구먼."

"선생님에 대한 소문을 듣고, 무례인 줄 알면서도 부탁을 드리고자 이렇게 방문하였습니다."

"너무 딱딱하군. 앉게."

후쿠자와는 인사를 한 뒤 근처 의자에 걸터앉았다. 하지만 란포는 눈앞의 사람을 계속 바라본 채, 움직이지 않았다.

"──어? 그때는 눈치 못 챘는데──이 사람, 이렇게──."

"그때는 정말 고마웠네, 소년." 남자는 껄껄 웃었다. 남자는 지금 양복 차림이 아니었다. 그리고 챙이 둥근 모자를 쓰고 있었다.

"아." 전율이 일어난다는 듯이 란포가 그렇게 말했다. 목소리가 바짝바짝 메말랐다. "당신은 처음부터 극장의 함정도, 양탄자의 접착제도 눈치채고 있었군요. 그리고 일부러 함정을 판 거예요. 왜죠? 적을 밝혀내기 위해──아니, 그거라면 다른 방법도――."

"자네의 아버지에게는 조금 빚이 있어서 말이네." 남자가 엷게 웃었다.

란포는 이번에야말로 번개를 맞은 것처럼 멍하니 서 있었다.

"설마――처음부터 내 힘을――."

"부탁이 있어 찾아뵈었습니다." 후쿠자와가 말을 자르듯 말했다. "이미 알고 계시겠지만, 이곳에 있는 란포는 이능력 탐정으로서 이름을 떨치기 시작하고 있습니다. 하지만 원래 이능력자는 공공연하게 간판을 달아서는 안 됩니다. 그래서 선생님께 힘을 빌려 주십사 부탁하기 위해 이렇게 찾아뵈었습니다."

"이능력 개업 허가증인가." 남자는 씨익 웃었다. "자네는 ――회사를 세우고 싶다는 거군."

"네." 후쿠자와는 고개를 끄덕였다.

후쿠자와는 자문했다.

자신에게는 상사라는 자각이 있는가?

자신에게는 조직의 장(長)이 될 각오가 있는가?

답은 아직 나오지 않았다. 자신은 아직 미숙하다. 자신은 스스로의 무예 실력 안에 파묻혀, 사람을 베는 쾌락에 몸을 떨었다. 그리고 일반 사람들과 거리를 두고 고독하게 나이를 먹었을 만큼, 욕구를 떨치지 못하는 약한 사람이다. 자신의 약함은 매년 더 견고해지고, 비대해지는 것처럼 느껴졌다.

하지만 최근 1년간──란포와 함께 사건을 해결하면서 자신은 크게 바뀌었다.

란포에게 이리저리 휘둘리고, 사람들에게 간청을 받고, 칭찬을 받는 일에 당황하고, 휩쓸리듯이 자신에게 다가오는 사건을 해결해 온 노도와도 같은 1년.

그동안 란포와 함께 걸어오면서 알게 된 사실이 있었다.

사람 위에 서는 것이란 무엇인가. 혼자가 아니라 조직을 이루어 사람을 돕는다는 것이란 무엇인가.

그래. 1년 사이에 후쿠자와는 의외의 발견을 했다.

자신은 아직──사람을 돕고 싶어 한다. 누군가를 지키는 방패이자, 불의를 물리치는 검이 되고 싶었다.

사랑하는 사람이 살해당해 괴로워하는 사람을 줄어들게 하고 싶었다. 약한 사람을 착취하는 부조리를 보고도 못 본 척하고 싶지 않았다. 악을 행하려는 사람 앞에 조용히 서서, 몸을 떨며 악행을 저지르지 못하도록 말리는 존재가 되고 싶었다.

즉, 아주 난폭하게 말하자면──그것은 정의감이었다.

자신은 아직 정의로운 사람이고 싶었다.

그리고 자신이 똑같은 잘못을 반복하지 않기 위해서는 란포의 힘이 필요했다.

란포뿐만이 아니었다. 무예의 힘도 역시 필요했다. 자신도 영원히 란포를 지켜줄 수 없다. 자신이 죽은 뒤, 또는 란포가 죽은 뒤에도 계속 정의의 노래를, 이 거칠고도 아름다운 도시에 울려 퍼지게 하고 싶었다. 그러려면 인재가 필요했다.
강하고 부드러운 인재가.

란포를 축으로 한 영원히 무장된 탐정 집단.

──내 분수에 맞지 않는 당치도 않은 바람일까.

"부탁드립니다." 후쿠자와가 고개를 숙였다. "정부의 비밀
기관인 이능력 특무과에게 허가증을 받는 것은 보통 노력으
로 되는 일이 아닙니다. 돈도, 인맥도, 실력도 문제가 아닙니
다. 그렇기에 이 땅의 모든 것을 아신다고 하는 선생님의 도
움이 꼭 필요합니다. 나츠메 소세키 선생님."

"흐음."

남자는 조금 걸어 후쿠자와 앞에 와서 멈춰 섰다.

그리고 후쿠자와를 꿰뚫어 보는 듯한 눈동자로 가만히 바
라본 뒤──씨익 웃었다.

"편한 길이 아니네만?"

그 순간이.
그 순간이 모든 일의 시작이었다.

요코하마 하면 바로 떠오르는 조직이 되고, 해외에까지 그
이름이 알려진 무장조직.

정의를 행하고, 악을 떨게 하고, 특출 난 재능을 지닌 이능
력자를 거느린 황혼의 이능력 집단.

이능력자 후쿠자와 유키치를 사장으로 두고, 무수히 많은 인명을 구하게 되는 전설적인 탐정 조직——.

이것이 무장 탐정사의 첫걸음이었다.

후기

  소설판 문호 스트레이독스도 벌써 이걸로 3권째입니다.

  집필 중 저에게 어떤 일이 있었는가 하면, 고타쓰 생활을 너무 오래해서 허리가 아팠고, 회의 때 입고 갈 옷을 사려고 했는데 옷을 사러 갈 때 입을 옷이 없었고, 양말 한 짝이 어디론가 감쪽같이 사라졌습니다.

  그래도 저는 잘 있습니다. 이제 양말은 똑같은 무늬로 맞춰 신자. 저는 그렇게 깊이 결심했습니다.

  직업상 별로 밖에 나갈 일이 없지만, 얼마 전에 웬일로 동물원에 갔습니다. 넓적부리황새라는 새가 패왕 같은 눈빛으로 '그대여, 나를 받들어 섬기겠는가, 저항하겠는가. 저항하면 죽음만이 있을 뿐.' 이라고 말하듯이 주변을 흘겨봐서, 저는 무심코 '각하!' 하고 경례를 했습니다. 각하는 그 얼굴 그대로 특별히 뭘 하지도 않은 채 하루 종일 서 있는가 싶었는데, 자세히 보니 천천히 움직일 때도 있긴 있더군요. '저도 각하처럼 아우라만 내뿜고 실제로는 아무것도 하지 않으며 평생을 살았으면!' 하고 생각했습니다.

  자, 그런 식으로 집필을 한 3권인데, 탐정사 설립 비화를 포함한 두 가지 이야기를 전해 드렸습니다. 어떠셨나요?

　이번에도 구입해 주신 여러분께 감사드립니다. 그리고 이 자리를 빌려서 일러스트를 그려 주신 하루카와 산고 선생님, 편집 I 님께 도와주셔서 감사하다는 인사 올립니다. 그럼 또 다음에 뵙겠습니다.

아사기리 카프카

문호 스트레이독스 3 ~탐정사 설립 비화~

2017년 03월 25일 제1판 인쇄
2023년 05월 25일 제9쇄 발행

지음 아사기리 카프카 | **일러스트** 하루카와 산고

옮김 문기업

발행 영상출판미디어(주)
등록번호 제 2002-000003호
주소 07551 서울특별시 강서구 양천로 570 NH서울타워 19층
대표전화 032-505-2973

ISBN 979-11-319-5569-7
ISBN 979-11-319-4230-7 (세트)

BUNGO STRAY DOGS volume 3 TANTEISHA SETSURITSU HIWA
ⓒKafka Asagiri 2015 ⓒSango Harukawa 2015
First published in Japan in 2015 by KADOKAWA CORPORATION, Tokyo
Korean translation rights arranged with KADOKAWA CORPORATION, Tokyo.

 노블엔진(NOVEL ENGINE)은 영상출판미디어(주)의 라이트노벨 및 관련서적 브랜드입니다.